der fänger im roggen

roman

k&w

Titel der Originalausgabe
THE CATCHER IN THE RYE

Die erste Übersetzung von 1954 wurde
nach der englischen Ausgabe von 1958
von Heinrich Böll überarbeitet.
Gesamtherstellung Clausen & Bosse, Leck
Umschlag Hannes Jähn, Köln
ISBN 3 462 01539 7

I

Falls Sie wirklich meine Geschichte hören wollen, so möchten Sie wahrscheinlich vor allem wissen, wo ich geboren wurde und wie ich meine verflixte Kindheit verbrachte und was meine Eltern taten, bevor sie mit mir beschäftigt waren, und was es sonst noch an David-Copperfield-Zeug zu erzählen gäbe, aber ich habe keine Lust, das alles zu erzählen. Erstens langweilt mich das alles, und zweitens bekämen meine Eltern pro Nase je zwei Schlaganfälle, wenn ich so persönliche Auskünfte über sie geben würde. Sie sind in der Hinsicht sehr empfindlich, besonders mein Vater. Sie sind sehr nette Leute und so – ich sagte nichts gegen sie –, aber höllisch empfindlich. Außerdem will ich nicht meine ganze verfluchte Autobiographie oder etwas Ähnliches schreiben. Ich will nur die verrückten Sachen erzählen, die sich letzte Weihnachten abspielten, bevor ich vollkommen zusammenklappte und hierher gebracht wurde, um mich zu erholen. Das alles habe ich schon D. B. erzählt, der mein *Bruder* ist und so. Er ist in Hollywood. Das ist nicht weit von diesem elenden Nest hier, und er besucht mich fast an jedem Wochenende. Er wird mich auch nach Hause bringen, falls ich nächsten Monat heimfahre. Er hat sich gerade einen Jaguar gekauft, so einen kleinen englischen Wagen, der ungefähr dreihundert Stundenkilometer machen kann. Dafür hat er an die viertausend Dollar bezahlt. Er ist jetzt gut bei Kasse, besser als früher. Solange er noch bei uns zu Hause lebte, war er ein gewöhnlicher Schriftsteller. Er schrieb den fabelhaften Kurzgeschichtenband *Der geheime Goldfisch,* falls Sie je davon gehört haben. Die beste Erzählung darin hieß *Der geheime Goldfisch.* Sie handelt von diesem kleinen Kerl, der niemandem seinen Goldfisch zeigen wollte, weil er ihn von seinem eigenen Taschengeld gekauft hatte. Das hat mich umgeschmissen. Jetzt ist D. B. in Hollywood und prostituiert sich. Wenn mir wirklich etwas verhaßt ist, dann sind es Filme. Ich will überhaupt nichts damit zu tun haben.

Ich muß mit dem Tag anfangen, an dem ich Pencey verließ. Pencey befindet sich in Agerstown in Pennsylvanien. Wahrscheinlich hat jeder schon davon gehört oder mindestens die Inserate gelesen. Sie machen in ungefähr tausend Magazinen Reklame und bilden immer einen schneidigen Jüngling ab, der hoch zu Roß ein Hindernis nimmt. Es soll so aussehen, als ob in Pencey die ganze Zeit Polo gespielt werde. Dabei habe ich dort kein einziges Mal auch nur von weitem ein Pferd zu Gesicht bekommen. Unter dem Bild steht in jedem Inserat: »Seit 1888 formen wir unsere Schüler zu fähigen, klardenkenden jungen Männern.« Reines Gechwätz. In Pencey wird ebenso wenig »geformt« wie in jeder anderen Schule. Und mir ist dort keiner begegnet, der fähig und klardenkend gewesen wäre. Vielleicht höchstens zwei, wenn es überhaupt so viele waren. Aber wahrscheinlich waren die schon so, bevor sie nach Pencey kamen.

Also, es war an dem Samstag, an dem der Fußballmatch gegen Saxon Hall stattfand. Das sollte für ganz Pencey ein großes Ereignis sein. Es war der letzte Match in diesem Jahr, und man erwartete von uns, daß wir mindestens Selbstmord begingen, falls unsere Schule nicht gewänne. Ungefähr um drei Uhr nachmittags stand ich oben auf dem

Thomsen Hill neben der blöden Kanone, die aus dem Revolutionskrieg stammt. Von dort aus überblickte man das ganze Spielfeld und konnte zusehen, wie sich beide Mannschaften herumjagten. Die Tribüne sah ich nicht deutlich, aber ich hörte das dröhnende Gebrüll für Pencey, denn außer mir war fast die ganze Schule dort, und die spärlichen Zurufe für Saxon Hill, denn die Gäste brachten meistens nur wenige Leute mit.

Zu den Fußballspielen kamen nie viele Mädchen. Nur die älteren Jahrgänge durften Mädchen einladen. Pencey war in jeder Hinsicht eine gräßliche Schule. Ich bin lieber irgendwo, wo man wenigstens von Zeit zu Zeit ein paar Mädchen sehen kann, auch wenn sie sich nur am Arm kratzen oder sich die Nase putzen oder nur einfach kichern. Selma Thurmer – die Tochter des Rektors – tauchte oft bei den Wettkämpfen auf, aber sie war nicht ganz der Typ, in den man sich wahnsinnig hätte verknallen können. Immerhin war sie ein ganz nettes Ding. Einmal saß sie im Autobus neben mir, als wir von Agerstown kamen, und wir machten sozusagen Konversation. Da gefiel sie mir. Sie hatte eine große Nase und bis aufs Fleisch abgebissene, blutig aussehende Nägel, nur trug sie einen von diesen blöden Schaumgummibusen, die so spitz hervorstehen. Aber sie tat einem irgendwie leid. Es gefiel mir vor allem, daß sie einem kein Süßholz herunterraspelte, was für ein Prachtmensch doch ihr Vater sei. Vermutlich wußte sie, daß er ein verlogener Esel ist.

Ich stand dort oben auf dem Thomsen Hill anstatt unten auf dem Fußballplatz, weil ich gerade erst mit der Fechtmannschaft aus New York zurückgekommen war. Ich war nämlich der verdammte Kapitän dieser Fechtmannschaft.

Ungeheure Ehre. Wir waren am Morgen nach New York gefahren, um gegen die McBurney-Schule zu fechten. Nur fand der Wettkampf dann nicht statt, weil ich sämtliche Floretts und die ganze Ausrüstung in der dofen Untergrundbahn liegen ließ. Es war nicht nur meine Schuld, denn ich mußte die ganze Zeit aufstehen und auf dem Plan nachsehen, wo wir aussteigen müßten. Daher kamen wir nicht erst abends nach Pencey zurück, sondern schon um halb drei. Die ganze Mannschaft strafte mich auf der Rückfahrt mit Schweigen. Eigentlich war es ziemlich komisch.
Der zweite Grund, warum ich nicht unten am Fußballplatz stand, war, daß ich mich noch vom alten Spencer, dem Geschichtslehrer, verabschieden wollte. Er hatte Grippe, und ich dachte, ich würde ihn vor den Weihnachtsferien wohl nicht mehr sehen. Er hatte mir geschrieben, daß er noch mit mir sprechen wollte, bevor ich heimführe. Er wußte, ich würde nicht mehr nach Pencey zurückkommen.
Ich vergaß noch zu erzählen, daß ich geschaßt worden war. Nach den Weihnachtsferien sollte ich nicht mehr erscheinen, wegen ungenügender Leistung in vier Fächern und mangelhaftem Fleiß und so weiter. Man hatte mich ein paarmal verwarnt, um mich auf Trab zu bringen – besonders um die Quartalsmitte, als meine Eltern zu einer Besprechung mit dem alten Thurmer kamen –, aber ich gab mir trotzdem keine Mühe. Daraufhin flog ich eben. In Pencey fliegen ziemlich viele Schüler. Dafür hat Pencey einen guten Ruf als Schule, das muß man sagen.
Also, es war Dezember und höllisch kalt, ganz besonders dort oben auf dem blöden Hügel. Ich hatte nur meinen Regenmantel an und keine Handschuhe. Vor ein paar Wochen hatte mir jemand meinen Kamelhaarmantel aus meinem

Zimmer gestohlen, samt den pelzgefütterten Handschuhen, die noch in der Tasche steckten. Pencey war voller Gauner. Viele Schüler stammten aus sehr wohlhabenden Familien, aber trotzdem war es voller Gauner. Je teurer eine Schule ist, um so mehr Gauner gibt es dort – ganz im Ernst. Kurzum, ich stand neben der blöden Kanone, schaute auf den Fußballplatz hinunter und fror mir fast den Arsch ab. Allerdings folgte ich dem Spiel nicht besonders aufmerksam. Eigentlich trieb ich mich nur dort herum, weil ich eine Art Abschiedsstimmung fühlen wollte. Ich habe manchmal eine Schule oder irgendeinen Ort verlassen und dabei nicht einmal gewußt, daß es ein Abschied war. Später hat mich das geärgert. Es ist mir gleichgültig, ob es ein trauriger oder ein unerfreulicher Abschied ist, aber wenn ich irgendwo weggehe, will ich wenigstens *wissen*, daß ich jetzt weggehe, sonst ist es viel schlimmer.

Glücklicherweise fiel mir plötzlich etwas ein, das mir den Abschied richtig bewußt machte. Ich erinnerte mich daran, daß ich im Oktober mit Robert Tichener und Paul Campbell vor dem Schulgebäude mit einem Fußball gespielt hatte. Sie waren beide nette Burschen, besonders Tichener. Es war kurz vor dem Abendessen und schon ziemlich dunkel, aber wir spielten immer weiter. Es wurde dunkler und dunkler, und wir konnten den Ball schon kaum mehr sehen, aber aufhören wollten wir doch nicht. Schließlich *mußten* wir aufhören. Der Biologielehrer, Mr. Zambesi, streckte den Kopf aus einem Fenster und rief, wir sollten in unsere Zimmer verschwinden und uns zum Essen herrichten. Wenn ich mich an solches Zeug erinnere, kann ich mich über den Abschied freuen – meistens jedenfalls. Sobald ich das erreicht hatte, drehte ich mich um und rannte den Hügel hinunter, in der Richtung auf Spencers Haus zu. Er wohnte nicht auf dem Schulgelände, sondern an der Anthony Wayne Avenue.

Ich rannte die ganze Strecke bis zum Haupttor, dann wartete ich eine Sekunde, um Atem zu holen. Ich bin ziemlich kurzatmig, falls das jemand interessiert. Erstens bin ich ein starker Raucher – das heißt, früher war ich einer. Jetzt haben sie es mir verboten. Zweitens bin ich im letzten Jahr sechzehn Zentimeter gewachsen. Deshalb bekam ich auch sozusagen Tb und mußte mich hierher begeben, für alle diese verdammten Untersuchungen und so weiter. Aber eigentlich bin ich sehr gesund.

Sobald ich wieder bei Atem war, rannte ich über die Straße. Sie war ganz vereist, und ich wäre beinah hingefallen. Ich weiß nicht, warum ich so rannte – wahrscheinlich einfach, weil es mir Vergnügen machte. Als die Straße hinter mir lag, hatte ich ein Gefühl, als ob ich unsichtbar würde. Es war so ein verrückter Nachmittag, furchtbar kalt, keine Sonne, und jedesmal wenn man eine Straße kreuzte, hatte man ein Gefühl, als ob man verschwände.

Ich läutete wie besessen, sobald ich vor Spencers Haus stand. Ich war halb erfroren. Die Ohren taten mir weh, und ich konnte die Finger kaum mehr bewegen. »Los, los«, sagte ich fast laut, »jemand soll aufmachen.« Endlich erschien die alte Mrs. Spencer. Sie hatten kein Dienstmädchen oder so und machten die Tür immer selbst auf. Sie waren ziemlich knapp bei Kasse.

»Holden!« sagte Mrs. Spencer. »Wie nett! Komm doch herein, mein Lieber! Bist du denn nicht ganz erfroren?« Scheinbar freute sie sich über meinen Anblick. Ich war ihr sympathisch. Wenigstens hatte ich diesen Eindruck.

Junge, noch nie war ich so schnell in einem Haus drin!
»Wie geht es Ihnen, Mrs. Spencer?« fragte ich. »Wie geht es Mr. Spencer?«
»Gib mir deinen Mantel, mein Lieber«, sagte sie. Sie hatte nicht gehört, daß ich mich nach Mr. Spencer erkundigte. Sie war fast taub.
Sie hängte meinen Mantel in dem Schrank im Vorraum auf, und ich strich mir mit der Hand die Haare zurück. Meistens habe ich kurzgeschnittene Haare und brauche sie nicht oft zu kämmen. »Wie geht es Ihnen, Mrs. Spencer?« wiederholte ich, nur diesmal lauter, damit sie mich verstand.
»Mir geht es sehr gut, Holden.« Sie machte die Schranktür zu. »Wie geht es denn dir?« An ihrem Ton hörte ich sofort, daß der alte Spencer ihr von meinem Rausschmiß erzählt hatte.
»Glänzend«, sagte ich. »Wie geht es Mr. Spencer? Hat er seine Grippe schon hinter sich?«
»Hinter sich! Holden, er benimmt sich wie ein – ich weiß nicht *was* ... Er ist in seinem Zimmer, mein Lieber. Geh nur hinein.«

2

Sie hatten jeder ein Zimmer für sich und so. Beide waren um Siebzig oder sogar älter. Aber sie genossen ihr Leben – wenn auch natürlich auf eine etwas verrückte Art. Das klingt gemein, ich weiß, aber ich meine es nicht gemein. Ich will nur sagen, daß ich oft über den alten Spencer nachdachte, und wenn man *zuviel* über ihn nachdachte, fragte man sich, für was zum Kuckuck er eigentlich lebe. Er ging ganz vornübergebeugt, und wenn er im Schulzimmer ein Stück Kreide an der Wandtafel fallen ließ, mußte immer einer aus der ersten Reihe aufspringen und es für ihn aufheben. Das finde ich schrecklich. Aber wenn man gerade nur genug und nicht *zuviel* über ihn nachdachte, wurde einem klar, daß er gar nicht so übel dran war. An einem Sonntag zum Beispiel, als ich mit ein paar andern bei ihm eingeladen war (es gab heiße Schokolade), zeigte er uns eine alte fadenscheinige Navajo-Decke, die er und Mrs. Spencer im Yellowstone-Park von irgendeinem Indianer gekauft hatten. Offenbar hatte ihm dieser Kauf eine riesige Freude gemacht. Das meine ich eben. Da kann einer so alt wie Methusalem sein und am Kauf einer Decke das größte Vergnügen haben.

Die Tür zu seinem Zimmer stand offen, aber ich klopfte doch, um höflich zu sein und so. Ich konnte ihn sogar sehen. Er saß in einem großen Ledersessel und war in die Decke gewickelt, von der ich gerade gesprochen habe. Als ich klopfte, schaute er her. »Wer ist da?« schrie er. »Caulfield? Nur herein.« Er schrie immer so laut, nur im Klassenzimmer nicht. Manchmal ging einem das auf die Nerven.

Kaum war ich drinnen, bereute ich schon meinen Besuch. Er las in einer Zeitschrift, der *Atlantic Monthly*, und überall standen Pillenschachteln und Medizinflaschen herum, und es roch nach Vicks' Nasentropfen. Es war ziemlich deprimierend. Ich habe ohnedies nicht viel für kranke Leute übrig. Noch deprimierender war, daß er einen trostlosen alten Morgenrock anhatte, in dem er vermutlich auf die Welt gekommen war oder so. Ich sehe alte Knaben überhaupt nicht gern in Pyjamas oder Morgenröcken. Immer sieht man ihre knochige Brust oder die Beine. Am Strand oder sonstwo sehen die Beine von alten Männern immer so weiß und unbehaart aus. »Hallo, Sir«, sagte ich. »Ich habe Ihren Brief bekommen. Vielen Dank.« Er hatte mir diesen Brief geschrieben und mich gebeten, vor Ende des Schuljahres noch einmal bei ihm hereinzuschauen, weil ich ja nach den Ferien nicht zurückkommen würde. »Aber es wäre gar nicht nötig gewesen. Ich hätte Ihnen ohnedies einen Abschiedsbesuch gemacht.«

»Setz dich dorthin, Junge«, sagte Spencer. Er meinte das Bett. Ich setzte mich darauf. »Was macht Ihre Grippe, Sir?«

»Wenn es mir um einen Grad besser ginge, müßte ich den Arzt holen lassen«, sagte er. Das überwältigte ihn selber. Er fing an wie wahnsinnig zu kichern. Endlich faßte er sich wieder und sagte: »Warum bist du nicht beim Fußballmatch? Heute ist doch das große Wettspiel?«

»Ja, das stimmt. Ich war auch dort. Nur bin ich gerade erst mit der Fechtmannschaft von New York zurückgekommen«, sagte ich. Sein Bett war hart wie Fels.

Er wurde höllisch ernst. Das hatte ich erwartet. »Du verläßt uns also?« fragte er.

»Ja, Sir, es sieht ganz so aus.«

Er fing mit seinem mechanischen Kopfnicken an. Kein Mensch auf der Welt nickt wohl soviel wie der alte Spencer. Man wußte nie, ob er soviel nickte, weil er über etwas nachdachte, oder einfach nur, weil er ein harmloser alter Knabe war, der seinen Hintern nicht mehr von seinem Ellbogen unterscheiden konnte.

»Was hat Dr. Thurmer gesagt, Junge? Wie ich höre, habt ihr eine kleine Unterredung gehabt.«

»Ja, das kann man wohl sagen. Ich war ungefähr zwei Stunden in seinem Zimmer, glaube ich.«

»Was hat er zu dir gesagt?«

»Ach ... daß das Leben ein Spiel sei und so. Und daß man sich an die Spielregeln halten müsse. Er war sehr nett. Ich meine, er hat kein Donnerwetter losgelassen oder so. Er hat nur darüber geredet, daß das Leben ein Spiel sei und so.«

»Das ist tatsächlich so, Junge. Das Leben ist ein Spiel, das bestimmte Regeln hat.«

»Ja, Sir. Ich weiß. Ich weiß das.«

Ein Spiel, verdammt! Feines Spiel. Wenn man auf der Seite spielt, wo die großen Kanonen sind, dann ist es ein Spiel – das will ich zugeben. Aber wenn man auf die andere Seite gerät, wo keine Kanonen sind, was soll daran noch Spiel sein? Nichts. Kein Spiel mehr.

»Hat Dr. Thurmer deinen Eltern schon geschrieben?« fragte der alte Spencer.

»Er sagte, er werde ihnen am Montag schreiben.«

»Hast du dich schon mit ihnen in Verbindung gesetzt?«

»Nein, Sir, ich habe mich nicht mit ihnen in Verbindung

gesetzt, weil ich sie ja wahrscheinlich am Mittwoch abend sehe, wenn ich heimkomme.«

»Und wie werden deine Eltern die Nachricht wohl aufnehmen?«

»Ja, sie werden sich wohl ziemlich ärgern«, sagte ich. »Das ist sicher. Pencey ist ungefähr die vierte Schule, auf der ich war.« Ich schüttelte den Kopf. Ich schüttele den Kopf ziemlich oft. »Junge, Junge«, sagte ich; ich sage ziemlich oft ›Junge, Junge‹, teils weil ich einen schlechten Wortschatz habe, teils weil ich mich für mein Alter ziemlich kindisch benehme. Damals war ich sechzehn (jetzt bin ich siebzehn), und manchmal führe ich mich auf, als ob ich dreizehn wäre. Das ist um so lächerlicher, als ich 1,89 groß bin und graue Haare habe. Tatsächlich. Auf meiner rechten Kopfhälfte sind Millionen von grauen Haaren. Das war von jeher so. Und trotzdem benehme ich mich oft, als ob ich erst zwölfjährig wäre. Alle behaupten das, besonders mein Vater. Zum Teil ist es wahr, aber nicht *ganz*. Die Leute meinen immer, irgend etwas sei *ganz* wahr. Ich mache mir nichts daraus, nur langweilt es mich manchmal, wenn man mir sagt, ich solle mich meinem Alter entsprechend benehmen. Manchmal benehme ich mich viel erwachsener als ich bin – wirklich –, aber das merken die Leute nie. Sie merken überhaupt nie etwas.

Der alte Spencer fing wieder an zu nicken. Außerdem fing er an in der Nase zu bohren. Er tat so, als ob er sich nur kratzte, aber in Wirklichkeit hatte er seinen ganzen Daumen drin. Wahrscheinlich hielt er das für erlaubt, weil nur ich im Zimmer war. Mir war es *gleichgültig*, nur ist es ziemlich ekelhaft, wenn man jemand beim Nasebohren zusehen muß.

Dann sagte er: »Ich hatte die Ehre, deine Eltern kennenzulernen, als sie zu einer kleinen Unterredung mit Dr. Thurmer hier waren – vor ein paar Wochen. Es sind famose Menschen.«

»Ja, das stimmt. Sie sind sehr nett.«

Famos. Dieses Wort ist mir wirklich verhaßt. Dieser Schwindel. Wenn ich das höre, muß ich jedesmal kotzen.

Dann machte Spencer plötzlich ein Gesicht, als hätte er mir etwas ganz Besonderes und Tiefsinniges mitzuteilen. Er richtete sich in seinem Sessel auf und bewegte sich hin und her. Aber es war blinder Alarm. Er nahm nur die *Atlantic Monthly* von seinen Knien und versuchte, das Heft aufs Bett zu werfen, in meine Nähe. Er traf daneben. Er verfehlte es nur um fünf Zentimeter, aber immerhin. Ich stand auf und nahm es und legte es aufs Bett. Plötzlich hatte ich nur noch den Wunsch, aus diesem verdammten Zimmer herauszukommen. Ich fühlte, daß eine kolossale Predigt bevorstand. Gegen die Sache selbst hätte ich nicht viel gehabt, aber ich war nicht in der Stimmung, mich anpredigen zu lassen und dabei Vicks' Nasentropfen zu riechen und den alten Spencer in Pyjama und Morgenrock zu betrachten. Ich hatte wahrhaftig keine Lust dazu.

Da ging es schon los. »Was ist nur mit dir los, Junge?« sagte er. Er sagte es sogar in einem für seine Verhältnisse ziemlich strengen Ton. »Wie viele Fächer hast du in diesem Quartal belegt?«

»Fünf, Sir.«

»Fünf. Und in wie vielen bist du ungenügend?«

»In vier.« Ich verschob meinen Hintern ein bißchen. Es war das härteste Bett, auf dem ich je gesessen habe. »Im Englischen ging es gut«, sagte ich, »weil ich das ganze Beowulf-

und Lord Randal, mein Sohn-Zeug schon in der Whooton-Schule gehabt hatte. Ich meine, im Englischen brauchte ich fast nichts zu arbeiten, nur manchmal Aufsätze zu schreiben.«

Er hörte mir nicht einmal zu. Er hörte fast nie zu, wenn man etwas sagte.

»Ich habe dich in Geschichte durchfallen lassen, weil du absolut nichts wußtest.«

»Das weiß ich, Sir. Junge, das weiß ich. Sie mußten mich durchfallen lassen.«

»Absolut nichts wußtest du«, wiederholte er. Das ist auch so etwas, was mich rasend macht: wenn die Leute irgend etwas zweimal sagen, nachdem man schon beim erstenmal *zugestimmt* hat.

Dann sagte er es sogar zum dritten Mal. »Wirklich absolut nichts. Ich bezweifle sehr, ob du dein Geschichtsbuch im ganzen Quartal nur ein einziges Mal aufgeschlagen hast. Wie steht es damit? Sag die Wahrheit, Junge!«

»Doch, ich habe ein paarmal hineingesehen«, antwortete ich. Ich wollte ihn nicht kränken. Er war auf Geschichte ganz verrückt.

»Ein paarmal hineingesehen, so?« sagte er höchst sarkastisch. »Deine – eh – deine Examensarbeit liegt dort auf der Kommode. Zuoberst auf den andern. Bring sie mir doch bitte mal her.«

Das war niederträchtig, aber ich ging hin und gab sie ihm – es blieb mir ja keine andere Wahl. Dann setzte ich mich wieder auf sein Betonbett. Junge, tat es mir leid, daß ich zu diesem Abschiedsbesuch angetreten war.

Er nahm mein Blatt in die Finger, als ob es Dreck oder ich weiß nicht was wäre. »Wir haben die Ägypter vom 4. November bis zum 2. Dezember durchgenommen«, sagte er. »Du selbst hast dir dieses Thema als Examensarbeit gewählt. Möchtest du hören, was du darüber zu sagen hattest?«

»Nein, Sir, nicht unbedingt«, sagte ich.

Er las es trotzdem vor. Man kann einen Lehrer nicht davon abbringen, wenn er irgend etwas vorhat. Er tut es einfach doch.

»›Die Ägypter waren ein alter kaukasischer Volksstamm, der eines der nördlichsten Gebiete Afrikas bewohnte. Dieses Land ist bekanntlich der größte Kontinent in der östlichen Hemisphäre.‹«

Ich mußte dabeisitzen und mir diesen Mist *anhören.* Das war wirklich niederträchtig.

»›Die Ägypter sind heute aus verschiedenen Gründen von besonderem Interesse für uns. Die moderne Wissenschaft forscht immer noch danach, woraus die geheimen Mittel bestanden, welche die Ägypter verwendeten, wenn sie die Toten so herrichteten, daß ihre Gesichter während unzähliger Jahrhunderte nicht verwesten. Dieses interessante Rätsel bedeutet noch immer ein Problem für die moderne Wissenschaft im zwanzigsten Jahrhundert.‹«

Er unterbrach sich und legte mein Blatt auf seine Knie. Ich fing an ihn beinah zu hassen. »Dein Aufsatz, wenn man ihn so nennen will, ist hier zu Ende«, sagte er wieder in sehr sarkastischem Ton. Man hätte gar nicht vermutet, daß ein so alter Knabe so sarkastisch sein könnte. »Immerhin hast du unten an der Seite eine kleine Mitteilung für mich angefügt«, sagte er.

»Ich weiß«, sagte ich. Ich sagte das sehr hastig, weil ich ihn daran hindern wollte, auch das noch vorzulesen. Aber er war nicht aufzuhalten. Er war jetzt in Fahrt wie eine Rakete.

»›Lieber Mr. Spencer‹«, las er. »›Das ist alles, was ich über die Ägypter weiß. Ich kann offenbar kein richtiges Interesse für sie aufbringen, obwohl Ihr Unterricht sehr interessant ist. Ich finde es ganz in Ordnung, wenn Sie mich durchfallen lassen, ich falle ja ohnedies in allen Fächern außer im Englischen durch. Mit vorzüglicher Hochachtung Ihr Holden Caulfield.‹« Er legte mein verdammtes Blatt weg und schaute mich triumphierend an, als ob er mich gerade im Pingpong oder so besiegt hätte. Ich glaube, ich kann ihm nie verzeihen, daß er mir diesen Mist vorlas. Ich jedenfalls hätte ihm das nicht vorgelesen, wenn er es verfaßt hätte – soviel ist sicher. Vor allem hatte ich diesen verdammten Schluß ja nur geschrieben, damit es ihm nicht so schwerfiele, mich durchfallen zu lassen.

»Machst du mir einen Vorwurf daraus, daß ich dich durchfallen ließ, Junge?« fragte er.

»Nein, Sir, ganz gewiß nicht«, sagte ich. Und ich hätte verflucht viel darum gegeben, wenn er aufgehört hätte, mich die ganze Zeit ›Junge‹ zu nennen.

Er versuchte meine Examensarbeit auf das Bett zu werfen, als er damit fertig war. Natürlich traf er wieder daneben. Ich mußte wieder aufstehen und sie vom Boden aufheben und sie auf die Zeitschrift legen. Es ist langweilig, das alle zwei Minuten zu tun.

»Was hättest du an meiner Stelle getan?« fragte er. »Sag die Wahrheit, Junge.«

Offenbar kam es ihm ziemlich schäbig vor, daß er mich hatte durchfallen lassen. Ich sagte also meinen Spruch auf. Ich sagte, ich sei eben ein Dummkopf und so. Ich sagte, an seiner Stelle hätte ich genau dasselbe getan, und die meisten Leute wären sich nicht richtig klar darüber, wie schwer es ein Lehrer habe. Und lauter solches Zeug. Die üblichen Sprüche.

Komischerweise dachte ich aber an etwas anderes, während ich meinen Spruch aufsagte. Ich wohne in New York, und ich dachte an den See im Central Park, in der Nähe von Central Park South. Ich dachte, ob er wohl zugefroren wäre, wenn ich heimkäme, und wo dann wohl die Enten hingingen. Ich fragte mich, was aus den Enten würde, wenn der ganze See zugefroren wäre. Ob wohl einer mit einem Auto käme und sie in einen Zoo oder sonst irgendwohin brächte. Oder ob sie einfach fortflögen.

Ich habe es eigentlich gut. Ich meine, ich konnte dem alten Spencer meinen Spruch aufsagen und gleichzeitig an die Enten denken. Komisch. Man braucht nie besonders nachzudenken, wenn man mit einem Lehrer spricht. Aber plötzlich unterbrach er mich. Er unterbricht einen immer.

»Was für ein *Gefühl* hast du bei der ganzen Sache, Junge? Das würde mich interessieren, wirklich sehr interessieren.«

»Sie meinen, daß ich von Pencey weg muß?« sagte ich. Ich hätte nur gewollt, daß er seine knochige Brust bedeckt hätte. Es war nicht gerade ein überwältigend schöner Anblick.

»Wenn ich nicht irre, hattest du auch in Whooton und in Elkton Hills Schwierigkeiten.« Das sagte er nicht nur sarkastisch, sondern ziemlich gemein.

»In Elkton Hills hatte ich keine besonderen Schwierigkeiten«, antwortete ich. »Ich bin nicht geschaßt worden oder so. Ich bin einfach weggegangen.«

»Und warum, wenn ich fragen darf?«

»Warum? Ach, das ist eine lange Geschichte, Sir. Ziemlich kompliziert.« Ich hatte keine Lust, ihm das alles zu erzählen. Er hätte es ohnedies nicht verstanden. Es war nicht in seiner Linie. Ein Hauptgrund, warum ich von Elkton Hills fortging, war, daß lauter blasierte Heuchler dort waren. Das ist alles. Sie kamen aus allen Ritzen. Zum Beispiel der Rektor, Mr. Haas, war der verlogenste Hund, dem ich je begegnet bin. Hundertmal schlimmer als Thurmer. An Sonntagen zum Beispiel ging er herum und begrüßte alle Eltern, die auf Besuch kamen. Dann war er unbeschreiblich charmant. Ausgenommen, wenn einer komische Eltern hatte. Es war sehenswert, wie er die Eltern von meinem Zimmergenossen behandelte. Ich meine, wenn eine Mutter dick oder schlecht angezogen war oder so und wenn ein Vater einen Anzug mit wuchtigen Schultern anhatte und geschmacklose schwarz-weiße Schuhe, dann gab ihnen Haas nur schnell die Hand und lächelte blasiert und redete eine gute halbe Stunde lang mit anderen Eltern. So etwas kann ich nicht ausstehen. Es macht mich rasend. Es deprimiert mich so, daß ich verrückt werde. Die ganze verdammte Schule war mir verhaßt.

Spencer fragte mich irgend etwas, aber ich hörte nicht zu. Ich dachte an diesen Haas. »Wie, Sir?« sagte ich.

»*Bedrückt* es dich, daß du von Pencey fortgehst?«

»Ach, etwas schon, sicher. Aber nicht besonders. Jetzt jedenfalls noch nicht. Wahrscheinlich ist es mir noch gar nicht richtig klar. Es dauert immer eine Weile, bis mir etwas klar wird. Vorläufig denke ich nur daran, daß ich am Mittwoch heimfahre. Ich bin eine Niete.«

»Machst du dir gar keine Sorgen über deine Zukunft, Junge?«

»Doch, Sorgen mache ich mir schon. Das sicher. Doch, natürlich.« Ich dachte einen Augenblick darüber nach. »Aber nicht übermäßig, glaube ich.«
»Das *wird* noch kommen, Junge«, sagte Spencer. »Das wird noch kommen. Wenn es zu spät ist.«
Ich hörte das nicht gern. Es klang, als ob ich tot wäre oder ich weiß nicht was. Es war deprimierend. »Ja, wahrscheinlich«, sagte ich.
»Ich würde dir gern etwas Vernunft beibringen, Junge. Ich versuche nur, dir zu helfen. Ich versuche, dir wirklich zu *helfen.*«
Das stimmte tatsächlich. Man sah es ihm an. Aber wir standen eben auf verschiedenen Seiten. »Ich weiß, daß Sie das wollen, Sir«. sagte ich. »Vielen Dank. Im Ernst. Ich weiß es auch zu schätzen, ganz im Ernst.« Dann stand ich vom Bett auf. Ich hätte um mein Leben keine zehn Minuten länger dort sitzen können. »Leider muß ich jetzt gehen. Ich muß noch einen Haufen Zeug aus der Turnhalle holen, bevor ich heimfahre. Wirklich.« Er schaute zu mir hinauf und fing wieder an zu nicken, mit todernstem Gesicht. Plötzlich tat er mir fürchterlich leid. Aber ich konnte einfach nicht mehr länger dortbleiben; wir standen auf so entgegengesetzten Seiten, und er verfehlte jedesmal das Bett, wenn er etwas werfen wollte, und unter seinem elenden alten Morgenrock sah man seine Brust, und das ganze Zimmer roch nach Grippe und Vicks' Nasentropfen. »Machen Sie sich keine Sorgen um mich, Sir«, sagte ich. »Wirklich nicht. Ich komme schon weiter. Ich mache jetzt einfach so eine Phase durch. Jedermann macht doch Phasen durch, nicht?«
»Ich weiß nicht, Junge. Ich weiß nicht.«

Ich kann es nicht leiden, wenn jemand auf diese Art antwortet. »Doch, sicher. Ganz sicher geht das allen so«, sagte ich. »Ich meine es ganz im Ernst, Sir. Bitte machen Sie sich keine Sorgen um mich.« Ich legte ihm sozusagen die Hand auf die Schulter. »O. K.?« sagte ich.

»Möchtest du nicht eine Tasse Schokolade, bevor du gehst? Mrs. Spencer würde gern –«

»Ich würde gern bleiben, wirklich, aber ich muß jetzt gehen. Ich muß sofort in die Turnhalle. Aber vielen Dank. Vielen Dank, Sir.«

Dann gaben wir uns die Hand und so weiter, der übliche Mist. Aber es machte mich verdammt traurig.

»Ich werde Ihnen schreiben, Sir. Pflegen Sie jetzt Ihre Grippe.«

»Auf Wiedersehen, Junge.«

Als ich die Tür hinter mir zugemacht hatte und zum Wohnzimmer zurückging, rief er mir etwas nach, aber ich konnte es nicht verstehen. Ich bin ziemlich sicher, daß er mir »Viel Glück!« nachschrie. Hoffentlich nicht. Hoffentlich täusche ich mich. Ich würde nie jemandem »Viel Glück!« nachschreien. Es klingt fürchterlich, wenn man richtig darüber nachdenkt.

3

Ich bin der größte Lügner, den man sich denken kann. Schrecklich. Sogar, wenn ich unterwegs bin, um mir ein Magazin zu kaufen, und mich jemand fragt, wohin ich gehe, bin ich imstand zu antworten, ich ginge in die Oper. Fürchterlich. Als ich Spencer sagte, ich müßte in der Turnhalle meine Habseligkeiten holen, war das auch eine reine Lüge. Ich habe meine verdammten Sachen überhaupt nie in der Turnhalle aufbewahrt.

In Pencey wohnte ich im Ossenburger-Gedächtnis-Flügel, wo die neuen Schlafräume sind. Dieser Flügel war nur für Junioren und Senioren. Ich war ein Junior und mein Zimmergenosse ein Senior. Der Flügel war nach einem ehemaligen Schüler namens Ossenburger benannt. Er wurde steinreich, nachdem er von Pencey fortging. Er gründete ein Begräbnisinstitut – mit Filialen in ganz Amerika – das den Leuten ermöglichte, ihre Angehörigen für ungefähr fünf Dollar pro Stück zu bestatten. Man muß diesen Ossenburger gesehen haben, um sich das vorzustellen. Vermutlich steckt er sie in einen Sack und wirft sie ins Wasser. Immerhin stiftete er Pencey also einen Haufen Geld, und dafür wurde unser Flügel nach ihm benannt. Zum ersten Fußballmatch des Jahres erschien er in einem kolossalen Cadillac, und wir mußten auf der Tribüne alle aufstehen und Hurra brüllen. Am nächsten Morgen hielt er dann in der Kapelle eine ungefähr zehnstündige Rede. Er begann mit ungefähr fünfzig blöden Witzen, um uns zu zeigen, was für ein rechter Kerl er sei. Überwältigend. Dann erzählte er uns, daß er sich nie schäme, wenn er in Schwierigkeiten oder so stecke, sich hinzuknien und zu Gott zu beten. Er sagte, wir sollten auch immer zu Gott beten – einfach mit ihm sprechen und so –, wo immer wir uns befänden. Er sagte, wir müßten uns Jesus als unseren Kumpel vorstellen und so. Er *selbst* spreche die ganze Zeit mit Christus, behauptete er. Sogar wenn er am Lenkrad sitze. Das gab mir den Rest. Ich kann mir diesen dicken Schwindler vorstellen, wie er in den ersten Gang schaltet und Christus bittet, ihm noch ein paar Leichname zu schicken. Das eigentlich Gute kam aber erst in der Mitte der Rede. Ossenburger erzählte uns gerade, was für ein toller Kerl er sei, was für ein Draufgänger und so, da ließ dieser Kerl, der in der Reihe vor mir saß, dieser Edgar Marsalla, diesen grandiosen Furz los. Das war natürlich unanständig in der Kapelle und so, aber es war auch ganz lustig. Der gute Marsalla. Das Dach flog fast in die Luft. Fast keiner wagte, laut zu lachen, und der alte Ossenburger tat so, als habe er's gar nicht gehört, aber Thurmer, der Rektor, der neben Ossenburger auf dem Podium saß, dem konnte man ansehen, daß *er's* gehört hatte. *Junge*, der war vielleicht verbittert. Im Augenblick sagte er nichts, aber am nächsten Abend ließ er uns im Schulgebäude nachsitzen und hielt uns eine Rede. Er sagte, der Junge, der in der Kapelle die Störung verursacht habe, sei nicht würdig, in Pencey zu bleiben. Wir versuchten, den guten Marsalla dazu zu kriegen, noch mal einen direkt in Thurmers Rede fliegen zu lassen, aber er hatte gerade keinen auf der Latte.

Also, ich wohnte im Ossenburger-Gedächtnis-Flügel. Ich freute mich auf mein Zimmer, als ich vom alten Spencer zurückkam, denn die andern waren alle noch beim Fußballmatch, und ausnahmsweise war das Zimmer geheizt. Ich fand es richtig gemütlich. Ich zog meinen Mantel und die Krawatte aus und machte den Hemdkragen auf, und dann setzte ich die Mütze auf, die ich morgens in New York gekauft hatte. Es war eine rote Jagdmütze mit langem Schild. Ich hatte sie in einem Sportgeschäft im Schaufenster gesehen, als wir aus der Untergrundbahn kamen – gerade nachdem ich entdeckte, daß ich die verfluchten Floretts hatte liegen lassen. Die Mütze kostete nur einen Dollar. Ich setzte sie verkehrt herum auf – mit dem Schild im Nakken –, idiotisch, das gebe ich zu, aber es gefiel mir am besten so. Ich sah gut darin aus. Dann nahm ich das Buch, das ich angefangen hatte, und setzte mich in meinen Sessel. In jedem Zimmer waren zwei Sessel. Jeder von uns hatte einen, mein Zimmergenosse Ward Stradlater und ich. Die Armlehnen waren in traurigem Zustand, weil sich immer alle draufsetzten, aber es waren trotzdem ganz bequeme Sessel.

Das Buch, in dem ich gerade las, hatte ich in der Bibliothek aus Versehen bekommen. Man hatte mir die falsche Nummer gegeben, und ich merkte es erst, als ich schon wieder in meinem Zimmer war. Es hieß *Out of Africa,* von Isak Dinesen. Zuerst dachte ich, es wäre zum Sterben langweilig, aber das war ein Irrtum. Es war ein sehr gutes Buch. Ich bin ganz ungebildet, aber ich lese sehr viel. Mein Lieblingsautor ist mein Bruder D. B., und dann kommt Ring Lardner. Mein Bruder schenkte mir ein Buch von Ring Lardner zum Geburtstag, gerade bevor ich nach Pencey kam. Es waren furchtbar komische, verrückte Theaterstücke darin und die Geschichte von einem Verkehrspolizisten, der sich in ein tolles Mädchen verliebt, die immer rasend schnell fährt. Aber der Polizist ist verheiratet, so daß er sie nicht heiraten kann. Dann kommt das Mädchen um, weil es immer so schnell fährt. Die Geschichte hat mich umgeworfen. Am liebsten lese ich Bücher, in denen wenigstens von Zeit zu Zeit komische Stellen sind. Ich lese auch viel klassische Bücher, Psychokrimis wie *Des Wilden Wiederkehr* und Kriegsbücher und so, aber sie machen mir keinen besonders tiefen Eindruck. Am meisten halte ich davon, wenn man nach einem Buch ganz erledigt ist und sich wünscht, daß man mit dem Autor, der es geschrieben hat, nah befreundet wäre und daß man ihn antelefonieren könnte, wenn man dazu Lust hätte. Das kommt allerdings nicht oft vor. Ich hätte nichts dagegen, Isak Dinesen anzurufen. Und auch Ring Lardner, wenn mir D. B. nicht gesagt hätte, daß er gestorben ist. Zum Beispiel so ein Buch wie *Des Menschen Hörigkeit* von Somerset Maugham – das habe ich letzten Sommer gelesen. Es ist sicher ein gutes Buch und so, aber ich hätte keine Lust, Somerset Maugham anzurufen. Ich weiß nicht. Er ist einfach nicht der Typ, den ich gerne anrufen würde. Viel lieber den alten Thomas Hardy. *Eustacia Vye* gefällt mir sehr gut.

Ich setzte also meine neue Mütze auf und fing an *Out of Africa* zu lesen. Ich hatte das Buch schon gelesen, aber ich wollte ein paar Stellen noch einmal lesen. Ich hatte erst ungefähr drei Seiten hinter mir, als ich jemand durch die Vorhänge vom Duschraum kommen hörte. Auch ohne hinzusehen, wußte ich sofort, wer es war. Es war Robert Ackley, der im Zimmer neben uns wohnte. In unserem Flügel war immer zwischen zwei Zimmern ein Duschraum, und ungefähr fünfundachtzigmal im Tag platzte dieser Ackley herein. Außer mir war er wohl der einzige von allen in unserem Flügel, der nicht beim Fußballmatch war. Er machte fast nie bei etwas mit. Ein komischer Kerl. Er war ein Senior und war seit vier Jahren in Pencey, aber niemand nannte ihn anders als »Ackley«. Nicht einmal Herb Gale, der das Zimmer mit ihm teilte, nannte ihn »Bob« oder auch nur »Ack«. Falls er jemals heiratet, nennt ihn vermutlich auch seine eigene Frau »Ackley«. Er war sehr groß – ungefähr 1,93 –, mit hängenden Schultern und schlechten Zähnen. In der ganzen Zeit dort habe ich nie gesehen, daß er sich die Zähne geputzt hätte. Sie sahen immer moosig und gräßlich aus, und es konnte einem schlecht werden, wenn er beim Essen den ganzen Mund voll Kartoffelbrei oder Erbsen oder was weiß ich hatte. Außerdem war er mit Pickeln bedeckt. Nicht nur auf der Stirn oder auf dem Kinn wie die meisten andern, sondern über das ganze Gesicht. Und nicht nur das, er war überhaupt ein ekelhafter Charakter, irgendwie schmierig. Ich schwärmte nicht gerade für ihn, ehrlich gesagt.

Ich fühlte, daß er hinter meinem Stuhl stand und herumschaute, ob Stradlater da sei. Er konnte Stradlater nicht ausstehen und kam nie ins Zimmer, wenn Stradlater da war. Er konnte so ziemlich niemand ausstehen.

Dann kam er näher. »Hi«, sagte er. Er sagte das immer in einem Ton, als ob er furchtbar gelangweilt oder furchtbar müde wäre. Er wollte nie, daß man dächte, er statte einen Besuch ab. Man sollte meinen, er sei nur aus Versehen hereingekommen, um Himmels willen.

»Hi«, sagte ich, ohne von meinem Buch aufzusehen. Bei einem solchen Kerl wie Ackley war man verloren, wenn man vom Buch aufsah. Man war ohnedies verloren, aber wenigstens nicht so von Anfang an, wenn man sich tot stellte..

Er schlenderte langsam im Zimmer herum und so. Das machte er jedesmal so und befingerte dabei alle möglichen persönlichen Sachen auf meinem Tisch oder auf der Kommode. Das machte er immer: die persönlichsten Sachen anfassen und beglotzen. Junge, der konnte einem manchmal ziemlich auf die Nerven gehen. »Wie ging's mit dem Fechten?« fragte er. Er wollte einfach meinen Frieden stören. Das Fechten war ihm ganz gleichgültig.

»Haben wir gewonnen, oder was?« fragte er.

»Niemand hat gewonnen«, sagte ich, ohne aufzusehen.

»Was?« fragte er. Er zwang einen immer, alles zweimal zu sagen.

»Niemand hat gewonnen«, sagte ich. Dabei schaute ich schnell hin, um zu sehen, an was er auf meiner Kommode herummachte. Er glotzte das Bild von dem Mädchen an, mit dem ich in New York oft ausgegangen war, Sally Hayes. Seit ich das Bild habe, muß er es mindestens fünftausendmal in die Hand genommen und angeglotzt haben. Und jedesmal stellte er es dann an den falschen Ort zurück. Er machte das absichtlich. Das merkte man genau.

»Niemand hat gewonnen!« sagte er. »Wieso?«

»Ich habe die verdammten Floretts und alles übrige in der Untergrundbahn liegen lassen.« Ich schaute immer noch in mein Buch.

»In der Untergrundbahn, Herr im Himmel! Verloren sagst du?«

»Wir waren im falschen Zug. Ich mußte die ganze Zeit aufstehn und auf dem verfluchten Stadtplan an der Wand nachsehn.«

Er kam zu mir herüber und stellte sich mir ins Licht. »He«, sagte ich. »Seit du da bist, lese ich schon zum zwanzigsten Mal den gleichen Satz.«

Jeder andere hätte diesen verdammten Wink verstanden. Aber Ackley durchaus nicht. »Meinst du, du mußt die Sachen ersetzen?« fragte er.

»Weiß ich nicht, ist mir auch gleichgültig. Wie wär's, wenn du dich setzen würdest oder so, Kleiner? Du stehst mir verdammt im Licht.« Er hörte nicht gern, wenn ich ›Kleiner‹ sagte. Er behauptete immer, *ich* sei ein verdammtes Kind, weil ich sechzehn war und er achtzehn. Es machte ihn verrückt, wenn ich ihn ›Kleiner‹ nannte.

Er blieb ruhig stehen. Das sah ihm ähnlich, keinen Schritt weiter zu gehen, wenn man ihm sagte, er stehe einem im Licht. Schließlich tat er es dann doch, aber wenn man ihn darum gebeten hatte, dauerte es viel länger. »Was zum Teufel liest du da?« fragte er.

»Ein verdammtes Buch.«

Er hob das Buch auf, um den Titel zu lesen. »Gut?« fragte er.

»Dieser Satz, den ich gerade lese, ist toll.« Ich kann auch sarkastisch sein, wenn ich in der Stimmung bin. Er merkte es zwar nicht. Er schlenderte wieder im Zimmer umher und befingerte meine und Stradlaters Sachen. Schließlich legte ich das Buch auf den Boden. Man konnte mit so einem Menschen in der Nähe nichts lesen. Unmöglich.

Ich setzte mich tief in den Sessel, bis ich beinah lag, und sah Ackley zu, wie er sich häuslich einrichtete. Ich war müde von der Fahrt nach New York und allem und fing an zu gähnen. Dann fing ich an Theater zu spielen. Das tue ich oft aus Langeweile. Ich drehte meine Mütze um, so

daß sie richtig saß, und zog mir den Schirm tief über die Augen. Auf diese Weise konnte ich nichts mehr sehen. »Ich glaube, ich werde blind«, sagte ich mit gepreßter Stimme. »Liebste Mutter, alles wird so dunkel.«
»Du spinnst, Gott sei's geklagt«, sagte Ackley.
»Liebste Mutter, gib mir deine Hand. Warum willst du mir die Hand nicht geben?«
»Um Himmels willen, benimm dich doch wie ein normaler Mensch.«
Ich tastete herum wie ein Blinder, aber ohne aufzustehen. Ich sagte immer wieder: »Liebste Mutter, warum gibst du mir nicht die Hand?« Natürlich war alles nur Blödsinn. Manchmal macht mir das Spaß. Außerdem wußte ich, daß es diesen Ackley wahnsinnig ärgerte. Er machte immer einen Sadisten aus mir. Ich benahm mich oft sadistisch, wenn er da war. Aber endlich hörte ich doch damit auf. Ich schob mir den Mützenschirm wieder ins Genick und hielt mich still.
»Wem gehört das?« fragte Ackley. Er hielt Stradlaters Kniebandage in die Höhe. Dieser Ackley nahm alles in die Finger, was er nur erwischte. Der würde sogar einen Unterleibsschützer in die Finger nehmen. Ich antwortete, es gehöre Stradlater. Daraufhin warf er das Zeug auf Stradlaters Bett. Er hatte es auf Stradlaters Kommode gefunden und warf es deshalb aufs Bett.
Dann kam er wieder her und setzte sich auf die Armlehne von Stradlaters Sessel. Immer auf die Armlehne. »Wo zum Kuckuck hast du das her?« fragte er.
»New York.«
»Wieviel?«
»Einen Dollar.«

»Schandpreis.« Er fing an, sich mit einem Streichholzende seine blöden Nägel zu säubern. Er putzte sich fortwährend die Nägel. Eigentlich komisch. Seine Zähne sahen immer ganz bemoost aus, und seine Ohren waren widerwärtig schmutzig, aber die Nägel putzte er sich fortwährend. Wahrscheinlich hielt er das für ausreichend, um äußerst gepflegt zu wirken. Dazwischen warf er wieder einen Blick auf meine Mütze. »Zu Hause tragen wir solche Mützen für die Jagd«, sagte er. »Das ist eine Jagdmütze.«

»Allerdings«. Ich nahm sie ab und betrachtete sie. Ich kniff ein Auge zu, als ob ich auf die Mütze zielte. »Das ist eine Menschenjagdmütze«, sagte ich. »Ich trage sie zur Menschenjagd.«

»Wissen deine Alten schon, daß man dich hinausgeworfen hat?«

»Nein.«

»Wo zum Teufel ist Stradlater überhaupt?«

»Beim Match. Hat ein Rendezvous.« Ich gähnte. Ich gähnte die ganze Zeit. Es war viel zu heiß im Zimmer. Das machte einen schläfrig. In Pencey fror man sich entweder zu Tod oder starb vor Hitze.

»Der große Stradlater«, sagte Ackley. »He, leih mir deine Schere einen Augenblick. Hast du sie in Reichweite?«

»Nein. Schon eingepackt. Zuoberst im Schrank.«

»Gib sie mir, sei so gut. Ich muß mir diesen eingerissenen Nagel abschneiden.«

Es war ihm gleichgültig, ob man etwas schon eingepackt hatte oder nicht und ob es zuoberst im Schrank war. Ich holte ihm die Schere trotzdem. Dabei wurde ich fast erschlagen. Als ich den Schrank aufmachte, fiel mir Stradlaters Tennisracket samt dem Holzrahmen auf den Kopf.

Es krachte laut und tat höllisch weh. Auch Ackley wäre beinah ums Leben gekommen. Er stimmte mit seiner Falsettstimme ein Gelächter an und lachte die ganze Zeit weiter, während ich meinen Handkoffer herunterholte und die Schere für ihn auspackte. Solche Vorfälle – daß jemandem ein Felsstück oder was weiß ich auf den Kopf fiel – fand er zum Bersten komisch. »Du hast einen prächtigen Sinn für Humor, Kind«, sagte ich. »Weißt du das?« Dabei gab ich ihm die Schere. »Engagier mich als Manager. Ich kann dich am Radio unterbringen.« Ich setzte mich wieder hin, und er schnitt sich seine dicken, hornigen Nägel. »Wie wär's, wenn du das am Tisch machen würdest?« sagte ich. »Schneid sie dir am Tisch, könntest du das wohl? Ich habe keine Lust, heute abend mit bloßen Füßen auf deinen abgeschnittenen Nägeln herumzugehn.« Er schnitt sie trotzdem über dem Fußboden weiter. Sehr schlechte Manieren nenne ich so etwas.

»Mit wem hat Stradlater ein Rendezvous?« fragte er. Er platzte immer vor Neugier, mit wem sich Stradlater verabredet habe, obwohl er ihn nicht riechen konnte.

»Weiß ich nicht. Warum?«

»Darum. Großer Gott, ich kann diesen Idioten nicht ausstehn. So ein blödes Kamel.«

»Er schwärmt für dich. Er hat mir gesagt, er halte dich für einen Prinzen«, sagte ich. Ich nenne die Leute oft Prinzen, wenn ich in der Laune bin. So aus Langweile.

»Er führt sich immer so von oben herab auf«, sagte Ackley. »Ich kann ihn einfach nicht riechen. Man könnte meinen, daß er –«

»Hättest du etwas dagegen, dir die Nägel über dem Tisch zu schneiden, he?« sagte ich. »Ich sag es zum fünfzigsten –«

»Er führt sich die ganze Zeit so überheblich auf«, sagte Ackley. »Dabei glaube ich nicht einmal, daß er intelligent ist. Er selber meint es natürlich. Er *meint*, er sei der aller –«

»Ackley, verdammt noch mal! Schneid dir deine verdammten Nägel über dem Tisch! Ich hab es schon fünfzigmal gesagt.«

Zur Abwechslung begab er sich tatsächlich an den Tisch. Ihn anzubrüllen war die einzige Art, ihn zu etwas zu bringen.

Ich sah ihm eine Weile lang zu. Dann sagte ich: »Du hast nur deshalb eine Wut auf Stradlater, weil er gesagt hat, du solltest dir von Zeit zu Zeit die Zähne putzen. Er hat das nicht als Beleidigung gemeint. Er hat es zwar nicht gerade höflich gesagt, aber beleidigen wollte er dich nicht. Er meinte nur, du würdest besser aussehen und dich selber wohler fühlen, wenn du dir von Zeit zu Zeit die Zähne putzen würdest.«

»Ich putze sie ja. Red keinen Mist.«

»Nein, nie. Ich seh dir schon lange zu, und du putzt sie nie.« Das sagte ich aber nicht unfreundlich. Irgendwie tat er mir leid. Natürlich ist es nicht besonders angenehm, wenn man zu hören bekommt, daß man sich die Zähne nicht putze. »Man kann nichts gegen Stradlater sagen. Er ist gar nicht so übel«, sagte ich. »Du kennst ihn nur nicht.«

»Ich finde trotzdem, daß er ein gemeines Schwein ist. Ein eingebildeter Idiot.«

»Eingebildet ist er, aber in vielem ist er auch sehr großzügig. Im Ernst«, sagte ich. »Nimm zum Beispiel an, Stradlater hätte eine Krawatte oder was, die dir gefällt. Eine, die dir ganz besonders gut gefällt, meine ich – nur als Beispiel. Weißt du, was er täte? Höchstwahrscheinlich würde er sie abnehmen und sie dir geben. Oder er würde sie auf dein Bett legen oder so. Jedenfalls würde er dir die Krawatte schenken. Die meisten andern würden nur –«

»Zum Teufel«, sagte Ackley. »Wenn ich so reich wäre wie er, täte ich das auch.«

»Nein, du nicht.« Ich schüttelte den Kopf. »Du nicht, Kleiner. Wenn du soviel Geld hättest, wärst du der größte –«

»Hör auf mit dem ›Kleiner‹. Verdammt noch mal. Ich bin alt genug, um dein blöder Vater zu sein.«

»Das sicher nicht.« Er konnte einem wirklich manchmal auf die Nerven gehen. Er betonte bei jeder Gelegenheit, daß ich sechzehn war und er achtzehn. »Erstens einmal würde ich dich überhaupt nicht in meine gottverdammte Familie aufnehmen«, sagte ich.

»Schön, aber hör auf mich –«

Plötzlich ging die Tür auf und Stradlater kam in großer Eile herein. Er war immer eilig. Alles bei ihm war immer furchtbar wichtig. Er ging auf mich zu und tätschelte mir die Wangen – eine ekelhafte Gewohnheit. »Hör«, sagte er, »hast du heute abend etwas Besonderes vor?«

»Weiß nicht. Möglich. Wie ist es draußen – schneit es?« Sein Mantel war voll Schnee.

»Ja. Hör, wenn du selber nicht ausgehen willst, könntest du mir deine karierte Jacke leihen?«

»Wer hat gewonnen?« fragte ich.

»Erst Halbzeit. Aber im Ernst, brauchst du die Jacke heut abend oder nicht? Ich hab mir irgend so 'n Zeug über meinen Flanellanzug gegossen.«

»Nein, ich brauch sie nicht, aber ich hab keine Lust, daß daß du sie mit deinen verdammten Schultern ausweitest.«

Wir waren fast gleich groß, aber er war ungefähr doppelt so schwer wie ich und hatte sehr breite Schultern.

»Ich weite sie sicher nicht aus.« Er ging eilig zum Schrank. »Wie geht's, Ackley?« fragte er. Stradlater war wenigstens immer freundlich. Zum Teil in einer herablassenden Art, aber wenigstens sagte er Ackley immer guten Tag.

Ackley gab nur irgendein Geknurr von sich. Er wollte ihm eigentlich nicht antworten, hatte aber nicht den Mut, überhaupt nichts zu sagen. Dann sagte er zu mir: »So, ich muß gehn. Auf später.«

»O. K.«, sagte ich. Es brach einem nicht unbedingt das Herz, wenn er wieder in sein Zimmer verschwand.

Stradlater zog Jacke und Krawatte und so weiter aus. »Ich muß mich wohl schnell noch rasieren«, sagte er. Er hatte einen ziemlich starken Bartwuchs, wirklich, den hatte er.

»Wo ist dein Mädchen?« fragte ich.

»Sie wartet im Anbau.« Er ging mit seinen Toilettensachen und Handtüchern unterm Arm hinaus. Ohne Hemd oder so. Er lief immer mit nacktem Oberköper herum, weil er sich für fabelhaft gut gewachsen hielt. Das stimmt sogar, das muß ich zugeben.

4

Da ich nichts zu tun hatte, ging ich auch in den Waschraum und schwätzte mit ihm, während er sich rasierte. Außer uns war kein Mensch dort, weil alle noch beim Match waren. Von der Höllenhitze waren alle Fenster beschlagen. Der Wand entlang befinden sich ungefähr zehn Waschbecken nebeneinander. Stradlater benützte das in der Mitte. Ich setzte mich auf das Becken neben seinem und drehte den Kaltwasserhahn auf und zu – eine nervöse Angewohnheit von mir. Stradlater pfiff *Song of India* beim Rasieren. Er pfiff immer durchdringend und falsch und suchte sich immer Schlager aus wie *Song of India* oder *Das Blutbad in der 10. Avenue,* die ohnedies schwierig sind, selbst wenn einer gut pfeifen kann. Er konnte wirklich jede Melodie ruinieren.

Ich sagte schon, Stradlater war ebenso schlampig wie Ackley, nur in anderer Art. Er war sozusagen mehr im geheimen schlampig. Er sah immer korrekt aus, aber sein Rasiermesser zum Beispiel war sehenswert. Es war immer ganz verrostet und mit altem Seifenschaum und Haaren und was weiß ich verklebt. Er putzte es überhaupt nie. Er sah immer gut aus, wenn er sich hergerichtet hatte, aber im geheimen war er trotzdem unsauber, wenn man ihn so kannte wie ich. Er pflegte sein Aussehen nur deshalb so, weil er wahnsinnig in sich selber verliebt war. Er hielt sich für den schönsten Burschen der westlichen Hemisphäre. Ich muß zugeben, daß er ziemlich gut aussah. Aber nur in der Art, daß irgendwelche Eltern, wenn sie auf sein Bild im Jahrbuch gestoßen wären, sofort gefragt hätten: »Wer ist denn das?« Ich meine, er war einfach ein Typ, der auf Photographien gut wirkt. In Pencey waren viele andere, die besser aussahen als er, aber im Jahrbuch wären sie niemandem aufgefallen. Auf einer Photographie konnte man meinen, daß sie eine große Nase oder abstehende Ohren hätten. Das habe ich oft erlebt.

Ich saß also auf dem Waschbassin neben Stradlater und drehte am Kaltwasserhahn. Ich hatte immer noch die rote Jagdmütze verkehrt um an. Das machte mir Vergnügen.

»He«, sagte Stradlater. »Willst du mir einen großen Gefallen tun?«

»Was?« frage ich, nicht übermäßig begeistert. Er bat immer um irgendeinen großen Gefallen. Das machen alle so, die gut aussehen oder sich für große Kanonen halten. Weil sie für sich selbst schwärmen, meinen sie, man müsse ebenso für sie schwärmen und man verzehre sich danach, ihnen einen Gefallen zu tun. Eigentlich komisch.

»Gehst du heut abend aus?« fragte er.

»Vielleicht. Vielleicht auch nicht. Weiß noch nicht. Warum?«

»Ich muß bis Montag noch ungefähr hundert Seiten Geschichte lesen. Könntest du wohl einen englischen Aufsatz für mich schreiben? Ich bin schlimm dran, wenn ich das verdammte Zeug nicht bis Montag habe. Deshalb frage ich. Was meinst du?« Das war ein starkes Stück, wahrhaftig.

»*Ich* fliege aus der verdammten Schule heraus«, sagte ich, »und für dich soll ich einen verdammten Aufsatz schreiben.«

»Ja, ich weiß. Aber es ist doch eben so, daß es mir sonst selber an den Kragen geht. Sei kein mieser Frosch. O.K.?«

Ich antwortete nicht sofort. Manchen Parasiten wie Stradlater tut es gut,wenn man sie zappeln läßt.
»Über was?« fragte ich.
»Irgend etwas. Irgendeine Beschreibung. Ein Zimmer. Oder ein Haus. Oder irgendeine Erinnerung – du weißt schon. Wenn es nur eine verdammte Schilderung ist.« Dabei gähnte er. Von so etwas bekomme ich Krämpfe. Ich meine, wenn einer in dem Augenblick gähnt, in dem er um eine Gefälligkeit bittet. »Schreib ihn nur nicht zu gut, dann wird es schon richtig«, sagte er. »Dieser verdammte Hartzell hält dich für eine Kanone bei Aufsätzen, und er weiß, daß wir zusammen wohnen. Ich meine, setz nur nicht alle Kommas und so weiter an die richtige Stelle.«
Das ist wieder so etwas, wovon ich Krämpfe bekomme. Wenn man gut Aufsätze schreiben kann und dann jemand von Kommas zu reden anfängt. Stradlater tat das immer. Er wollte einem weismachen, daß er nur deshalb schlecht im Aufsatz sei, weil er die Kommas falsch einsetzte. In diesem Punkt war er ähnlich wie Ackley. Einmal saß ich bei diesem Basketballspiel direkt neben Ackley. Wir hatten einen phantastischen Kerl in der Mannschaft, Howie Coyle, der die Bälle von der Mitte des Spielfeldes aus 'reinbekam, ohne nur das Brett zu berühren oder so. Ackley sagte immer wieder, während des ganzen verdammten Spiels, dieser Coyle habe einen idealen Basketball*körper.* Mein Gott, wie ich diesen Quatsch hasse.
Allmählich langweilte ich mich auf dem Waschbassin. Ich stand auf und fing einen Steptanz an, einfach aus Blödsinn. Es machte mir einfach Spaß. Der Steinboden eignete sich gut dafür, obwohl ich gar nicht steppen kann. Ich machte die Tänzer in Filmen nach, in diesen Musicals. Ich

hasse Filme wie Gift, aber sie nachahmen macht mir Spaß. Stradlater sah mir im Spiegel zu, während er sich rasierte. Ich brauche nur Publikum, mehr nicht. Ich bin ein Exhibitionist. »Ich bin der Sohn des blöden Gouverneurs«, sagte ich. Ich kam in Fahrt und tanzte durch den ganzen Raum. »Er will nicht, daß ich Tänzer werde. Er will mich nach Oxford schicken. Aber das Tanzen liegt mir im Blut.« Stradlater lachte. Er hatte keinen üblen Sinn für Humor. »Die Premiere der Ziegfeld Follies«, sagte ich außer Atem. Ich bin furchtbar kurzatmig. »Der erste Tänzer kann nicht weiter. Er ist besoffen. Wen sollen sie als Ersatz nehmen? Mich natürlich. Den Sohn des verdammten Gouverneurs.«

»Wo hast du die Mütze her?« fragte Stradlater. Er meinte meine Jagdmütze; so etwas hatte er noch nie gesehen.

Weil ich ohnedies keine Luft mehr bekam, hörte ich auf. Ich nahm die Mütze ab und betrachtete sie zum ungefähr neunzigsten Mal.

»Heute morgen in New York gekauft. Für einen Dollar. Gefällt sie dir?«

Stradlater nickte. »Toll«, sagte er. Er wollte mir zwar nur schmeicheln, denn gleich darauf sagte er: »Hör, schreibst du den Aufsatz für mich? Ich muß es wissen.«

»Wenn ich Zeit habe, tu ich's. Wenn nicht, tu ich's nicht.« Ich setzte mich wieder auf das Waschbassin. »Mit wem gehst du aus?« fragte ich. »Fitzgerald?«

»Herr im Himmel, nein! Mit der bin ich fertig.«

»Wirklich? Gib sie mir. Im Ernst. Sie ist mein Typ.«

»Nimm sie nur ... Sie ist zu alt für dich.«

Plötzlich – aus keinem anderen Grund, als weil ich dazu aufgelegt war, mich zu balgen –, sprang ich vom Waschbassin herunter und stürzte mich wie ein Panther auf Stradlater. Ich wollte den Halb-Nelson anwenden, das ist ein Ringergriff, falls das jemand wissen will, wobei man den Gegner um den Hals packt und würgt, wenn man will, bis er erstickt.

»Hör auf, Holden!« sagte Stradlater. Er hatte keine Lust zum Balgen. Er war beim Rasieren. »Was hast du vor – daß ich mir den Kopf abschneide?«

Ich ließ aber nicht los. Ich hatte ihn gut im Hals-Nelson. »Befreie dich aus meinem tödlichen Griff«, sagte ich.

»Jesus Christus.« Er legte seinen Rasierapparat hin, warf plötzlich die Arme in die Höhe und machte sich los. Er war sehr stark, und ich habe überhaupt keine Kraft. »Jetzt hör mit dem Blödsinn auf«, sagte er. Er fing wieder von vorne an mit dem Rasieren. Er rasierte sich immer zweimal, um fabelhaft auszusehen. Und das mit seiner schauerlichen alten Klinge.

»Wer ist es denn, wenn es nicht Fitzgerald ist?« fragte ich. Dabei setzte ich mich wieder hin. »Dieses Phyllis Smith-Baby?«

»Nein. Die sollte es sein, aber es wurde nichts daraus. Ich habe jetzt die, die mit dem Mädchen von Bud Thaw im gleichen Zimmer wohnt ... He, fast hätte ich's vergessen. Sie kennt dich.«

»Wer?«

»Eben die.«

»So? Wie heißt sie?« Das interessierte mich.

»Wart einmal ... Ach ja. Jane Gallagher.«

Mich traf fast der Schlag, als ich das hörte.

»Jane Gallagher«, sagte ich. Ich stand sogar auf. Ich war wirklich erschlagen. »Die kenne ich tatsächlich. Im vorletzten Sommer wohnte sie sozusagen direkt neben mir. Sie hatte so einen großen verdammten Dobermannpinscher. So habe ich sie kennengelernt. Ihr Hund kam immer in unsern –«

»Du stehst mir im Licht, Holden«, sagte Stradlater. »Ist das unbedingt nötig?«

Junge, ich war vielleicht aufgeregt, wirklich.

»Wo ist sie? Ich muß ihr doch guten Tag sagen. Wo ist sie? Im Anbau?«

»Ja.«

»Wieso hat sie von mir gesprochen? Ist sie jetzt in Shipley oder wo? Sie sagte, vielleicht käme sie dorthin. Wieso hat sie von mir gesprochen?« Ich war wirklich ganz aufgeregt.

»Das weiß ich doch nicht, um Himmels willen. Steh auf, bitte. Du sitzt auf meinem Handtuch.« Ich saß tatsächlich auf seinem dofen Handtuch.

»Jane Gallagher«, sagte ich. Ich wurde gar nicht damit fertig.

»Herr im Himmel.«

Stradlater rieb sich Vitalis in die Haare. Aus *meiner* Flasche.

»Sie ist Tänzerin«, sagte ich. »Ballett und so. Sie hat damals jeden Tag zwei Stunden geübt, auch bei der größten Hitze. Sie hatte Angst, daß sie häßliche Beine davon bekommen könnte – dicke Beine und so. Ich habe immer mit ihr Dame gespielt.«

»*Was* hast du mit ihr gespielt?«

»Dame.«

»*Dame*, um Himmels willen!«

»Ja. Sie wollte nie mit ihren Damen ziehen. Wenn sie eine Dame hatte, wollte sie nicht damit ziehen. Sie ließ sie einfach am Rand stehen, bis alle dort aufgereiht waren. Gezogen hat sie nie damit. Es gefiel ihr einfach, wenn alle in einer Reihe standen.«

Stradlater antwortete nichts. Die meisten Leute interessieren sich nicht für solches Zeug.

»Ihre Mutter war im gleichen Golfklub wie wir«, sagte ich. »Manchmal ging ich als Caddie hin, um Geld zu verdienen. Ihrer Mutter habe ich oft die Schläger nachgetragen.«

Stradlater hörte kaum hin. Er frisierte sein prachtvolles Lockenhaupt.

»Ich sollte ihr wenigstens guten Tag sagen«, sagte ich.

»Warum gehst du nicht zu ihr?«

»Ich geh sofort.«

Er zog sich wieder einen neuen Scheitel. Er brauchte immer eine gute Stunde, bis er gekämmt war.

»Ihre Eltern waren geschieden. Ihre Mutter hat dann irgendeinen Säufer geheiratet«, sagte ich. »Brandmager, mit haarigen Beinen. Ich erinnere mich an ihn. Er hatte immer Shorts an. Jane sagte, er sei irgendein Schriftsteller oder etwas ähnliches, aber ich habe immer nur gesehen, daß er gesoffen, am Radio gesessen und jedes, aber auch jedes gottverdammte Krimiprogramm gehört hat. Und mit Vorliebe lief er nackt um das verdammte Haus herum. Obwohl Jane dort war und so.«

»So?« fragte Stradlater. Das interessierte ihn plötzlich. Ein Alkoholiker, der nackt herumlief, wenn Jane dort war. Solche Sachen hörte er gern. Er war ziemlich scharf auf Sex.

»Sie hat eine elende Kindheit gehabt. Im Ernst.«

Aber das interessierte Stradlater schon nicht mehr. Nur richtiger Sex interessierte ihn.

»Jane Gallagher, großer Gott.« Ich kam nicht davon los.

»Ich sollte wirklich hinuntergehen und ihr guten Tag sagen.«

»Warum zum Teufel tust du es denn nicht, anstatt immer davon zu reden?«

Ich ging zum Fenster, aber man konnte nicht hinaussehen, weil es vom Dampf so beschlagen war. »Ich bin nicht in der Stimmung», sagte ich. Das war wirklich so. Für so etwas muß man in der richtigen Stimmung sein. »Ich habe gemeint, sie wäre in Shipley. Ich hätte geschworen, daß sie dorthin gegangen ist.« Ich ging hin und her. Etwas anderes hatte ich nicht zu tun. »Hat dir das Spiel Spaß gemacht?« fragte ich.

»Ja, ich glaube. Ich weiß nicht.«

»Hat sie dir erzählt, daß wir immer Dame gespielt haben oder so?«

»Weiß ich nicht mehr, Herr im Himmel, ich hab sie ja gerade erst kennengelernt«, sagte Stradlater. Er war jetzt endlich mit seinem prachtvollen Lockenhaupt fertig und sammelte seine dreckigen Toilettensachen ein.

»Sag mal, könntest du sie von mir grüßen?«

»O. K.«, sagte er, aber ich war ziemlich sicher, daß er es wohl nicht tun würde. Solche Typen richten nie Grüße aus. Er ging ins Zimmer zurück, aber ich lungerte noch eine Zeitlang im Waschraum umher und dachte an Jane. Dann ging auch ich ins Zimmer.

Stradlater band sich vor dem Spiegel die Krawatte. Er verbrachte ungefähr die Hälfte seines Lebens vor dem Spiegel. Ich setzte mich in meinen Sessel und sah ihm zu.

»Du«, sagte ich, »erzähl ihr nicht, daß ich geflogen bin, bitte.«

»O. K.«

Das war ein sympathischer Zug an ihm. Man brauchte ihm nicht jede verdammte Kleinigkeit zu erklären, wie es bei Ackley nötig war. Vor allem wohl deshalb, weil er sich nie besonders interessierte. Das war der Grund. Ackley war ganz anders. Ackley war ein Schnüffler.

Stradlater zog meine karierte Jacke an.

»Gib um Himmels willen acht, daß du sie mir nicht ausweitest«, sagte ich. »Ich habe sie erst ungefähr zweimal angehabt.«

»Reg dich nicht auf. Wo zum Teufel sind meine Zigaretten?«

»Auf dem Tisch.« Er wußte nie, wo er etwas hingelegt hatte.

»Unter deinem Shawl.« Er steckte sie in meine Jackentasche.

Ich drehte zur Abwechslung wieder meine Mütze um, mit dem Schild nach vorn. Ich wurde plötzlich irgendwie nervös. Ich bin überhaupt ein nervöser Mensch. »Wo gehst du denn mit ihr hin?« fragte ich. »Weißt du das schon?«

»Nein. New York, falls wir Zeit haben. Sie hat sich nur bis halb zehn abgemeldet, du lieber Himmel.«

Sein Ton gefiel mir nicht, deshalb sagte ich: »Das hat sie nur deshalb so gemacht, weil sie vermutlich noch nicht wußte, welch ein gutaussehender Schweinehund du bist. Wenn sie das *gewußt* hätte, hätte sie sich wohl bis halb zehn *morgens* abgemeldet.«

»Ganz richtig«, sagte er. Man konnte ihn nicht leicht ärgern. Er war zu eingebildet. »Aber jetzt im Ernst. Schreib den Aufsatz für mich«, sagte er. Er hatte schon den Mantel angezogen und war zum Gehen bereit. »Überanstreng dich nicht damit, mach ihn einfach höllisch farbig, O. K.?«

Ich gab keine Antwort. Ich hatte keine Lust dazu. Ich sagte nur: »Frag sie, ob sie immer noch alle ihre Damen am Rand sitzen läßt.«

»O. K.«, sagte Stradlater, aber ich wußte genau, daß er es nicht ausrichten würde. »Sei nicht zu fleißig.« Damit stob er hinaus.

Ich blieb ungefähr noch eine halbe Stunde sitzen, nachdem er fort war. Ich saß einfach da und tat überhaupt nichts. Ich dachte immer an Jane und an Stradlater, der mit ihr ausging, und das alles. Es machte mich so nervös, daß ich halb verrückt wurde. Ich habe schon erwähnt, wie sexy Stradlater war.

Plötzlich platzte Ackley wieder durch die verfluchten Vorhänge vom Duschraum herein. Dieses einzige Mal in meinem blöden Leben war ich wirklich froh über sein Erscheinen. Er lenkte mich von dem andern Zeug ab.

Er blieb fast bis zum Abendessen da, schwätzte über die andern und daß er sie alle nicht ausstehen könne und drückte an dem großen Pickel auf seinem Kinn herum. Er benützte nicht einmal sein Taschentuch dazu.

Vermutlich besaß der Lümmel überhaupt kein Taschentuch. Jedenfalls habe ich nie eins bei ihm gesehen.

5

Am Samstag abend gab es in Pencey immer dasselbe Essen. Es sollte sogar etwas ganz Besonderes sein, weil man Steaks bekam. Ich wette tausend Dollar, daß sie es deshalb so einrichteten, weil am Sonntag viele Eltern herkamen und Thurmer sich wohl vorstellte, daß jede Mutter ihren geliebten Sohn sofort fragen würde, was er gestern abend gegessen habe, worauf er dann antworten könnte: »Steak.« Schöner Bluff. Diese Steaks hätte man sehen sollen. Es waren harte, trockene, winzige Dinger, die man kaum schneiden konnte. Dazu gab es faden Kartoffelbrei und zum Nachtisch einen Pudding, den kein Mensch aß – höchstens die kleinen Buben aus den untersten Klassen und solche Freßsäcke wie Ackley.

Als wir aus dem Speiseraum kamen, freute ich mich. Der Schnee lag ungefähr sieben Zentimeter hoch, und es schneite immer noch wie toll. Es sah fabelhaft aus, und wir warfen Schneebälle und tobten herum. Natürlich war das kindisch, aber es machte allen Vergnügen.

Weil ich mit niemand verabredet war, beschlossen Mal Brossard und ich, mit dem Autobus nach Agerstown zu fahren und dort vielleicht in irgendein blödes Kino zu gehen oder irgendwo Würstchen zu essen. Wir hatten keine Lust, den ganzen Abend herumzusitzen. Ich fragte Brossard, ob er etwas dagegen hätte, wenn Ackley mitkäme. Ackley hockte nämlich am Samstagabend immer nur zu Hause und drückte seine Pickel aus. Brossard sagte, er hätte nichts dagegen, obwohl die Aussicht ihn nicht rasend begeisterte. Er hatte Ackley nicht besonders gern. Immerhin gingen wir also in unsere Zimmer, um uns fertigzumachen, und während ich die Gummischuhe und so weiter anzog, brüllte ich, ob Ackley mit uns ins Kino gehen wolle. Er konnte mich durch die Vorhänge vom Duschraum ganz gut hören, aber er gab zuerst keine Antwort. Es gehörte zu seinen typischen Gewohnheiten, daß er nie sofort Antwort gab. Endlich kam er durch die verdammten Vorhänge, blieb dort stehen und fragte, wer sonst noch mitginge. Er mußte das immer genau wissen. Wenn er irgendwo schiffbrüchig gewesen wäre und man hätte ihn in einem Boot retten wollen, so hätte er genau wissen müssen, wer das verdammte Boot rudere, bevor er eingestiegen wäre. Er sagte: »Also schön, wart einen Augenblick.« Es klang wie eine große Gnade. Er brauchte ungefähr fünf Stunden, bis er bereit war. Unterdessen ging ich ans Fenster, öffnete es und machte einen Schneeball. Der Schnee war gerade richtig dafür. Aber ich warf ihn nicht. Ich *wollte* ihn werfen, und zwar nach einem Auto, das auf der andern Straßenseite stand. Aber dann tat ich es doch nicht. Das Auto sah so schön und weiß aus. Dann zielte ich auf einen Hydranten, aber der sah auch so schön und weiß aus. Schließlich warf ich den Schneeball also überhaupt nicht. Ich machte nur das Fenster wieder zu und ging mit dem Schneeball im Zimmer umher. Dabei machte ich eine immer härtere Kugel daraus. Als Brossard und Ackley und ich später in den Autobus stiegen, hatte ich den Schneeball immer noch in der Hand. Der Fahrer machte die Türen wieder auf und sagte, ich müsse ihn hinauswerfen. Ich antwortete, daß ich ihn niemand anwerfen würde, aber er glaubte mir nicht. Die Leute glauben einem nie.

Brossard und Ackley hatten den Film in Agerstown beide schon gesehen. Deshalb aßen wir nur ein paar Würstchen und spielten an einem Spielautomaten herum und fuhren nach Pencey zurück. Mir war es gleichgültig, daß wir nicht ins Kino gingen. Es wäre ein Lustfilm mit Gary Grant und diesem ganzen Mist gewesen. Außerdem war ich schon einmal mit Brossard und Ackley ins Kino gegangen. Beide lachten wie Hyänen über lauter Mist, der überhaupt nicht komisch war. Ich saß nicht gerne neben ihnen.

Es war erst Viertel nach neun, als wir heimkamen. Brossard war ein Bridgefanatiker und fing an, in unserem Flügel nach Partnern zu suchen. Ackley ließ sich so zur Abwechslung in meinem Zimmer nieder. Nur setzte er sich diesmal nicht auf die Armlehne von Stradlaters Stuhl, sondern legte sich auf mein Bett, mit dem Gesicht auf meinem Kissen und so weiter. Er schwätzte mit seiner monotonen Stimme daher und fingerte an seinen sämtlichen Pickeln herum. Ich winkte mit ungefähr tausend Zaunpfählen, aber ich konnte ihn nicht loswerden. Und zwar schwätzte er mit dieser monotonen Stimme über irgendein Mädchen, mit dem er angeblich im letzten Sommer sexuellen Verkehr gehabt hatte. Er hatte mir das schon hundertmal erzählt. Jedesmal erzählte er es anders. Einmal trieb er es mit ihr im Buick von seinem Cousin, im nächsten Augenblick unter irgendeiner Brücke. Natürlich alles Mist. Ich wette, daß er noch unschuldig war. Er hatte überhaupt noch nie eine angerührt. Schließlich sagte ich, ich müsse einen Aufsatz für Stradlater schreiben und er solle sich zum Teufel scheren, damit ich mich konzentrieren könne. Zu guter Letzt tat er das, aber es dauerte wie üblich einige Zeit. Als er weg war, machte ich mich an den Aufsatz.

Es fiel mir aber kein Zimmer oder Haus oder etwas Ähnliches ein, was Stradlater haben wollte. Ich reiße mich ohnedies nicht um Beschreibungen von Zimmern und Häusern. Deshalb schrieb ich über den Baseball-Handschuh von meinem Bruder Allie. Das war ein gutes Thema. Wirklich. Mein Bruder Allie hatte einen Linkshänder-Fänger-Handschuh für Feldspieler. Er war linkshändig. Auf die Finger und überallhin hatte er Gedichte geschrieben. Mit grüner Tinte. Er schrieb sie darauf, damit er etwas zu lesen hätte, wenn er im Feld stand und keiner am Schlagen war. Allie ist tot. Er bekam Leukämie und starb, als wir in Maine waren, am 18. Juli 1946. Jeder hatte ihn gern. Er war zwei Jahre jünger als ich, aber fünfzigmal so intelligent. Seine Lehrer schrieben meiner Mutter immer, was für eine Freude es sei, Allie in der Klasse zu haben. Und das war nicht nur das übliche Gewäsch. Sie meinten es wirklich ernst. Aber er war nicht nur der intelligenteste in unserer Familie, sondern auch der netteste, in vielen Punkten. Er wurde nie über jemand wütend. Rothaarige sollen sonst sehr leicht wütend werden, aber bei Allie kam das nie vor, obwohl er brandrote Haare hatte. Ich will versuchen, die Farbe zu beschreiben. Ich fing schon mit zehn Jahren an, Golf zu spielen. Einmal im Sommer, als ich ungefähr zwölf war, wollte ich gerade den Ball abschlagen und hatte plötzlich das Gefühl, daß ich Allie sehen würde, wenn ich mich umdrehte. Ich drehte mich also um, und tatsächlich saß er draußen am Zaun auf seinem Rad – der ganze Golfplatz war eingezäunt – und schaute mir zu, in gut hundertfünfzig Meter Entfernung. So rote Haare hatte er. Er war furchtbar nett. Manchmal lachte er bei Tisch so wild über irgend etwas, woran er gerade dachte, daß er fast vom

Stuhl fiel. Ich war erst dreizehn, und sie wollten mich psychoanalysieren lassen, weil ich in der Garage alle Fenster einschlug. Ich mache ihnen keinen Vorwurf deswegen. Sicher nicht. In der Nacht, in der er starb, schlief ich in der Garage und schlug mit der Faust alle verdammten Fenster ein, einfach so. Ich wollte auch noch die Fenster vom Auto einschlagen, aber ich hatte mir schon die Hand gebrochen und so und konnte nicht mehr. Natürlich war das blödsinnig, aber ich wußte eigentlich kaum, was ich tat, und man müßte eben Allie gekannt haben, um es zu verstehen. Meine Hand tut mir immer noch von Zeit zu Zeit weh, wenn es regnet oder so, und ich kann keine richtige Faust mehr machen – keine feste, meine ich –, aber sonst ist es mir gleichgültig. Ich werde ja ohnedies kein verdammter Chirurg oder Geiger oder so was.

Über diesen Baseball-Handschuh also schrieb ich Stradlaters Aufsatz. Zufällig hatte ich den Handschuh in meinem Koffer. Ich holte ihn und schrieb die Gedichte ab, die darauf standen. Ich brauchte nur Allies Namen zu ändern, damit niemand merken konnte, daß es mein Bruder war und nicht der von Stradlater. Ich selber war nicht gerade toll vor Begeisterung, aber es fiel mir nichts anderes ein, was ich hätte schildern können. Eigentlich schrieb ich ganz gern darüber. Ich brauchte ungefähr eine Stunde dazu, weil Stradlaters miserable Schreibmaschine fortwährend klemmte. Ich konnte nicht auf meiner eigenen schreiben, weil ich sie einem andern geliehen hatte.

Ungefähr um half elf war ich fertig. Ich war aber noch nicht müde. Deshalb schaute ich eine Weile zum Fenster hinaus. Es schneite nicht mehr, aber ab und zu hörte man irgendein Auto, das nicht anspringen wollte. Außerdem hörte man durch die verdammten Vorhänge vom Duschraum, wie Ackley schnarchte. Er hatte Stockschnupfen und konnte nicht recht atmen, wenn er schlief. Dieser Ackley hatte so ziemlich alles, was ein Mensch nur haben kann. Stirnhöhlengeschichten, Pickel, schlechte Zähne, Mundgeruch, abscheuliche Fingernägel. Der arme Hund konnte einem leid tun.

6

Manche Sachen behält man nicht leicht im Gedächtnis. Ich denke dabei an Stradlaters Rückkehr von seinem Ausflug mit Jane. Ich meine, ich kann mich nicht genau erinnern, was ich tat, als ich seine *verfluchten* Schritte im Gang hörte. Wahrscheinlich schaute ich immer noch zum Fenster hinaus, aber ich kann mich wirklich nicht genau erinnern, weil ich mir so fürchterliche Sorgen machte. Wenn ich mir wirklich über etwas Sorgen mache, ist das nicht nur oberflächlich. Ich bekomme sogar Bauchweh und müßte eigentlich verschwinden, wenn ich mir Sorgen mache. Aber ich gehe dann doch nicht. Ich mache mir zu sehr Sorgen, um hinauszugehen. Ich will meine Sorgen nicht damit unterbrechen. Wer Stradlater kennt, weiß schon, warum man sich Sorgen machen muß. Wir waren schon ein paarmal zu viert ausgegangen, Stradlater und ich und zwei Mädchen, ich weiß also, wovon ich rede. Er war gewissenlos. Wirklich.

Im Gang war Linoleum. Man hörte seine verdammten Schritte von weitem näher kommen. Ich weiß nicht einmal mehr, wo ich saß, als er hereinkam – ob am Fenster oder in meinem Sessel oder in seinem. Ich weiß es wirklich nicht mehr.

Zuerst fluchte er darüber, wie kalt es draußen sei. Dann sagte er: »Wo zum Teufel sind denn alle? Es ist wie in einem gottverdammten Leichenhaus.« Ich gab keine Antwort. Wenn er so blöd war und nicht einmal wußte, daß es Samstagabend war und alle ausgegangen waren oder schliefen oder übers Wochenende heimgefahren waren, dann brauchte ich mir kein Bein auszureißen, um es ihm zu erklären. Er fing an, sich auszuziehen. Kein Wort über Jane. Keine einzige verdammte Silbe. Ich schwieg auch. Ich sah ihm nur zu. Er bedankte sich wenigstens dafür, daß ich ihm meine karierte Jacke geliehen hatte. Er hängte sie auf einen Bügel und dann in den Schrank.

Als er die Krawatte abnahm, fragte er, ob ich seinen verdammten Aufsatz geschrieben hätte. Ich sagte, der läge dort auf seinem verdammten Bett. Er ging hin und fing an zu lesen, während er sein Hemd aufknöpfte. Er stand da und las und strich sich dabei auf seiner nackten Brust und dem Bauch herum, mit einem furchtbar blöden Gesichtsausdruck. Er rieb sich immer den Bauch oder die Brust. Er war wahnsinnig in sich verliebt.

Plötzlich sagte er: »Herr im Himmel, Holden. Das ist ja über einen verdammten Baseball-Handschuh.«

»Und?« sagte ich, kalt wie ein Eisblock.

»Was meinst du mit ›und‹? Ich hab dir doch gesagt, daß es über ein verfluchtes Zimmer oder ein Haus oder was weiß ich sein soll.«

»Du hast gesagt, es müsse eine Beschreibung sein. Warum zum Teufel ist denn ein Baseball-Handschuh nicht recht?«

»Verdammt noch mal.« Er war wütend. Wirklich in Wut. »Du mußt immer etwas Verrücktes tun.« Er schaute mich an. »Kein Wunder, daß du hier herausfliegst«, sagte er. »Nichts, überhaupt nichts kannst du so machen, wie man es dir sagt. Keinen einzigen verdammten Aufsatz.«

»Schön, gib ihn mir wieder«, sagte ich. Ich ging hin und nahm ihm die Blätter aus der Hand. Dann zerriß ich sie.

»Was zum Teufel soll das jetzt sein?« sagte er.

Ich gab ihm keine Antwort. Ich warf nur die Fetzen in den Papierkorb. Dann legte ich mich auf mein Bett, und wir sagten beide lange nichts mehr. Er zog sich bis auf die Unterhosen aus, und ich lag auf dem Bett und zündete mir eine Zigarette an. Das war in den Schlafzimmern verboten, aber nachts konnte man es doch wagen, wenn alle schliefen oder aus waren und niemand den Rauch riechen konnte. Außerdem tat ich es, um Stradlater zu ärgern. Es machte ihn verrückt, wenn man sich gegen die Regeln verging. Er selbst rauchte nie im Zimmer, nur ich.

Er sagte immer noch kein einziges Wort über Jane. Deshalb sagte ich schließlich: »Du kommst spät zurück, wenn sie sich nur bis halb zehn abgemeldet hatte. Ist sie wegen dir zu spät heimgekommen?«

Er saß auf seiner Bettkante und schnitt sich seine verdammten Zehennägel, als ich das fragte. »Einen Augenblick«, sagte er. »Wer zum Kuckuck meldet sich denn auch am Samstagabend nur bis halb zehn ab?« Großer Gott, ich auf dem Brett. Das ging mir wahnsinnig nah, ich weiß nicht warum. Deshalb stand ich von meinem Bett auf, ich hatte einen richtigen Haß auf ihn.

»Wart ihr in New York?« fragte ich.

»Du spinnst wohl? Wie zum Teufel sollten wir nach New York fahren, wenn sie nur bis halb zehn abgemeldet war?«

»Schlimm.«

Er schaute zu mir her. »Hör mal«, sagte er, »wenn du rauchen willst, könntest du das vielleicht im Waschraum tun? *Du* fliegst ja ohnedies, aber ich muß noch bis zum Examen dableiben.«

Ich überging das einfach. Ich rauchte wie wahnsinnig weiter. Ich drehte mich nur auf die Seite und sah zu, wie er sich seine verdammten Zehennägel schnitt. So eine Schule! Die ganze Zeit hatte man jemand vor der Nase, der sich die Nägel schnitt oder an Pickeln herumdrückte oder was weiß ich.

»Hast du ihr meine Grüße ausgerichtet?« fragte ich.

»Ja.«

Das war natürlich gelogen.

»Was hat sie gesagt? Hast du sie gefragt, ob sie immer noch alle ihre Damen am Rand aufstellt?«

»Nein, das hab ich nicht gefragt. Was zum Teufel meinst du denn, was wir den ganzen Abend getan haben – wohl Dame gespielt, um Himmels willen?«

Ich gab keine Antwort. Ich haßte ihn immer mehr.

»Wo bist du denn mit ihr hingegangen, wenn ihr nicht in New York wart?« fragte ich nach einer Weile. Ich konnte kaum verhindern, daß meine Stimme zitterte. Ich wurde rasend nervös. Ich hatte das Gefühl, daß irgend etwas nicht stimmte.

Unterdessen war er mit seinen verdammten Zehennägeln fertig. Er stand vom Bett auf, nur in seinen verdammten Unterhosen, und fing an sich humorvoll zu benehmen. Er kam an mein Bett und beugte sich über mich und boxte mich verdammt hurmorvoll an die Schulter. »Hör auf«, sagte ich. »Wo bist du mit ihr hingegangen, wenn ihr nicht in New York wart?«

»Nirgends. Wir haben nur in dem verdammten Auto gesessen.« Er gab mir wieder so einen blöden spielerischen Schlag an die Schulter.

»Hör auf«, sagte ich. »In was für einem Auto?«

»Von Ed Banky.«
Ed Banky war der Basketballtrainer in Pencey. Stradlater gehörte zu seinen Lieblingen, weil er der Beste in der Mannschaft war, und Ed Banky lieh ihm sein Auto, wenn Stradlater es nur wollte. Die Schüler durften eigentlich keine Autos von den Lehrern nehmen, aber die Sportidioten hielten alle zusammen. In jeder Schule, in der ich war, hielten die Sportidioten zusammen.
Stradlater boxte mich immer weiter; er hatte seine Zahnbürste in der Hand und steckte sie in den Mund. »*Was* hast du mit ihr gemacht?« fragte ich. »Hast du's in Bankys gottverdammtem Wagen mit ihr getrieben?« Meine Stimme zitterte fürchterlich.
»So eine Frage! Soll ich dir vielleicht den Mund mit Seife auswaschen?«
»Hast du's mit ihr gemacht?«
»Berufsgeheimnis, mein Kleiner.«
An das Weitere erinnere ich mich nicht mehr deutlich. Ich weiß nur, daß ich aufstand, als ob ich mich waschen gehn wollte oder so, und dann versuchte ich ihn mit aller Kraft zu boxen. Ich wollte auf die Zahnbürste schlagen, damit sie ihm seinen blöden Hals aufschlitzte. Aber ich schlug leider daneben. Ich traf ihn nur seitlich am Kopf. Wahrscheinlich tat es ihm ein bißchen weh, aber lange nicht so, wie ich es wollte. Vielleicht hätte es ihm sogar sehr weh getan, aber ich schlug mit der rechten Hand, und damit kann ich keine richtige Faust machen. Wegen der Verletzung, von der ich schon erzählt habe.
Dann lag ich plötzlich am Boden, und er hockte mit rotem Gesicht auf meiner Brust. Das heißt, er hatte seine verdammten Knie auf meiner Brust, und er wog mindestens

eine Tonne. Er hielt mich an den Handgelenken fest, so daß ich ihn nicht mehr schlagen konnte. Ich hätte ihn umbringen können.

»Was zum Teufel ist denn mit dir los?« sagte er. Dabei wurde sein blödes Gesicht immer röter.

»Tu deine verdammten Knie weg«, sagte ich. Ich heulte beinah. Tatsächlich. »Mach, daß du wegkommst, laß mich los, du Hund.«

Er ließ mich aber nicht los. Er hielt meine Handgelenke fest, und ich betitelte ihn mit allem, was mir einfiel. Ungefähr zehn Stunden lang. Ich kann mich nicht recht erinnern, was ich noch alles sagte. Ich sagte, er meine wohl, er könne es mit jedem Mädchen treiben, wie er gerade Lust habe. Er kümmere sich nicht einmal darum, ob ein Mädchen alle ihre Damen am Rand aufstelle oder nicht, und er kümmere sich deshalb nicht darum, weil er ein gottverdammter blöder Idiot sei. Es machte ihn wild, wenn man ihn als Idioten bezeichnete. Alle Idioten werden wild, wenn man sie Idioten nennt.

»Hör auf, Holden«, sagte er mit seinem großen blöden roten Gesicht. »Hör jetzt auf, das rat ich dir.«

»Du weißt ja nicht einmal, ob sie Jane oder June heißt, du gottverdammter Idiot!«

»Schweig, Holden, ich warn dich, verflucht noch mal«, sagte er. Ich hatte ihn wirklich in Fahrt gebracht. »Wenn du nicht sofort aufhörst, knall ich dir eine.«

»Tu deine dreckigen, stinkigen, idiotischen Knie weg.«

»Wirst du das Maul halten, wenn ich dich loslasse?«

Ich gab keine Antwort.

Er sagte wieder: »Holden, hältst du dann dein Maul?«

»Ja.«

Er ließ mich los, und ich stand auf. Die Brust tat mir höllisch weh von seinen verdammten Knien. «Du bist ein dreckiger Schweinehund von einem Idioten«, sagte ich.

Das brachte ihn wirklich zur Raserei. Er hielt mir seinen dicken langweiligen Finger vors Gesicht. »Holden, verflucht noch mal, ich warne dich. Zum letzten Mal. Wenn du das Maul nicht hältst, geb ich dir –«

»Warum sollte ich?« schrie ich. Ich war regelrecht am Heulen. »Das ist immer dasselbe mit euch Idioten. Ihr wollt nie über etwas diskutieren. Daran erkennt man einen Idioten immer. Sie wollen nie auf eine intelligente Art über etwas –«

Da verpaßte er mir wirklich ein Ding, und als nächstes lag ich wieder auf dem verdammten Boden. Ich weiß nicht, ob ich einen Augenblick bewußtlos war, aber ich glaube kaum. Es ist nicht so leicht, jemand knockout zu schlagen, außer im Kino. Aber meine Nase blutete in Strömen. Als ich aufschaute, stand Stradlater direkt über mir. Er hatte sein verdammtes Toilettenzeug unterm Arm. »Warum zum Teufel hältst du nicht die Klappe, wenn ich dich warne?« sagte er. Sein Ton klang ziemlich unsicher. Wahrscheinlich hatte er Angst, daß ich einen Schädelbruch oder was weiß ich haben könnte. Leider hatte ich keinen. »Du bist selber schuld, Gott verdamm mich«, sagte er. Herr im Himmel, er hatte schön Angst.

Ich versuchte nicht einmal aufzustehen. Ich blieb einfach am Boden liegen und nannte ihn einen idiotischen Hund. Ich war so wütend, daß ich gleich heulte.

»Geh und wasch dir das Gesicht«, sagte Stradlater. »Hörst du?«

Ich sagte, er solle doch sein eigenes Idiotengesicht waschen

gehn. Das war kindisch, aber ich hatte eine rasende Wut. Ich sagte, er solle doch einen Umweg zum Waschraum machen und mit Mrs. Smith schlafen. Mrs. Smith war die Frau vom Hausmeister und ungefähr fünfundsechzig.
Ich blieb am Boden sitzen, bis ich hörte, daß Stradlater die Tür hinter sich zumachte und durch den Gang zum Waschraum ging. Dann stand ich auf. Ich konnte meine verdammte Jagdmütze nirgends finden. Endlich sah ich sie doch. Sie lag unter dem Bett. Ich setzte sie auf, mit dem Schild im Nacken, so wie es mir am besten gefiel, und dann ging ich zum Spiegel und schaute mein blödes Gesicht an. Dieses Schlachtfeld war sehenswert. Mund und Kinn und alles war blutüberströmt, sogar mein Pyjama und mein Bademantel. Halb grauste es mir und halb faszinierte es mich. Ich sah sozusagen aus wie ein »echter« Kerl. Ich hatte erst ungefähr zweimal in meinem Leben eine Rauferei mitgemacht und beide Male verloren. So »echt« bin ich gar nicht. Ich bin Pazifist, falls das jemand interessiert.
Ich vermutete, daß Ackley wahrscheinlich den ganzen Lärm gehört hatte und wach war. Deshalb ging ich durch die Vorhänge vom Duschenraum in sein Zimmer, nur um nachzusehen, was er machte. Ich ging fast nie in sein Zimmer. Es war immer ein sonderbarer Gestank darin, weil er so unsauber war.

7

Von unserem Zimmer fiel durch den Duschraum ein schwacher Lichtschimmer zu ihm hinein. Ich konnte erkennen, daß er im Bett lag. Ich wußte ganz genau, daß er hellwach war. »Ackley?« sagte ich. »Bist du wach?«

»Ja.«

Es war ziemlich dunkel. Ich trat auf irgendeinen Schuh am Boden und wäre fast umgefallen. Ackley setzte sich im Bett auf und stützte sich auf den Arm. Sein Gesicht war dick mit weißer Salbe eingeschmiert, gegen die Pickel. Er sah im Dunkeln ganz gespenstisch aus. »Was machst du?« fragte ich.

»Was ich mache? Ich hab versucht zu schlafen, bis ihr mit dem Höllenspektakel angefangen habt. Wegen was habt ihr euch denn überhaupt geprügelt?«

»Wo ist der Schalter?« Ich konnte den Lichtschalter nicht finden. Ich tastete die ganze Wand ab.

»Warum muß du Licht haben? ... Dort neben deiner Hand.«

Endlich fand ich den Schalter. Ackley hielt sich die Hand über die Augen, weil es ihn blendete.

»Großer Gott!« sagte er dann. »Was ist denn mit dir passiert?« Er meinte das Blut und alles.

»Ich hatte eine kleine Auseinandersetzung mit Stradlater«, sagte ich. Dann setzte ich mich auf den Boden. Die beiden hatten nie Stühle in ihrem Zimmer. Ich weiß nicht, was zum Kuckuck sie mit ihren Stühlen machten. »Hör mal«,

fragte ich, »hättest du Lust auf ein bißchen Canasta?« Er spielte gern Canasta.
»Du blutest immer noch. Du solltest etwas drauftun.«
»Das hört von selber auf. Aber hättest du nicht Lust auf Canasta?«
»Canasta, Herr im Himmel! Weißt du vielleicht, wie spät es ist?«
»Es ist noch gar nicht so spät. Erst ungefähr elf, oder erst halb zwölf.«
»*Erst!*« sagte er. »Ich muß doch morgen früh aufstehn und in die Messe gehn, um Himmels willen. Ihr fangt da einfach einen Höllenlärm an, mitten in der verdammten – wegen was habt ihr euch denn überhaupt verprügelt?«
»Das ist eine lange Geschichte. Ich will dich nicht damit langweilen. Ackley. Ich habe nur dein Wohl im Auge«, sagte ich. Ich informierte ihn nie über meine Privatangelegenheiten. Vor allem deshalb nicht, weil er sogar noch dümmer war als Stradlater. Im Vergleich zu ihm war Stradlater ein gottverdammtes Genie. »He«, sagte ich, »kann ich wohl heute nacht in Elys Bett schlafen? Er kommt doch erst morgen abend zurück, nicht?« Ich wußte ganz genau, daß Ely nicht vorher zurückkommen würde. Er fuhr fast jedes Wochenende nach Hause.
»Verdammt, ich weiß doch nicht, wann er zurückkommt«, sagte Ackley.
Junge, wie mich das ärgerte. »Was zum Teufel soll das heißen, daß du nicht weißt? Er kommt überhaupt nie vor Sonntagabend.«
»Nein, aber verflucht noch mal, ich kann deshalb doch nicht jedermann sagen, sie könnten in seinem verdammten Bett schlafen, wenn sie Lust dazu hätten.«

Das war mir zuviel. Ich streckte von meinem Sitzplatz am Boden den Arm aus und klopfte ihm auf die Schulter. »Du bist ein Prinz, Kleiner«, sagte ich. »Weißt du das?«

»Nein, im Ernst – ich kann doch nicht jedem sagen, er könne in Elys –«.

»Du bist ein echter Prinz. Ein Gentleman und wahrer Studiosus, Kleiner.« Das stimmte ja sogar. »Hast du zufällig Zigaretten da? Sag nein, sonst falle ich tot um.«

»Nein, ich habe tatsächlich keine. Aber wegen was habt ihr euch verprügelt?«

Ich gab keine Antwort. Ich stand nur auf, ging ans Fenster und schaute hinaus. Ich fühlte mich plötzlich so allein. Am liebsten wäre ich tot gewesen.

»Wegen was zum Teufel habt ihr euch geprügelt?« fragte Ackley zum fünfzigsten Mal. Er war wirklich hartnäckig.

»Wegen dir«, sagte ich.

»Um Himmels willen, wegen mir?«

»Jawohl. Ich habe deine verdammte Ehre verteidigt. Stradlater sagte, du wärst ein ekelhafter Mensch. Das konnte ich ihm nicht durchgehen lassen.«

Ackley wurde ganz aufgeregt. »Wirklich? Im Ernst? Hat er das wirklich gesagt?«

Ich sagte, es sei alles nur Blödsinn, und dann legte ich mich auf Elys Bett. Es war mir reichlich schlecht. Ich fühle mich so verdammt allein.

»In diesem Zimmer stinkt es«, sagte ich. »Ich kann sogar von hier aus deine Socken riechen. Gibst du sie nie zum Waschen?«

»Wenn's dir nicht paßt, weißt du ja, was du tun kannst«, sagte Ackley. Wie geistreich. »Wie wär's, wenn du dieses verdammte Licht ausdrehen würdest?«

Ich ließ es aber vorläufig noch brennen. Ich blieb auf Elys Bett liegen und dachte an Jane und alles. Es machte mich einfach rasend, wenn ich sie mir mit Stradlater im Auto von diesem Fettarsch Ed Banky vorstellte. Sobald ich daran dachte, hätte ich aus dem Fenster springen können. Ich kannte Stradlater viel zu gut. Die meisten andern in Pencey *schwätzten* nur von mit Mädchen schlafen – so wie Ackley zum Beispiel –, aber bei Stradlater war es kein Geschwätz. Ich kannte selber mindestens zwei Mädchen, mit denen er's gemacht hatte. Das ist die reine Wahrheit.

»Erzähl mir die Geschichte deines faszinierenden Lebens, Kleiner«, sagte ich.

»Könntest du vielleicht das verfluchte Licht ausdrehen? Ich muß morgen früh in die Messe.«

Ich stand auf und drehte es aus, um zu seinem Glück beizutragen. Dann legte ich mich wieder auf Elys Bett.

»Was willst du weiter tun – in Elys Bett schlafen?« fragte Ackley. Er war der vollendete Gastgeber, wahrhaftig.

»Vielleicht. Vielleicht auch nicht. Mach dir keine Sorgen.«

»Ich mach mir keine Sorgen. Es wäre mir nur verdammt unangenehm, wenn Ely plötzlich käme und fände in seinem Bett einen –«

»Beruhige dich. Ich werde nicht hier schlafen. Ich möchte deine verdammte Gastfreundschaft nicht ausnützen.«

Ein paar Minuten später schnarchte er schon aus Leibeskräften. Ich lag im Dunkeln und versuchte, nicht an Jane und Stradlater in dem verdammten Auto zu denken. Aber das war fast unmöglich. Ich kannte Stradlaters Methoden leider zu gut. Einmal hatten wir zu viert in Ed Bankys Auto gesessen. Stradlater mit seinem Mädchen im Fond und ich vorne mit meinem. Was dieser Mensch für eine Technik hatte! Erst fing er an, ihr zu schmeicheln, mit einer ruhigen, *aufrichtigen* Stimme – so, als ob er nicht nur ein besonders hübscher Bursche wäre, sondern auch ein netter, *aufrichtiger* Bursche. Mir wurde schlecht, nur vom Zuhören. Das Mädchen sagte immer wieder: »Nein – bitte nicht. Bitte nicht so. Bitte.« Aber er redete immer weiter mit dieser ruhigen, aufrichtigen Abraham-Lincoln-Stimme auf sie ein, und schließlich war nur noch eine fürchterliche Stille hinten im Wagen. Es war wirklich schlimm. Er hat es wohl damals nicht mit dem Mädchen gemacht, aber es war nah dran. Verdammt nah.

Während ich dalag und nichts zu denken versuchte, kam Stradlater vom Waschraum zurück und ging in unser Zimmer. Man konnte deutlich hören, wie er sein Toilettenzeug weglegte und das Fenster aufmachte. Er war ein Frischluftfanatiker. Kurz darauf drehte er das Licht aus. Er kümmerte sich überhaupt nicht darum, wo ich war.

Sogar draußen auf der Straße war es deprimierend. Man hörte kein einziges Auto mehr. Mir war so einsam und elend zumut, daß ich sogar Ackley gern geweckt hätte.

»He, Ackley«, flüsterte ich, damit Stradlater mich nicht durch die Vorhänge vom Duschraum hörte.

Aber Ackley wachte nicht auf.

»He, Ackley!«

Er hörte mich immer noch nicht. Er schlief wie ein Fels.

»He, Ackley!« – Das weckte ihn endlich.

»Was ist jetzt wieder los?« fragte er. »Ich hab geschlafen, verflucht noch mal.«

»Du, was muß man eigentlich tun, um ins Kloster zu gehen?« fragte ich. Ich spielte nämlich mit diesem Gedanken. »Muß man dafür katholisch sein und so weiter?«

»Natürlich muß man katholisch sein. Du Idiot, hast du mich nur geweckt, um blöde Fragen –«
»Ach, schlaf nur weiter. Ich geh ohnedies in keins. Bei dem Pech, das ich immer habe, käme ich wahrscheinlich in eins, wo nur die verkehrte Sorte von Mönchen ist. Lauter gemeine Esel. Jedenfalls Esel.»
Als ich das sagte, fuhr Ackley in seinem Bett in die Höhe. »Hör mal«, sagte er, »über mich oder sonst etwas kannst du sagen, was du willst, aber wenn du anfängst, über meine verdammte Religion zu –«
»Reg dich nicht auf. Kein Mensch sagt etwas gegen deine verdammte Religion.« Ich stand auf und ging zur Tür. Ich wollte nicht mehr in dieser blöden Atmosphäre sein. Unterwegs blieb ich stehen, nahm Ackleys Hand und drückte sie mit gespielter Herzlichkeit. Er zog sie weg. »Was soll das bedeuten?« fragte er.
»Nichts. Ich möchte dir nur dafür danken, daß du so ein gottverdammter Prinz bist, das ist alles«, sagte ich betont treuherzig. »Du bist ein Prachtmensch, kleiner Ackley, weißt du das?«
»Wie geistreich. Einmal wird dir jemand eine ordentliche Tracht –«
Ich hielt mich nicht damit auf, ihm zuzuhören. Ich machte die blöde Tür hinter mir zu und stand im Gang.
Alle schliefen oder waren ausgegangen oder übers Wochenende heimgefahren, und es war totenstill und niederdrükkend im Gang. Vor Leahys und Hoffmanns Zimmer lag die leere Umhüllung einer Kolynos-Tube, und ich gab ihr ein paar Tritte mit meinen pelzgefütterten Pantoffeln, während ich auf die Treppe zu ging. Ich dachte, ich könnte unten nachsehen, was Brossard machte. Aber plötzlich änderte

ich diese Absicht. Ganz plötzlich beschloß ich, von Pencey wegzugehen – jetzt sofort, mitten in der Nacht, und nicht noch bis Mittwoch zu warten. Ich hatte einfach keine Lust mehr, noch länger da herumzuhängen. Es machte mich viel zu traurig und einsam. Ich wollte in New York in ein Hotel gehen – in irgendein billiges Hotel – und mich bis Mittwoch erholen. Am Mittwoch wollte ich dann ausgeruht und frisch bei Kräften heimgehen. Wahrscheinlich bekamen meine Eltern erst am Dienstag oder Mittwoch Thurmers Nachricht, daß ich geflogen war. Ich wollte nicht heimkommen, bevor sie den Brief gelesen und verdaut hatten. Ich wollte nicht im ersten Augenblick schon dabeisein. Meine Mutter kann sich sehr hysterisch benehmen. Wenn sie etwas erst einmal richtig verdaut hat, ist sie zwar gar nicht so übel. Außerdem hatte ich ein bißchen Ferien nötig. Ich war mit meinen Nerven vollkommen 'runter, ganz im Ernst.

Ich entschloß mich also, wegzugehen, ging in unser Zimmer zurück und machte Licht, um meine Sachen zu packen. Das meiste hatte ich schon gepackt. Stradlater wachte nicht einmal auf. Ich rauchte eine Zigarette und zog mich an und packte dann meine beiden Handkoffer. Das dauerte nur zwei Minuten. Ich kann sehr rasch packen.

Ein einziger Punkt deprimierte mich dabei. Nämlich die neuen Schlittschuhe, die mir meine Mutter erst vor ein paar Tagen geschickt hatte. Das bedrückte mich wirklich. Ich stellte mir vor, wie meine Mutter zu Spauldings gegangen war und dem Verkäufer einen Haufen törichte Fragen gestellt hatte, und jetzt flog ich schon wieder von dieser Schule. Das machte mich traurig. Sie hatte mir die verkehrten Schlittschuhe gekauft – ich wollte Rennschlittschuhe, und die hier waren für Hockey –, aber es machte mich trotzdem traurig. Fast jedesmal, wenn mir jemand etwas schenkt, endet es damit, daß ich traurig werde.

Als ich gepackt hatte, zählte ich mein Geld. Ich erinnere mich nicht mehr genau, wieviel es war, aber jedenfalls ziemlich viel. Meine Großmutter hatte mir gerade vor einer Woche einen Haufen geschickt. Sie geht sehr großzügig damit um. Sie hat nicht mehr alle Tassen im Schrank – sie ist alt wie ich weiß nicht was – und schenkt mir mindestens viermal im Jahr Geld zum Geburtstag. Aber obwohl ich also reichlich versehen war, dachte ich, ein paar Dollar mehr könnten nichts schaden. Man weiß nie. Deshalb ging ich zu Frederick Woodruff hinunter, dem ich meine Schreibmaschine geliehen hatte. Ich weckte ihn und fragte, wieviel er mir für diese Maschine zahlen würde. Er war sehr reich. Er sagte, er könne das jetzt nicht entscheiden. Er wolle sie eigentlich gar nicht kaufen. Schließlich kaufte er sie doch. Sie hatte gegen neunzig Dollar gekostet, und er bezahlte nur zwanzig dafür. Er war schlechter Laune, weil ich ihn geweckt hatte.

Als ich mit allem fertig war, blieb ich mit meinen Koffern noch eine Weile an der Treppe stehen und warf einen letzten Blick auf den verdammten Gang. Dabei heulte ich sozusagen. Ich weiß nicht warum. Ich setzte meine rote Jagdmütze auf, mit dem Schild nach hinten, so wie ich es am liebsten hatte, und schrie so laut ich konnte: »Schlaft gut, ihr Idioten!« Sicher wachten im ganzen Stockwerk alle auf. Dann machte ich mich davon. Irgendein Esel hatte die Treppe mit Erdnußschalen bestreut, so daß ich mir beinahe meinen verrückten Hals gebrochen hätte.

8

Weil es zu spät war, um ein Taxi kommen zu lassen, ging ich den ganzen Weg zum Bahnhof zu Fuß. Es war nicht weit, aber höllisch kalt. Man konnte im Schnee nicht gut gehen, und die Koffer stießen mir fortwährend an die Beine. Aber ich freute mich über die frische Luft und alles. Nur tat mir von der Kälte die Nase weh, und auch die Oberlippe, wo mich Stradlater getroffen hatte. Er hatte mir die Lippe gegen die Zähne geboxt, innen war ein ordentlicher Riß. Immerhin hatte ich schön warme Ohren. An der Mütze waren Ohrenklappen, und mir war es ohnedies gleichgültig, wie ich aussah; ich klappte sie einfach herunter. Kein Mensch war zu sehen. Alle schliefen.

Ich hatte Glück, denn als ich zum Bahnhof kam, brauchte ich nur ungefähr zehn Minuten auf einen Zug zu warten. Unterdessen nahm ich Schnee in die Hand und wusch mir das Gesicht damit. Es war immer noch voll Blut.

Im allgemeinen fahre ich gern Eisenbahn, besonders nachts, wenn die Lichter brennen und die Fenster so schwarz sind und ein Kellner mit Kaffee und Sandwiches und Zeitungen durch den Gang kommt. Meistens kaufe ich ein Schinkenbrot und vier oder fünf Magazine. Wenn ich nachts fahre, kann ich sogar meistens die blöden Magazingeschichten lesen, ohne das mir das Kotzen kommt. Wenn Sie wissen, was ich meine. Eine von diesen Geschichten, in denen massenhaft kitschige Kerle mit markigem Kinn vorkommen, die David heißen, und massenhaft kitschige Mädel, die

Linda oder Marcia heißen und diesen verdammten Davids dauernd die Pfeifen anzünden. Aber diesmal war es anders. Ich hatte keine Lust zu lesen. Ich saß einfach da und tat überhaupt nichts. Ich nahm nur meine Jagdmütze ab und steckte sie in die Tasche.

Plötzlich stieg in Trenton die Dame ein und setzte sich neben mich. Das ganze Abteil war leer, weil es so spät war, aber sie setzte sich neben mich anstatt auf eine leere Bank, weil sie einen großen Koffer bei sich hatte und ich ganz vorne saß. Sie stellte den Koffer so, daß er weit in den Gang hinausstand und der Schaffner und jedermann darüber fallen mußte. Sie hatte Orchideen angesteckt, als ob sie von einer großen Gesellschaft oder so käme. Sie war ungefähr vierzig oder fünfundvierzig, schätze ich, sah aber sehr gut aus. Frauen bringen mich um. Im Ernst. Ich meine damit nicht, daß ich nicht übermäßig sexy bin – obwohl ich ziemlich sexy bin; ich mag Frauen einfach, das meine ich. Sie lassen immer ihre Koffer im Gang stehen.

Wir saßen also nebeneinander, und plötzlich sagte sie: »Entschuldigen Sie, ist das nicht ein Etikett von Pencey?« Dabei schaute sie auf meinen Koffer im Gepäcknetz oben.

»Ja, das stimmt«, sagte ich. Tatsächlich war ein verdammtes Pencey-Etikett auf einem der beiden Koffer. Ziemlich albern, zugegeben.

»So, Sie sind in Pencey?« fragte sie. Sie hatte eine angenehme Stimme. Vor allem für Telephongespräche geeignet. Sie hätte immer ein gottverdammtes Telephon mit sich herumtragen sollen.

»Ja, dort bin ich«, sagte ich.

»Wie nett! Vielleicht kennen Sie dann auch meinen Sohn. Ernest Morrow? Er ist auch in Pencey.«

»Ja, tatsächlich. Wir sind in einer Klasse.«

Ihr Sohn war zweifellos einer der größten Schweinehunde, die in der ganzen Pencey-Chronik jemals vorgekommen sind. Wenn er geduscht hatte, lief er immer im Gang herum und klatschte den andern sein tropfnasses Handtuch an den Arsch. Dieser Typ von Witzbold war er.

»Wie nett!« sagte sie. Aber nicht affektiert. Sie war einfach nur nett. »Das muß ich Ernest erzählen, daß wir uns begegnet sind. Darf ich fragen, wie Sie heißen, mein Lieber?«

»Rudolf Smith«, antwortete ich. Ich hatte keine Lust, ihr meine ganze Lebensgeschichte zu erzählen. Rudolf Smith hieß der Hausmeister in unserem Flügel.

»Sind Sie gerne in Pencey?« fragte sie.

»In Pencey? Keine üble Schule. Es ist kein Paradies oder so, aber ebenso gut wie die meisten Schulen. Einige Lehrer nehmen ihre Sache sehr ernst.«

»Ernest ist furchtbar gern dort.«

»Ja, ich weiß«, sagte ich. Dann stürzte ich mich in das übliche Gewäsch. »Er kann sich sehr gut anpassen. Das kann man wirklich sagen. Ich meine, er findet sich überall zurecht.«

»Meinen Sie wirklich?« fragte sie. Es schien sie höllisch zu interessieren.

»Ernest? Ganz sicher.« Dann schaute ich ihr zu, wie sie die Handschuhe auszog. Sie hatte tolle Brillanten.

»Ich habe mir gerade einen Nagel abgebrochen, als ich aus dem Taxi stieg«, sagte sie. Sie sah mich an und lächelte ein bißchen. Ihr Lächeln war außerordentlich sympathisch. Die meisten Leute haben überhaupt kein Lächeln, oder ein ekelhaftes. »Sein Vater und ich machen uns manchmal Sor-

gen über ihn«, sagte sie. »Wir haben manchmal das Gefühl, daß er sich nicht gut einfügt.«
»Wie meinen Sie das?«
»Ach, er ist sehr sensibel. Er hat sich eigentlich nie richtig an andere angeschlossen. Vielleicht nimmt er vieles etwas zu ernst für sein Alter.«
Sensibel! Das warf mich um. Dieser Morrow war ungefähr ebenso sensibel wie ein verdammter Klosettsitz.
Ich betrachtete sie eingehender. Sie schien mir nicht dumm zu sein. Sie sah eher aus, als ob sie eine recht deutliche Ahnung davon hätte, was für eines Schweinehunds Mutter sie war. Aber sicher kann man nie sein – mit irgendeiner Mutter meine ich. Mütter sind nie ganz bei Trost. Dabei gefiel mir Morrows Mutter. Sie war wirklich nett. »Möchten Sie vielleicht eine Zigarette?« fragte ich.
Sie schaute sich um. »Ich glaube, wir sind hier nicht im Raucher, Rudolf«, sagte sie. Rudolf. Ich wäre fast geplatzt.
»Das macht nichts. Wir können trotzdem rauchen, bis uns jemand anschreit«, sagte ich. Sie nahm eine Zigarette von mir, und ich zündete sie ihr an.
Sie rauchte auf eine sympathische Art. Sie inhalierte zwar, aber sie verschlang den Rauch nicht so gierig, wie das die meistens Frauen ihres Alters tun. Sie hatte viel Charme. Auch viel Sex-Appeal, falls das jemand interessiert.
Sie schaute mich etwas sonderbar an. »Wenn ich mich nicht täusche, blutet Ihre Nase, mein Lieber«, sagte sie plötzlich. Ich nickte und zog mein Taschentuch heraus. »Von einem Schneeball«, sagte ich. »Es war fast eine Eiskugel.« Wahrscheinlich hätte ich ihr erzählt, was wirklich passiert war, aber es wäre eine zu lange Geschichte gewesen. Sie gefiel

mir aber. Allmählich tat es mir leid, daß ich ihr gesagt hatte, ich hieße Rudolf Smith. »Ernie ist einer der beliebtesten Schüler in Pencey«, sagte ich. »Wußten sie das?«

»Nein, das wußte ich nicht.«

Ich nickte. »Die meisten haben lange gebraucht, bis sie ihn richtig kannten. Er ist ein *komischer* Mensch. Wirklich sonderbar in vieler Hinsicht – verstehen Sie, was ich meine? Zuerst hielt ich ihn für einen Snob. Aber er ist gar keiner. Er hat nur einen sehr originellen Charakter, so daß man eine Weile braucht, bis man ihn richtig kennt.«

Mrs. Morrow schwieg, aber man hätte sie dabei sehen sollen. Sie saß wie angeleimt da. Jede Mutter will immer nur hören, was für ein Prachtexemplar ihr Sohn sei.

Dann legte ich mich wirklich ins Zeug. »Hat er Ihnen von den Wahlen in unserer Klasse erzählt?« fragte ich.

Sie schüttelte den Kopf. Ich hatte sie sozusagen hypnotisiert. Im Ernst.

»Viele von uns wollten ihn als Klassenpräsident haben. Eigentlich waren alle einstimmig für ihn. Er war eben der einzige, der dieser Aufgabe wirklich gewachsen gewesen wäre«, sagte ich. Großer Gott, ich ging vielleicht 'ran. »Aber dann wurde ein anderer gewählt – Harry Fencer. Aus dem einfachen und offensichtlichen Grunde, daß Ernie sich nicht wählen lassen wollte. Weil er so furchtbar schüchtern und bescheiden ist. Er weigerte sich. Er ist wirklich viel zu schüchtern. Sie müßten versuchen, ihn darüber wegzubringen.« Ich schaute sie an. »Hat er wirklich gar nichts davon erzählt?«

»Nein, kein Wort.«

Ich nickte. »Das sieht ihm ähnlich. Charakteristisch für ihn. Das ist sein einziger Fehler – er ist viel zu schüchtern und bescheiden. Sie sollten wirklich versuchen, ihn manchmal zu lockern.«

In diesem Augenblicke kam der Schaffner und wollte Mrs. Morrows Billet sehen. Das war eine gute Gelegenheit, mit dem Gefasel aufzuhören. Aber ich bin doch froh, daß ich das alles gesagt habe. So ein Typ wie Morrow, der immer mit seinem Handtuch andern auf den Arsch schlägt – um den andern wirklich weh zu tun –, ist ja nicht nur in seiner Kindheit ein Schwein. Er bleibt ein ganzes Leben lang ein Schwein. Aber auf mein Geschwätz hin sieht Mrs. Morrow sicher immer den schüchternen, bescheidenen Knaben in ihm, der sich nicht wählen lassen wollte. Vielleicht. Man weiß nie, Mütter sind in diesen Sachen nie besonders helle.

»Hätten Sie gern einen Cocktail?« fragte ich. Ich war selber in der Stimmung, einen zu trinken. »Wir können in den Speisewagen gehen. Hätten Sie Lust?«

»Dürfen Sie denn Drinks bestellen, mein Lieber?« fragte sie. Nicht hochnäsig. Sie war viel zu nett, um hochnäsig zu sein.

»Nein, eigentlich nicht, aber meistens bekomme ich sie doch, wegen meiner Größe«, sagte ich. »Und ich habe ziemlich viel graue Haare.« Ich drehte den Kopf auf die Seite und zeigte ihr die grauen Haare. Sie war ganz fasziniert.

»Kommen Sie mit, wollen Sie nicht?« sagte ich. Es hätte mir großes Vergnügen gemacht.

»Ich glaube, doch lieber nicht. Aber vielen Dank, mein Lieber«, sagte sie. »Wahrscheinlich ist der Speisewagen ohnedies geschlossen. Es ist schon ziemlich spät.« Damit hatte sie recht. Ich hatte nicht daran gedacht, wieviel Uhr es war.

Dann schaute sie mich an und stellte die Frage, die ich schon lange befürchtet hatte. »Ernest schrieb mir, er käme

Mittwoch heim, die Weihnachtsferien fingen am Mittwoch an«, sagte sie. »Hoffentlich müssen Sie nicht wegen einem Krankheitsfall in Ihrer Familie früher heimreisen.« Sie schien ernstlich besorgt zu sein. Sie fragte nicht einfach aus Neugierde, das sah man deutlich.

»Nein, zu Hause geht es allen gut«, sagte ich. »Nur ich selber muß mich jetzt operieren lassen.«

»Ach! Das tut mir aber leid!« sagte sie. Sie meinte es sogar aufrichtig. Ich bereute sofort, daß ich das gesagt hatte, aber es war zu spät.

»Nichts Ernstes. Ich habe nur einen ganz kleinen Tumor im Gehirn.«

»Wie schrecklich!« Sie hielt sich die Hand vor den Mund.

»Ach, ich erhole mich bald wieder. Er liegt nicht tief, ganz außen sogar. Und er ist sehr klein. Man kann ihn in zwei Minuten entfernen.«

Dann fing ich an in dem Fahrplan zu lesen, den ich in der Tasche hatte. Nur um mit dem Lügen aufzuhören. Sobald ich einmal in Fahrt bin, kann ich stundenlang weiterlügen, wenn ich dazu aufgelegt bin. Stundenlang, im Ernst!

Danach sagten wir nicht mehr viel. Sie las in einem Vogue-Heft, und ich schaute eine Weile zum Fenster hinaus. In Newark stieg sie aus. Sie wünschte mir alles Gute für die Operation. Sie nannte mich immer weiter Rudolf. Dann lud sie mich ein, Ernie im Sommer in Gloucester zu besuchen, in Massachusetts. Sie sagte, sie wohnten ganz am Strand, und sie hätten einen Tennisplatz und so. Aber ich bedankte mich nur und sagte, ich ginge mit meiner Großmutter nach Südamerika. Das war besonders stark, weil meine Großmutter kaum jemals auch nur ihr Haus verläßt, höchstens für irgendeine verdammte Matinee oder so.

Aber diesen Hund Morrow würde ich um alles Geld in der Welt nicht besuchen, nicht einmal, wenn ich am Verzweifeln wäre.

9

Als ich in Penn Station ausstieg, ging ich zu allererst in eine Telephonkabine. Ich hatte Lust, irgend jemand anzurufen. Ich ließ die Koffer vor der Kabine stehen, um sie im Auge zu behalten, aber sobald ich drinnen war, fiel mir kein Mensch ein, mit dem ich hätte telephonieren können. Mein Bruder D. B. war in Hollywood. Meine kleine Schwester Phoebe geht immer um neun ins Bett – sie kam also auch nicht in Betracht. Sie selbst hätte zwar nichts dagegen gehabt, wenn sie von mir geweckt worden wäre, aber leider hätte nicht sie das Telephon abgenommen, sondern meine Eltern. Das ging nicht. Dann wollte ich Jane Gallaghers Mutter anrufen und fragen, wann Janes Ferien anfingen, aber dann war ich doch nicht in der Stimmung dazu. Außerdem war es schon reichlich spät. Schließlich dachte ich an das Mädchen, mit dem ich oft ausgegangen war, Sally Hayes, weil ich wußte, daß sie schon Ferien hatte – sie hatte mir einen langen affektierten Brief geschrieben und mich eingeladen, ihr am Heiligen Abend den Baum schmücken zu helfen –, aber ich befürchtete, daß ihre Mutter ans Telephon käme. Ihre Mutter kannte meine Mutter, und ich konnte mir vorstellen, wie sie sich sofort ein Bein ausreißen würde, um meine Mutter anzurufen und ihr mitteilen würde, daß ich in New York sei. Ich legte überhaupt keinen großen Wert darauf, mit Mrs. Hayes zu telephonieren. Sie hatte einmal zu Sally gesagt, ich sei haltlos und hätte keine feste Lebensrichtung. Zu guter Letzt fiel mir noch Carl Luce ein, mit dem ich früher in Whooton gewesen war, aber ich hatte ihn nicht besonders gern. Deshalb rief ich schließlich überhaupt niemand an. Ich kam nach ungefähr zwanzig Minuten wieder aus der Kabine heraus, nahm meine Koffer und ging zu den Taxis hinüber.

Ich bin so verdammt zerstreut, daß ich dem Fahrer aus lauter Gewohnheit meine richtige Adresse gab – ich vergaß vollständig, daß ich ein paar Tage lang in einem Hotel absteigen wollte, bis die Ferien anfingen. Es fiel mir erst wieder ein, als wir schon halb durch den Central Park gefahren waren. Ich rief: »He, könnten Sie wohl bei der nächsten Gelegenheit umkehren? Ich wollte in die Stadt hinein.«

Der Fahrer antwortete ziemlich frech: »Hier kann ich nicht umkehren, Mac. Einbahn. Ich muß bis zur Nineteenth Street fahren.«

Ich wollte keine Diskussion. »Schön«, sagte ich. Dann kam mir plötzlich ein anderer Einfall. »Kennen Sie die Enten in dem See beim Central Park South?« fragte ich. »In dem kleinen See? Wissen Sie zufällig, wo die Enten hinkommen, wenn der See zugefroren ist?« Ich wußte, daß die Chance, er könne es wissen, eins zu einer Million stand.

Er drehte sich um und warf mir einen Blick zu, als ob ich wahnsinnig wäre. »Was soll denn das bedeuten?« fragte er. »Wollen Sie mich zum Narren halten?«

»Nein, es hätte mich nur interessiert.«

Er gab keine Antwort mehr. Ich schwieg ebenfalls, bis wir an der Nineteenth Street aus dem Park kamen. Dann sagte er: »So, wohin jetzt?«

»Wissen Sie, ich möchte in keinem Hotel hier herum absteigen, weil ich da auf Bekannte stoßen könnte. Ich reise

inkognito«, sagte ich. Solche Ausdrücke wie »inkognito reisen« sind mir zwar verhaßt, aber wenn ich mit einem groben Menschen zu tun habe, benehme ich mich entsprechend.
»Sie wissen nicht zufällig, welche Band im ›Taft‹ oder im ›New Yorker‹ spielt?«
»Keine Ahnung, Mac.«
»Nun, dann fahren Sie mich einfach zum Edmont. Wollen Sie unterwegs irgendwo halten und einen Cocktail mit mir trinken? Meine Einladung. Ich bin gut bei Kasse.«
»Das geht nicht, Mac. Tut mir leid.« Er war eine höchst angenehme Gesellschaft, wahrhaftig. Eine ausgeprägte Persönlichkeit.
Wir kamen am Hotel Edmont an, und ich stieg aus. Im Taxi hatte ich meine rote Jagdmütze aufgesetzt, einfach zum Spaß, aber bevor ich ins Hotel ging, nahm ich sie doch wieder ab. Ich wollte nicht so zweifelhaft aussehen. Mein Gott, war ich naiv! Ich wußte damals noch nicht, daß dieses verdammte Hotel voll von perversen und zweifelhaften Leuten war.
Sie gaben mir dieses miese Zimmer mit Aussicht auf die andere Seite des Hotels. Es war mir ziemlich gleichgültig. Ich war zu deprimiert, um mir etwas aus der Aussicht zu machen. Der Pförtner, der mich hinaufführte, war dieser alte Kerl von ungefähr fünfundsechzig. Er war noch viel deprimierender als das Zimmer. Er hatte sich alle Haare von der Seite über die Glatze gekämmt, um sie zu verdekken. Ich wäre lieber kahl als mich so zu frisieren. Den Leuten die Koffer zu schleppen und auf Trinkgeld zu warten ist nicht gerade eine fabelhafte Tätigkeit für einen Mann von fünfundsechzig Jahren. Er schien mir zwar nicht sehr intelligent zu sein, aber ich fand es trotzdem schrecklich.

Als er fortgegangen war, schaute ich eine Weile lang im Mantel aus dem Fenster. Ich hatte nichts anderes zu tun. Es war sehenswert, was auf der anderen Seite des Hotels vor sich ging. Die Leute machten nicht einmal die Läden zu. Ein grauhaariger, sehr distinguiert aussehender Mann in Unterhosen führte sich so auf, daß man mir kaum glauben wird, wenn ich es erzähle. Zuerst stelle er seinen Koffer auf das Bett. Dann packte er lauter Frauensachen aus und zog sie an. Seidenstrümpfe, Schuhe mit hohen Absätzen, Büstenhalter und ein Korsett mit Strumpfbändern. Dann zog er ein enges schwarzes Abendkleid an. Dann ging er mit kleinen Schritten wie eine Frau im Zimmer auf und ab, rauchte eine Zigarette und betrachtete sich im Spiegel. Ganz für sich allein. Vielleicht war jemand im Badezimmer, aber das konnte ich nicht sehen. Durch das Fenster über seinem Zimmer, im oberen Stock, sah ich einen Mann und eine Frau, die sich gegenseitig mit Wasser anspuckten. Vermutlich war es nicht Wasser, sondern irgendein Getränk, aber ich konnte nicht erkennen, was sie in ihren Gläsern hatten. Jedenfalls nahm immer er zuerst einen Schluck und bespritzte sie damit, und dann tat sie dasselbe, Herr im Himmel. Sie machten es abwechselnd, das hätte man sehen müssen. Sie lachten wie besessen, als hätten sie noch nie so etwas Komisches erlebt. Ich übertreibe nicht, das Hotel wimmelte von Perversen. Ich war wohl der einzige normale Esel im ganzen Haus, und das heißt nicht viel. Ich hätte Stradlater beinahe ein Telegramm geschickt, daß er den ersten Zug nach New York nehmen solle. Er wäre der König dieses Hotels gewesen.

Leider wird man von solchem Zeug fasziniert, ob man will oder nicht. Diese junge Frau zum Beispiel, die sich Wasser ins Gesicht spucken ließ, war eigentlich sehr hübsch. Das ist eben meine große Schwäche. In meiner *Phantasie* bin ich wohl von einer wahren sexuellen Besessenheit. Manchmal kann ich von allem möglichen Zeug denken, daß ich es gern tun würde, wenn ich Gelegenheit dazu hätte. Ich verstehe sogar, daß es in einer verrückten Art sehr amüsant sein könnte – wenn beide mehr oder weniger betrunken und so weiter sind –, sich mit einem Mädchen gegenseitig Wasser ins Gesicht zu spucken. Aber *sympathisch* ist mir diese Vorstellung nicht. Sobald man sie analysiert, ist etwas faul daran. Ich finde, wenn man ein Mädchen nicht wirklich gern hat, sollte man überhaupt keinen Blödsinn mit ihr machen; wenn man sie aber gern hat, sollte man auch ihr Gesicht gern haben, und wenn man ihr Gesicht gern hat, sollte man nichts Blödsinniges damit tun, wie zum Beispiel, daß man sie mit Wasser anspuckt. Es ist wirklich schlimm, daß so verrücktes Zeug manchmal soviel Vergnügen machen kann. Von den Mädchen selbst ist auch keine große Hilfe zu erhoffen, wenn man versucht, sich nicht *zu* verrückt aufzuführen, wenn man versucht, irgend etwas Gutes nicht zu verderben. Vor ein paar Jahren kannte ich ein Mädchen, das sogar noch verdrehter war als ich. Und wie verdreht! Eine Weile unterhielten wir uns zwar großartig auf diese Weise. Das sexuelle Gebiet ist etwas, das ich nicht richtig verstehe. Man weiß nie, *wo* zum Teufel man eigentlich steht. Ich stelle mir fortwährend Gesetze auf, und dann verstoße ich sofort wieder dagegen. Letztes Jahr nahm ich mir vor, keinen Blödsinn mehr mit Mädchen zu machen, die ich im Grund nicht gern hatte. Aber dann verstieß ich in derselben Woche dagegen, in der ich den Vorsatz gefaßt hatte – sogar noch am gleichen Tag. Ich gab mich den ganzen Abend mit einer dummen Gans namens Anne Louise Sherman ab. Von Sex verstehe ich einfach nichts, im Ernst, nichts.

Während ich am Fenster stand, spielte ich mit dem Plan, Jane anzutelephonieren – das heißt ein Ferngespräch nach B. M. anzumelden, anstatt ihre Mutter zu fragen, wann sie heimkäme. Eigentlich durfte man in den Schulen nicht spät abends anrufen, aber ich hatte mir alles schon ausgedacht. Ich wollte einfach sagen, daß ich ihr Onkel wäre, wenn irgend jemand ans Telephon kam. Ich wollte sagen, ihre Tante sei bei einem Autounglück umgekommen, und ich müsse sofort mit Jane sprechen. Das hätte sicher funktioniert. Ich tat es dann nur deshalb nicht, weil ich nicht in der richtigen Stimmung war. Wenn man nicht entsprechend aufgelegt ist, kann man so etwas nicht durchführen.

Nach einiger Zeit setzte ich mich hin und rauchte einige Zigaretten. Es war mir ziemlich nach Weibern zumut, muß ich gestehen. Plötzlich kam mir ein neuer Einfall. Ich suchte in meiner Brieftasche nach der Adresse, die mir ein Student von Princeton im letzten Sommer gegeben hatte, als ich ihm bei einer Einladung begegnet war. Endlich fand ich sie. Der Zettel war von meiner Brieftasche ganz verfärbt, aber man konnte ihn noch lesen. Dieser Bursche von Princeton hatte damals gesagt, das sei die Adresse von einer, die es nicht gerade berufsmäßig mache, aber doch gelegentlich nicht abgeneigt sei. Er hatte sie einmal zu einem Ball in Princeton mitgenommen und war deshalb fast geflogen. Sie hatte früher mal in Varietés gestrippt oder so. Ich ging also zum Telephon und läutete bei ihr an. Sie hieß Faith Cavendish und wohnte im Stanford Arms Hotel. Sicher eine Bumsbude.

Zuerst dachte ich, sie sei nicht zu Hause. Niemand meldete sich. Dann nahm endlich jemand den Hörer ab.
»Hallo?« sagte ich. Ich machte eine sehr tiefe Stimme, so daß man mein Alter nicht erraten konnte. Meine Stimme ist ohnedies ziemlich tief.
»Hallo«, antwortete ein weibliches Wesen, nicht übermäßig freundlich.
»Ist da Miss Faith Cavendish?«
»*Wer* ist am Telephon?« fragte sie. »Wer ruft mich um diese verfluchte Zeit an?«
Das jagte mir einen leisen Schrecken ein. »Ich weiß, es ist ziemlich spät«, sagte ich mit meiner männlichsten Stimme. »Bitte entschuldigen Sie, aber es lag mir sehr daran, mich mit Ihnen in Verbindung zu setzen.« Das sagte ich sehr weltmännisch, tatsächlich.
»Wer ist am Apparat?«
«Ach, Sie kennen mich nicht, aber ich bin ein Freund von Eddie Birdsell. Er sagte, wenn ich einmal in New York wäre, sollten wir uns für einen Cocktail treffen.«
»*Wer?* Mit *wem* sind Sie befreundet?« Großer Gott, sie benahm sich am Telephon wie eine Wilde. Sie schrie mich sozusagen an.
»Mit Edmund Birdsell. Eddie Birdsell«, sagte ich. Ich konnte mich nicht erinnern, ob er Edmund oder Edward hieß. Ich hatte ihn nur ein einziges Mal in so einer blöden Gesellschaft getroffen.
»Ich kenne niemand, der so heißt, Jack. Und falls Sie meinen, ich ließe mich gern mitten in der Nacht wecken –«
»Eddie Birdsell? Von Princetown?« sagte ich.
Offenbar drehte sie den Namen in ihrem Gedächtnis hin und her.

»Birdsell, Birdsell ... Von Princetown ... Princetown College?«
»Ja«, sagte ich.
»Sind Sie auch von Princetown?«
»Ja, so ungefähr.«
»So ... Und wie geht es Eddie?« fragte sie. »Eine sonderbare Zeit, jemand anzurufen, Herr im Himmel.«
»Es geht ihm glänzend. Er läßt Sie grüßen.«
»Danke. Grüßen Sie ihn auch von mir. Er ist ein feiner Kerl. Was macht er jetzt?« Plötzlich wurde sie ausnehmend freundlich.
»Ach, Sie wissen ja. Immer das gleiche«, sagte ich. Wie zum Teufel sollte ich wissen, was er machte? Ich kannte ihn ja kaum. Ich wußte nicht einmal, ob er noch in Princetown war. »Sagen Sie, hätten Sie wohl Lust, irgendwo einen Cocktail mit mir zu trinken?«
»Wissen Sie vielleicht zufällig, wieviel Uhr es ist?« sagte sie. »Wie heißen Sie überhaupt, wenn ich fragen darf? Sie scheinen noch ziemlich jung zu sein.«
Ich lachte. »Danke für das Kompliment«, sagte ich wieder sehr weltmännisch. »Ich heiße Holden Caulfield.« Ich hätte einen falschen Namen angeben sollen, aber es fiel mir keiner ein.
»Schön, Mr. Cawffle, aber ich habe nicht die Gewohnheit, mitten in der Nacht Verabredungen zu treffen. Ich bin berufstätig.«
»Morgen ist Sonntag«, sagte ich.
»Ja, aber trotzdem. Ich muß meinen Schönheitsschlaf haben.«
»Ich dachte, wir könnten rasch einen Cocktail zusammen trinken. Es ist noch nicht zu spät dafür.«

»Sehr liebenswürdig«, sagte sie. »Von wo rufen Sie an? Wo sind Sie?«

»Ich? In einer Telephonkabine.«

»Ah.« Darauf folgte eine lange Pause. »Ich würde Sie furchtbar gern einmal treffen, Mr. Cawffle. Sie machen einen sehr gewinnenden Eindruck. Sicher sind Sie sehr sympathisch. Aber es ist tatsächlich schon spät.«

»Ich könnte zu Ihnen kommen.«

»Ja, das wäre sicher nett gewesen, ich meine, ich würde mich freuen, wenn Sie für einen Cocktail hätten hereinschauen können, aber meine Wohnpartnerin ist zufällig krank. Sie hat schon die ganze Nacht nicht schlafen können. Erst jetzt gerade ist sie eingeschlafen.«

»Ach, das ist wirklich schade.«

»Wo wohnen Sie? Vielleicht können wir uns morgen zum Cocktail verabreden.«

»Morgen geht es nicht«, sagte ich. »Heute abend ist für mich die einzige Möglichkeit.« Ich war ein Esel. Das hätte ich nicht sagen sollen.

»Oh. Ja, dann tut es mir sehr leid.«

»Ich werde Eddie von Ihnen grüßen.«

»Wollen Sie ihm das ausrichten? Hoffentlich verbringen Sie schöne Tage in New York. Fabelhafte Stadt.«

»Ja, das stimmt. Danke. Gute Nacht«, sagte ich. Dann hängte ich ein.

Junge, das war mir *gründlich* danebengegangen. Ich hätte wenigstens einen Cocktail oder so etwas abmachen sollen.

10

Es war noch ziemlich früh. Ich weiß nicht mehr, wieviel Uhr es war, aber sehr spät war es jedenfalls nicht. Ich finde es schrecklich, ins Bett zu gehen, wenn ich überhaupt noch nicht müde bin. Deshalb machte ich meine Koffer auf und nahm ein frisches Hemd heraus, und dann wusch ich mich im Badezimmer und zog mich um. Ich wollte hinuntergehen und feststellen, was zum Teufel im »Lavendel-Saal« los war. Im Hotel befand sich nämlich dieses Nachtlokal, das »Lavendel-Saal« hieß.

Während ich das Hemd auszog, hätte ich doch noch um ein Haar meine kleine Schwester Phoebe angerufen. Ich hatte die größte Lust, mit ihr zu telephonieren. Mit einem vernünftigen Menschen. Aber ich getraute mich nicht, denn sie wäre nicht mehr auf gewesen, geschweige denn in der Nähe vom Telephon. Zuerst dachte ich noch, ich könnte einfach einhängen, wenn sich meine Eltern melden würden, aber dieser Plan war nichts wert. Sie hätten sofort gewußt, daß ich es war. Meine Mutter errät immer, wenn ich es bin. Sie hat einen sechsten Sinn. Aber ich hätte wirklich gern eine Weile mit der alten Phoebe *gequatscht.*

Man kann sich kein netteres und klügeres Mädchen vorstellen. Sie ist wirklich klug. Seit sie in die Schule geht, hat sie immer die besten Noten. Tatsächlich bin ich der einzige Schwachkopf in der Familie. Mein Bruder D. B. ist Schriftsteller und so, und mein Bruder Allie, der gestorben ist, war überhaupt ein Hexenmeister. Nur ich bin unbegabt. Und Phoebe muß man gesehen haben. Sie hat rote Haare, ähnlich wie Allie, und im Sommer sind sie ganz kurz geschnitten. Im Sommer streicht sie die Haare hinter die Ohren. Sie hat reizende kleine Ohren. Im Winter werden die Haare ziemlich lang. Manchmal macht ihr meine Mutter Zöpfe, manchmal auch nicht. Es sieht immer sehr hübsch aus. Sie ist erst zehn. Sie ist mager, so wie ich, aber nicht häßlich mager. Rollschuhlaufmager, das ist sie. Ich habe ihr einmal vom Fenster aus nachgesehen, als sie über die fünfte Avenue zum Park ging, und da wußte ich plötzlich: Sie ist rollschuhlaufmager. Jeder müßte sie gern haben. Wenn man ihr etwas erzählt, weiß sie genau, von was man redet. Man kann sie überallhin mitnehmen. Wenn man zum Beispiel mit ihr in einen schlechten Film geht, weiß sie, daß es ein schlechter Film ist. Wenn man mit ihr in einen guten Film geht, weiß sie, daß es ein guter Film ist. D. B. und ich nahmen sie einmal in den französischen Film *La femme du boulanger* mit, in dem Raimu spielte. Den fand sie fabelhaft. Ihr Lieblingsfilm ist aber *Neununddreißig Stufen* mit Robert Donat. Sie kann den ganzen verdammten Film auswendig, weil ich ihn ungefähr zehnmal mit ihr gesehen habe. Wenn Donat zum Beispiel in das schottische Bauernhaus kommt, als er auf der Flucht ist, sagt Phoebe laut – genau an der richtigen Stelle: »Können Sie den Hering essen?« Sie kann den ganzen Dialog auswendig. Und wenn der Professor, der eigentlich ein deutscher Spion ist, Robert Donat einen kleinen Finger hinhält, an dem ein Teil des Mittelgliedes fehlt, kommt ihm Phoebe zuvor: sie hält mir im Dunkeln *ihren* kleinen Finger vor die Nase. Sie ist in Ordnung. Man muß sie gernhaben. Ihre einzige Schwäche ist nur, daß sie manchmal ein bißchen zu gefühlvoll ist. Für ein Kind ist sie sehr emotional. Im Ernst. Übrigens schreibt sie die ganze Zeit über Bücher. Nur macht sie sie nie fertig. Alle handeln von einem Mädchen namens Hazel Weatherfield – Phoebe schreibt das allerdings »Hazle«. Hazle Weatherfield ist Detektivin. Sie ist angeblich eine Waise, aber ihr Vater taucht fortwährend auf. Er ist ein »großer, sympathischer Herr von ungefähr zwanzig Jahren«. Das wirft mich jedesmal um. Diese gute alte Phoebe. Ich schwöre, daß sie jedermann gefallen würde. Schon als ganz kleines Kind war sie toll. Damals gingen Allie und ich manchmal mit ihr in den Park, besonders sonntags. Allie hatte ein Segelboot, mit dem er sonntags gern spielte, und wir nahmen immer Phoebe mit. Sie hatte weiße Handschuhe und ging zwischen uns, ganz wie eine Dame. Und wenn Allie und ich über irgend etwas redeten, hörte Phoebe zu. Manchmal vergaßen wir sie, weil sie noch so klein war, aber sie machte sich bald bemerkbar. Sie unterbrach uns fortwährend. Sie stieß mich oder Allie an und fragte: »*Wer*? Wer hat das gesagt? Bobby oder die Dame?« Und dann erklärten wir es ihr, und sie sagte »Ach so« und hörte weiter zu. Allie hatte sie auch furchtbar gern. Jetzt ist sie zehn und nicht mehr so klein, aber immer noch sind alle begeistert von ihr – jedenfalls alle, die nicht vollkommen verblödet sind. Phoebe ist so eine, mit der man gern telephoniert. Aber ich war zu bange, meine Eltern könnten ans Telephon kommen und herausfinden, daß ich in New York war und von Pencey geflogen war und so. Deshalb zog ich mich nur fertig an. Dann fuhr ich mit dem Lift in die Halle, um zu sehen, was unten los war. Bis auf ein paar Zuhältertypen und ein paar hurenhaft aussehende Blondinen war die Halle ziemlich leer.

Aber da ich aus dem Lavendel-Saal Tanzmusik hörte, ging ich dorthin. Obwohl es nicht sehr voll war, gaben sie mir einen schlechten Tisch ganz weit hinten. Ich hätte dem Kellner eine Dollarnote vor der Nase herumschwenken sollen. In New York kommt es nur auf Geld an, im Ernst. Die Kapelle war zum Kotzen. Buddy Singer, aber viel Blech, ohne Stil und kitschig. Außerdem sah ich nur wenige Leute in meinem Alter. Eigentlich überhaupt keine. Die meisten waren betagte Angeber mit ihren Damen. Nur am Nebentisch nicht. Am rechten Nebentisch saßen diese drei ungefähr dreißigjährigen Mädchen. Alle drei waren ziemlich häßlich und hatten diese Hüte auf, die verrieten, daß sie nicht in New York lebten, aber eine von ihnen, eine blonde, war nicht zu übel. Sie sah sogar ganz annehmbar aus, und ich fing an ihr Augen zu machen, aber dann kam der Kellner an meinen Tisch. Ich bestellte einen Whisky mit Soda und sagte, er solle ihn nicht mischen. Das sagte ich, so schnell ich nur konnte, denn wenn man herumzögert, meinen sie, man sei unter einundzwanzig, und wollen keinen Alkohol bringen. Aber er machte mir trotzdem Geschichten. »Ich bedaure, Sir«, sagte er, »aber können Sie sich über Ihr Alter ausweisen? Vielleicht mit Ihrem Führerschein?«

Ich sah ihn eisig an, als ob er mich beleidigt hätte. »Sehe ich aus, als ob ich noch nicht einundzwanzig wäre?«

»Ich bedauere, Sir, aber wir haben unsere –«

»O. K., O. K.«, sagte ich. »Bringen Sie mir eine Coca!«

Als er weggehen wollte, rief ich ihn wieder her. »Könnten Sie nicht ein bißchen Rum oder so etwas hineintun?« fragte ich sehr freundlich. »Ich kann doch nicht vollkommen nüchtern in so einer Bumsbude sitzen. Können Sie nicht ein bißchen Rum hineintun?«

»Tut mir leid, Sir...«, sagte er und ließ mich sitzen. Ich nahm es ihm nicht übel. Sie verlieren die Stelle, wenn sie dabei erwischt werden, daß sie Minderjährigen Alkohol geben. Ich bin eben ein gottverdammter Minderjähriger.
Ich fing wieder an, den drei Hexen am andern Tisch Blicke zuzuwerfen – das heißt der Blonden. Ich machte es aber nicht aufdringlich. Ich fixierte sie nur sehr kühl. Alle drei fingen wie verrückt an zu kichern. Wahrscheinlich dachten sie, ich sei zu jung, um es mit einer zu machen. Das ärgerte mich wahnsinnig. Als ob ich sie *heiraten* wollte, oder was weiß ich. Daraufhin hätte ich sie schneiden sollen, das hätten sie verdient, aber ich war eben zum Tanzen aufgelegt. Manchmal tanze ich sehr gern, und gerade jetzt hatte es mich gepackt. Deshalb beugte ich mich näher zu ihnen und fragte: »Hätte eine von euch Mädels Lust zu tanzen?« Nicht grob oder so, sondern sogar sehr höflich. Aber verdammt noch mal, das fanden sie noch komischer.
Sie kicherten noch hysterischer und benahmen sich wie dumme Gänse. »Wie?« fragte ich. »Ich tanze mit jeder von Ihnen der Reihe nach. Einverstanden? Kommen Sie!« Ich wollte wirklich gern tanzen.
Schließlich stand die Blonde auf, weil es klar war, daß ich sie gemeint hatte, und wir gingen zur Tanzfläche. Die beiden andern platzten fast. Offenbar war ich damals sehr verzweifelt, daß ich mich überhaupt mit ihnen einließ.
Aber es lohnte sich. Die Blonde tanzte prima. Sie war eine der besten Tänzerinnen, mit der ich je getanzt habe. Tatsächlich sind die blödesten Mädchen manchmal beim Tanzen umwerfend. Ein intelligentes Mädchen versucht zum Beispiel oft zu führen, oder sie tanzt so schlecht, daß man am besten nur mit ihr am Tisch sitzen bleibt und sich betrinkt.

»Sie tanzen wirklich gut«, sagte ich zu ihr. »Sie sollten Berufstänzerin sein. Im Ernst. Ich habe einmal mit einer getanzt, und die war nicht halb so gut. Haben Sie schon von Marco und Miranda gehört?«

»Was?« fragte sie. Sie hörte überhaupt nicht zu. Sie schaute sich im ganzen Lokal um.

»Ich habe gefragt, ob Sie schon von Marco und Miranda gehört haben?«

»Mir nicht bekannt. Nein.«

»Das ist ein Tänzerpaar. Sie ist zwar nicht besonders. Sie macht alles richtig, aber besonders gut ist sie trotzdem nicht. Wissen Sie, wann eine Frau fabelhaft tanzt?«

»Was haben Sie gesagt?« fragte sie. Sie hörte mir überhaupt nicht zu. Alles andere im Lokal interessierte sie mehr.

»N–n.«

»Da, wo ich meine Hand auf Ihrem Rücken habe: wenn ich meine, daß nichts unter meiner Hand ist, kein Untergestell, keine Beine, keine Füße, überhaupt *nichts* – dann tanzt eine Frau wirklich fabelhaft.«

Sie hörte mir aber nicht zu. Deshalb stellte ich sie eine Weile kalt. Wir tanzten nur. Großer Gott, wie diese Gans tanzen konnte. Buddy Singer und seine Mist-Band spielten gerade *Just one of those things*, und selbst sie konnten diesen Song nicht ganz kaputt kriegen. Das ist ein toller Song. Ich versuchte keine schwierigen Schritte, weil ich es nicht leiden kann, wenn sich die Leute mit allen möglichen Kunststücken beim Tanzen wichtig machen, aber ich tanzte lebhaft herum, und sie paßte sich immer an. Komisch, ich hatte den Eindruck, daß es ihr selber auch Vergnügen machte, aber dann sagte sie wieder etwas Blödes. »Ich und meine Freundinnen haben gestern abend Peter Lorre gesehen. Den

Filmschauspieler. In Person. Er hat eine Zeitung gekauft. Er ist toll!«

»Da haben Sie Glück gehabt«, sagte ich. »Wirklich Glück. Wissen Sie das?« Sie war wirklich eine Gans. Aber wie sie tanzte! Ich konnte nicht anders, als sie auf ihren blöden Kopf zu küssen, oben auf den Scheitel. Sie wurde giftig.

»He! Was soll das bedeuten?«

»Nichts. Sie tanzen nur so gut«, sagte ich. »Ich habe eine kleine Schwester, die erst in die vierte Klasse geht. Sie tanzen fast so gut, und dabei tanzt meine Schwester besser als irgend jemand auf der Welt.«

»Überlegen Sie sich bitte, was Sie sagen.«

Eine feine Dame! Eine *Königin*, Herr im Himmel.

»Von wo kommen Sie und Ihre Freundinnen?« fragte ich. Sie gab keine Antwort. Sie hielt wohl nach Peter Lorre Ausschau.

»Von wo kommen Sie und Ihre Freundinnen?«

»Was?«

»Von wo kommen Sie und Ihre Freundinnen? Geben Sie keine Antwort, wenn Sie keine Lust dazu haben. Ich möchte nicht, daß Sie sich überanstrengen.«

«Seattle, Washington«, sagte sie. Das hielt sie offenbar für eine große Gnade.

»Sie machen sehr gut Konversation. Wissen Sie das?«

»Was?«

Ich gab es auf. Es war ohnedies zu hoch für sie. »Wollen Sie ein bißchen Jitterbug tanzen, wenn etwas Schnelleres gespielt wird? Keinen verrückten Jitterbug mit Sprüngen und so – nur ganz gemütlich. Die andern gehn dann sicher an die Tische, bis auf die ältesten und fettesten Knaben, und dann haben wir reichlich Platz. O. K.?«

»Mir ist es gleich«, sagte sie. »Wie alt sind Sie überhaupt?«
Aus irgendeinem Grund ärgerte mich das. »Großer Gott, lassen Sie's gut sein. Ich bin zwölf, Herr im Himmel. Ich bin ziemlich groß für mein Alter.«
»Hören Sie, ich hab Ihnen schon gesagt, daß ich diese Art nicht leiden kann«, sagte sie. »Wenn Sie so mit mir reden wollen, kann ich mich zu meinen Freundinnen setzen, verstehen Sie.«
Ich entschuldigte mich wie besessen, weil die Kapelle gerade einen schnellen Tanz anfing. Wir tanzten Jitterbug, aber nur ganz bequem, nicht übertrieben. Sie machte es wirklich gut. Man brauchte sie nur anzurühren, mehr nicht, und wenn sie sich dann drehte, schwenkte sie ihren kleinen Hintern so nett. Ich war ganz hin, aber im Ernst. Bis wir an den Tisch zurückgingen, war ich halb in sie verliebt. So ist es eben mit Mädchen. Jedesmal, wenn sie etwas hübsch machen, auch wenn sie gar nicht besonders gut aussehen oder sogar wenn sie dumm sind, verliebt man sich halb in sie, und dann weiß man nicht mehr, wo zum Teufel man eigentlich steht. Mädchen – großer Gott. Sie können einen verrückt machen, wirklich.
Sie forderten mich zwar nicht auf, mich an ihren Tisch zu setzen – vor allem wohl, weil sie zu ungeschliffen waren –, aber ich setzte mich trotzdem zu ihnen. Die Blonde, mit der ich getanzt hatte, hieß Bernice Soundso – Crabs oder Krebs. Die beiden Häßlichen hießen Marty und Laverne. Ich stellte mich als Jim Steele vor, einfach aus Blödsinn. Dann versuchte ich ein bißchen intelligente Konversation mit ihnen zu machen, aber das war praktisch unmöglich. Man hätte ihnen die Arme ausrenken müssen. Man hätte kaum ent-

scheiden können, welche von den dreien am dümmsten war. Und alle drei schauten fortwährend herum, als ob sie erwarteten, daß jeden Augenblick eine Herde von verdammten Filmstars hereinkommen müßte. Sie dachten wohl, wenn die Filmstars nach New York kämen, säßen sie immer im Lavendel-Saal, anstatt im Stork Club oder im El Marocco und so weiter. Es dauerte eine gute halbe Stunde, bis ich herausfand, was sie in Seattle arbeiteten. Sie waren alle im gleichen Versicherungsbüro. Ich fragte, ob es ihnen dort gefiele, aber diese drei Gänse konnten keine vernünftige Antwort geben. Ich hielt die beiden Häßlichen für Schwestern, aber über diese Frage waren sie empört. Offenbar wollte keine von beiden der andern ähnlich sehen, und das war sehr begreiflich, aber doch komisch.

Ich tanzte nacheinander mit jeder von ihnen. Laverne, die Häßliche Numero eins, tanzte nicht übel, aber Marty war gemeingefährlich. Bei Marty hatte man das Gefühl, daß man die Freiheitsstatue herumschleppte. Ich konnte mich nur trösten, indem ich sie ein bißchen zum Narren hielt. Deshalb sagte ich, ich hätte gerade den Filmstar Gary Cooper auf der andern Saalseite gesehen.

»Wo?« fragte sie ganz aufgeregt. *»Wo?«*

»Ach, jetzt haben Sie ihn verpaßt. Im Augenblick ist er verschwunden. Warum haben Sie nicht sofort hingeschaut?«

Sie blieb einfach mitten im Tanzen stehen und spähte über alle Köpfe, um ihn doch noch zu entdecken. »So ein Pech!« sagte sie. Ich hatte ihr fast das Herz gebrochen. Es tat mir furchtbar leid, daß ich mich so über sie lustig gemacht hatte. Über manche Leute sollte man sich nicht lustig machen, selbst wenn sie es verdienen.

Dann passierte etwas wirklich Komisches. Als wir an den

Tisch zurückkamen, erzählte Marty den andern, daß Gary Cooper gerade hinausgegangen sei. Junge, Laverne und Bernice begingen auf diese Nachricht beinahe Selbstmord. Sie wurden ganz aufgeregt und fragten Marty, ob sie ihn gesehen habe. Mary antwortete, sie habe ihn gerade nur noch einen Augenblick gesehen. Das gab mir den Rest.

Da die Bar geschlossen wurde, bestellte ich jeder von ihnen noch schnell zwei Drinks und für mich zwei Colas. Der verdammte Tisch war voll von Gläsern. Die Häßliche Numero eins, Laverne, neckte mich fortwährend damit, daß ich nur Cola trank. Sie hatte einen überwältigenden Sinn für Humor. Sie und diese Marty tranken Tom Collins' – und das mitten im Dezember! Sie wußten es es eben nicht besser. Diese Blonde, Bernice, trank Whisky mit Wasser. Sie kippte es nur so in sich hinein. Alle drei hielten immer noch unentwegt nach Filmstars Ausschau. Sie sprachen gar nicht, nicht einmal miteinander. Die Marty war etwas gesprächiger als die beiden andern. Sie machte andauernd so plumpe und langweilige Witze, zum Beispiel sagte sie anstatt Toilette »Für kleine Mädchen«. Und wenn Buddy Singers armseliger, verschlissener Klarinettist aufstand und ein paar abgestandene »heiße Solos« von sich gab, fand sie ihn einfach toll und nannte seine Klarinette eine »Lakritzstange«. Die war vielleicht gewöhnlich. Die andere Häßliche, Laverne, hielt sich selbst für furchtbar witzig. Sie sagte dauernd, ich sollte doch meinen Vater anrufen und ihn fragen, ob er heute abend noch was vorhabe; sie fragte mich immer wieder, ob mein Vater mit 'ner Freundin aus sei. *Viermal* fragte sie mich das. Die war wirklich wahnsinnig witzig. Bernice, die Blonde, sagte so gut wie gar nichts, und wenn ich sie etwas fragte, sagte sie immer nur: »Was?« Das kann einem auf die Dauer auch auf die Nerven gehen.

Als sie ausgetrunken hatten, standen sie plötzlich auf und sagten, jetzt müßten sie ins Bett gehen. Sie wollten morgen früh die erste Vorstellung in der Radio City Music Hall sehen, sagten sie. Ich wollte sie noch ein bißchen festhalten, aber es war nichts zu machen. Daraufhin verabschiedeten wir uns. Ich sagte, ich würde sie in Seattle aufsuchen, falls ich einmal dorthin käme, aber ich bezweifle, ob es dazu kommt. Daß ich sie besuche, meine ich.

Mit den Zigaretten und allem mußte ich ungefähr dreizehn Dollar bezahlen. Ich finde, sie hätten mir wenigstens anbieten können, für das aufzukommen, was sie getrunken hatten, bevor ich mich an ihren Tisch setzte – natürlich hätte ich es nicht angenommen, aber sie hätten es wenigstens anbieten sollen. Es war mir trotzdem ziemlich egal. Sie waren so dumm und hatten diese traurigen Karnevalshüte auf und so. Und daß sie die erste Vorstellung in der Radio City Music Hall sehen wollten, deprimierte mich auch. Wenn irgend jemand, zum Beispiel irgendeine Angestellte in einem gräßlichen Hut, die ganze Reise nach New York macht – von Seattle, um Himmels willen – und dann früh aufsteht, um diese verdammte erste Vorstellung in der Radio City Music Hall zu sehen, dann deprimiert mich das so, daß ich es kaum ertrage. Ich hätte den dreien gern hundert Drinks bezahlt, wenn sie nur nicht davon erzählt hätten.

Kurz nach ihnen verließ auch ich den Lavendel-Saal. Er wurde ohnedies geschlossen, und die Musiker waren schon lange fort. Es war eins der Nachtlokale, die fürchterlich sind, ausgenommen, wenn man mit jemand gut tanzen kann oder wenn einem der Kellner etwas Richtiges zu trinken bringt, anstatt nur Coca. Es gibt kein einziges Nachtlokal auf der Welt, wo man es lange aushalten könnte, wenn man sich nicht wenigstens betrinken kann. Oder wenn man mit einem Mädchen hingeht, in das man wirklich verliebt ist.

11

Auf dem Weg in die Hotelhalle fiel mir Jane Gallagher plötzlich wieder ein. Ich kam nicht mehr von ihr los. Ich setzte mich in einen der zum Erbrechen aussehenden Sessel in der Halle und dachte an sie und Stradlater in dem verdammten Auto von Ed Bankey. Obwohl ich jetzt ganz sicher war, daß Stradlater es nicht mit ihr gemacht hatte – ich kannte Jane genau –, kam ich doch nicht von ihr los. Ja, ich kannte Jane auswendig. Außer ihrer Vorliebe für das Damespiel trieb sie sehr gern Sport, und in dem Sommer, in dem ich sie kennenlernte, spielten wir fast jeden Morgen Tennis und fast jeden Nachmittag Golf. Eigentlich lernte ich sie sehr nah kennen. Ich meine damit nichts Physisches oder so – das nicht –, aber wir waren die ganze Zeit zusammen. Man braucht nicht immer physisch miteinander zu tun haben, um ein Mädchen kennenzulernen.

Der Anfang war so: Ihr Dobermannpinscher kam immer in unsern Garten, um auf dem Rasen seine Geschäfte zu machen, und meine Mutter ärgerte sich furchtbar darüber. Sie rief Janes Mutter an und machte ihr großen Stunk. Aus so etwas kann meine Mutter immer eine Tragödie machen. Als ich Jane ein paar Tage später beim Schwimmbassin auf dem Bauch liegen sah – im Klub –, begrüßte ich sie. Ich wußte, daß sie neben uns wohnte, aber ich hatte noch nie mit ihr gesprochen. Sie machte ein eisiges Gesicht. Ich überzeugte sie mühsam davon, daß es mir selbst absolut gleichgültig sei, wo zum Kuckuck ihr Hund seine Geschäfte besorge. Er könne es von mir aus auch im Wohnzimmer tun, sagte ich. Jedenfalls wir wurden Freunde und so. Ich spielte noch am gleichen Nachmittag Golf mit ihr. Sie verlor acht Bälle. *Acht.* Ich brachte sie kaum dazu, daß sie wenigstens die Augen aufmachte, wenn sie den Ball abschlug. Immerhin verbesserte ich ihre Technik ganz erheblich. Ich spiele sehr gut Golf. Wenn ich sagen wollte, mit wie wenigen Schlägen ich die ganze Runde mache, würde man es mir kaum glauben. Einmal wäre ich fast in einem Kurzfilm aufgetreten, aber im letzten Augenblick entschloß ich mich anders. Wenn mir das Kino so verhaßt ist und ich trotzdem in einem Kurzfilm mitmachen würde, wäre ich ein schöner Heuchler, dachte ich.

Jane war ein sonderbares Mädchen. Ich würde sie im strengen Sinne nicht als schön bezeichnen. Aber ich war trotzdem von ihr begeistert. Wenn sie über etwas redete und dabei aufgeregt wurde, bewegten sich ihre Lippen in fünfzig Richtungen gleichzeitig. Das wirft mich um. Sie machte den Mund überhaupt nie ganz zu. Er stand immer ein bißchen offen, besonders wenn sie Golf spielte oder las. Sie las die ganze Zeit und zwar sehr gute Bücher. Einen Haufen Gedichte und so weiter. Sie war der einzige Mensch außerhalb meiner Familie, dem ich Allies Baseball-Handschuh mit den Gedichten zeigte. Sie hatte Allie nicht mehr kennengelernt, weil sie in diesem Sommer zum ersten Mal nach Maine kam – früher waren sie in Cape Cod –, aber ich erzählte ihr viel von ihm. Sie interessierte sich für solche Sachen.

Meine Mutter hatte Jane nicht besonders gern. Sie meinte immer, Jane und ihre Mutter wollten sie von oben herab

behandeln, wenn sie ihr nicht guten Tag sagten. Meine Mutter sah sie oft beim Einkaufen, weil Jane immer mit ihrer Mutter in einem La-Salle-Kabriolett auf den Markt fuhr. Meine Mutter fand Jane nicht einmal hübsch. Aber ich war andrer Ansicht. Sie gefiel mir einfach.
Ich erinnere mich an einen Samstagnachmittag, an dem wir – das war das einzige Mal – uns sogar beinah geküßt hätten. Es regnete in Strömen, und ich war bei ihr drüben auf dem großen überdeckten Sitzplatz vor ihrem Haus. Wir spielten Dame. Ich neckte sie oft, weil sie immer ihre Damen am Rand stehen ließ. Aber ich trieb die Neckereien nie weit. Dazu hätte man bei Jane keine Lust gehabt. Komisch, am liebsten habe ich es eigentlich, wenn man ein Mädchen wahnsinnig necken kann, aber bei den Mädchen, die mir am besten gefallen, habe ich nie besondere Lust dazu. Manchmal spürt man, daß sie sich gerne necken lassen würden – man weiß es ganz genau –, aber es ist schwierig, damit anzufangen, wenn man sie schon länger kennt und sie nie geneckt hat. Also dieser Nachmittag, an dem wir uns beinah geküßt hätten: Es regnete wie aus Kübeln, und wir saßen dort beim Damespiel, und plötzlich kam dieser blöde Säufer heraus, mit dem ihre Mutter verheiratet war, und fragte Jane, ob noch irgendwo Zigaretten im Haus wären. Ich kannte ihn nicht näher, aber er schien mir so ein Mensch zu sein, der nur mit einem redet, wenn er etwas haben will. Ich fand ihn widerlich. Jane gab keine Antwort auf seine Frage nach den Zigaretten. Er wiederholte die Frage, aber sie gab immer noch keine Antwort. Sie schaute überhaupt nicht auf. Schließlich ging er wieder ins Haus. Als er verschwunden war, fragte ich Jane, was das zu bedeuten habe. Sie wollte nicht einmal mir antwor-

ten. Sie tat so, als ob sie sich auf ihren nächsten Zug konzentrieren müßte. Dann fiel plözlich eine Träne auf das Schachbrett. Auf eines der schwarzen Felder – ich sehe es noch vor mir. Jane verrieb sie nur mit dem Finger auf dem Brett. Das ging mir wahnsinnig nah, ich weiß nicht warum. Deshalb stand ich von meinem Stuhl auf und schob sie auf ihrem Bänkchen auf die Seite, um mich neben sie zu setzen – ich setzte mich ihr tatsächlich fast auf den Schoß. Dann fing sie *richtig* an zu weinen, und als nächstes weiß ich nur, daß ich sie überall küßte – einfach *überall* –, auf die Augen, die Nase, die Stirn, die Augenbrauen, die Ohren und so weiter – auf das ganze Gesicht, nur nicht auf den Mund. Sie wollte mich nicht zu ihren Lippen lassen. Das war also das einzige Mal, daß wir uns beinah geküßt hätten. Nach einer Weile stand sie auf und ging ins Haus und zog den rotweißen Pullover an, den ich so toll fand, und dann gingen wir in ein gottverdammtes Kino. Auf dem Hinweg fragte ich sie, ob denn Mr. Cudahy – so hieß der Saufbruder – einmal versucht habe, ihr frech zu kommen. Sie war noch ziemlich jung, aber sie hatte eine tolle Figur, ich hätte das diesem Cudahy-Hund durchaus zugetraut. Aber sie sagte nein. Ich habe nie herausgefunden, was damals eigentlich los war. Bei manchen Mädchen kommt man einfach nicht dahinter.

Man darf aber nicht meinen, sie wäre so ein verdammter Eisberg, weil wir uns nie küßten oder so. Das war sie durchaus nicht. Zum Beispiel hielten wir uns oft an der Hand. Vermutlich klingt das nach nichts Besonderem, aber sie war das richtige Mädchen zum Händehalten. Die meisten Mädchen haben dann sozusagen eine tote Hand, oder sie meinen im Gegenteil, sie müßten ihre Hand fortwährend bewegen, als ob sie Angst hätten, daß sie einen sonst langweilen. Jane war ganz anders. Wenn wir in irgendein blödes Kino gingen, gaben wir uns von Anfang an die Hand und blieben so sitzen, bis der Film zu Ende war. Dabei bewegten wir uns nie und machten überhaupt keine großen Geschichten daraus. Mit Jane brauchte man sich nicht einmal Sorge zu machen, ob man eine feuchte oder trockene Hand hatte. Man wußte nur, daß man glücklich war. Und mit ihr war man tatsächlich glücklich.

Und ich dachte noch an etwas anderes. In so einem Kino tat Jane einmal etwas, das mich sprachlos machte. Es war während der Wochenschau, glaube ich, und plötzlich fühlte ich Janes Hand im Nacken. Komischer Einfall. Sie war ja noch ganz jung, und meistens legen nur Fünfundzwanzigjährige oder Dreißigjährige ihrem Mann oder ihrem Kind die Hand in den Nacken – ich tue es zum Beispiel manchmal bei meiner kleinen Schwester Phoebe. Aber wenn ein Mädchen noch so jung ist und diese Bewegung macht, ist das so nett, daß es einen umwerfen kann.

An alles dachte ich also, während ich in dem zum Erbrechen aussehenden Sessel in der Hotelhalle saß. Diese Jane.

Jedesmal, wenn ich sie mir mit Stradlater in dem verdammten Auto von Ed Bankey vorstellte, wurde ich halb verrückt. Ich wußte zwar, daß sie ihn sicher nicht weit hatte kommen lassen, aber es machte mich trotzdem rasend. Ich habe überhaupt keine Lust, noch etwas darüber zu sagen.

Es war fast niemand mehr in der Halle. Sogar die hurenhaft aussehenden Blondinen waren sämtlich verschwunden, und plötzlich hatte ich nur noch den Wunsch, mich davonzumachen. Es war zu deprimierend dort. Und ich war auch noch gar nicht müde. Ich ging also in mein Zimmer und zog den Mantel an. Dabei schaute ich aus dem Fenster, um zu sehen, ob alle die perversen Leute noch bei der Arbeit wären, aber es war jetzt überall dunkel. Ich fuhr im Lift wieder hinunter und nahm ein Taxi und ließ mich zu Ernie fahren. Ernie heißt ein Nachtlokal in Greenwich Village, wo mein Bruder D. B. oft hinging, bevor er nach Hollywood übersiedelte und sich prostituierte. Manchmal hat er mich mitgenommen. Ernie ist ein dicker Negerpianist. Er ist ein gräßlicher Snob und spricht kaum mit jemand, der nicht berühmt oder sonst ein großes Tier ist, aber Klavier spielen kann er wirklich. Er spielt so gut, daß es schon fast zu viel ist, tatsächlich. Ich weiß nicht genau, was ich eigentlich damit sagen will, aber so wirkt es jedenfalls auf mich. Natürlich höre ich ihm gerne zu, nur hätte ich manchmal Lust, ihm das verdammte Klavier umzukippen. Wahrscheinlich deshalb, weil sein Spiel manchmal so *klingt*, als ob er mit niemand sprechen will, der kein großes Tier ist.

12

Das Taxi war ein uralter Kasten und roch ungefähr so, als ob gerade irgend jemand darin sein Mittagessen wieder losgeworden wäre. Ich erwische immer diese Erbrech-Taxis, wenn ich nachts irgendwohin fahre. Außerdem war es draußen ganz still und menschenleer, obwohl es Samstagnacht war. Das machte es noch schlimmer. Nur von Zeit zu Zeit sah man ein verschlungenes Paar über die Straße gehen oder eine Gruppe von Strolchen mit ihren Mädchen, die alle wie Hyänen über etwas lachten, was ganz sicher überhaupt nicht komisch war. Es ist fürchterlich, wenn in New York jemand spät nachts auf der Straße lacht. Man hört es meilenweit. Man kommt sich einsam und elend vor. Ich wünschte mir die ganze Zeit, daß ich heimfahren und ein bißchen mit Phoebe schwatzen könnte. Aber nach einer Weile fingen der Fahrer und ich ein Gespräch an. Er hieß Horwitz. Er war viel netter als der andere, der mich ins Hotel gefahren hatte. Jedenfalls dachte ich, er wüßte über die Enten Bescheid.

»He, Horwitz«, sagte ich. »Kommen Sie manchmal am See im Central Park vorüber? Beim Central Park South?«

»Wo vorbei?«

»Am See. An dem kleinen Teich. Wo die Enten sind, wissen Sie.«

»Ja, was ist damit?«

»Haben Sie die Enten dort gesehen? Im Frühling oder so? Und wissen Sie zufällig, wo die im Winter hinkommen?«

»*Wo wer* hinkommt?«

»Die Enten. Wissen Sie das zufällig? Ich meine, holt sie wohl jemand mit einem Wagen oder was ab und bringt sie irgendwohin, oder fliegen sie von selber fort – in den Süden oder so?«

Der gute Horwitz drehte sich zu mir um und schaute mich an. Er war ein aufbrausender Typ. Aber nicht unsympathisch.

»Wie zum Teufel soll ich etwas so Blödes wissen?«

»Ärgern Sie sich doch nicht«, sagte ich. Irgend etwas ärgerte ihn offenbar daran.

»Wer ärgert sich hier? Ich sicher nicht.«

Ich brach die Unterhaltung ab, da er so empfindlich zu sein schien. Aber er fing von selbst wieder an. Er drehte sich wieder um und sagte: »Die Fische kommen nirgends hin. Die bleiben, wo sie sind. Einfach in dem verdammten See.«

»Fische sind etwas anderes. Ich rede aber von den Enten.«

»Was soll daran anders sein? Gar nichts ist anders«, sagte Horwitz. Alles, was er sagte, klang gereizt. »Für die Fische ist es im Winter noch viel schlimmer als für die Enten. Herrgott noch mal, brauchen Sie doch Ihren eigenen Verstand.«

»Die Enten können aber doch nicht einfach so tun, als ob das Eis nicht da wäre. Sie können's doch nicht einfach ignorieren.«

»Wer ignoriert es denn? Keiner ignoriert es«, sagte Horwitz. Er wurde so aufgeregt, daß ich befürchtete, er würde gegen eine Laterne oder was weiß ich fahren. »Sie leben einfach in dem verdammten Eis. Das ist ihre Natur, verflucht noch mal. Sie frieren einfach den ganzen Winter lang in einer Stellung fest.«

»So? Was fressen Sie denn dann? Wenn sie festgefroren sind, können Sie ja nicht herumschwimmen und *Futter* und so suchen.«
»Mit dem *Körper*, verdammt noch mal – wo fehlt's denn bei Ihnen? Mit dem Körper nehmen sie Nahrung auf, einfach durch den gottverfluchten Seetang und alles, was im Eis ist. Sie haben die ganze Zeit die *Poren offen*. Das ist einfach ihre Natur so. Verstehen Sie, was ich damit sagen will?« Er drehte sich wahrhaftig schon wieder um und schaute mich an.
»Aha«, sagte ich. Ich ließ das Thema fallen. Ich hatte Angst, daß wir mit dem verdammten Taxi verunglücken würden. Außerdem war er so reizbar, daß eine Diskussion mit ihm kein Vergnügen war. »Wollen Sie irgendwo halten und eins mit mir trinken?« fragte ich.
Er gab keine Antwort. Wahscheinlich dachte er immer noch nach. Ich wiederholte meine Einladung. Horwitz war recht sympathisch. Auch unterhaltend.
»Ich hab keine Zeit zum Trinken«, sagte er. »Wie alt sind Sie überhaupt? Warum sind Sie nicht zu Hause und im Bett?«
»Ich bin nicht müde.«
Als ich vor dem Nachtlokal ausstieg und bezahlte, brachte er die Fische noch einmal aufs Tapet. Sie schienen ihn sehr zu beschäftigen. »Hören Sie«, sagte er, »wenn Sie ein Fisch wären, würde Mutter Natur wohl für *Sie* sorgen, oder nicht? Einverstanden? Oder meinen Sie vielleicht, die Fische *sterben* einfach, wenn der Winter kommt?«
»Nein, aber –«
»Damit haben Sie verdammt recht«, sagte Horwitz und fuhr wie der Teufel davon. Er war der empfindlichste

Mensch, den man sich vorstellen kann. Alles, was man sagte, machte ihn wütend.

Obwohl es schon gegen Morgen ging, war es bei Ernie drinnen gesteckt voll. Hauptsächlich blöde Gymnasiasten und Studenten. Fast jede verdammte Schule macht früher Weihnachtsferien als die Schulen, in denen *ich* war. Es war so voll, daß man nicht einmal seinen Mantel loswerden konnte. Aber trotz dieser Menschenmenge war es ziemlich still, weil Ernie Klavier spielte. Es galt geradezu als *heilige* Handlung, wenn er sich ans Klavier setzte. Übertrieben. So gut *spielt* nun wirklich keiner. Außer mir warteten noch drei Paare auf leere Tische. Sie stellten sich alle auf die Zehen, um Ernie sehen zu können. Er hatte einen großen Spiegel vor sich am Klavier, so daß jedermann sein Gesicht beobachten konnte, während er spielte. Die Finger sah man nicht – nur sein breites Gesicht. Überwältigend. Ich weiß nicht mehr genau, was er gerade spielte, als ich hereinkam, aber jedenfalls stank es zum Himmel. Er flocht lauter blöde Kinkerlitzchen in die obersten Oktaven hinein und machte noch andere Virtuosenstücke, von denen ich Bauchweh bekomme. Man hätte den Erfolg sehen sollen, als er aufhörte. Zum Kotzen. Sie wurden vollkommen verrückt. Es waren genau dieselben Idioten, die im Kino wie Hyänen über etwas lachen, das überhaupt nicht witzig ist. Wenn ich Pianist oder Schauspieler oder sonst etwas wäre und alle diese Esel mich für fabelhaft halten würden, könnte ich das nicht vertragen. Ich möchte nicht einmal, daß sie auch nur klatschen würden. Die Leute klatschen immer für das Verkehrte. Wenn ich Pianist wäre, würde ich im Klosett Klavier spielen. Als Ernie aufhörte und alle wie besessen klatschten, drehte er sich auf seinem Hocker um und antwortete mit einer affektiert bescheidenen Verbeugung. Als ob er nicht nur ein kolossaler Pianist wäre, sondern auch ein furchtbar *bescheidener* Mensch. Schöne Heuchelei, wenn man wußte, was für ein Snob er war. Sonderbarerweise tat er mir zwar auch leid. Ich glaube, er weiß nicht einmal mehr, ob er richtig oder falsch spielt. Daran ist nicht nur er schuld. Zum Teil gebe ich allen den Eseln die Schuld, die so irrsinnig applaudieren – sie können jeden verderben, wenn man ihnen Gelegenheit dazu gibt. Jedenfalls wurde ich wieder deprimiert und elend deswegen und hätte beinah meinen Mantel geholt, um ins Hotel zurückzugehen, aber es war mir noch zu früh, und ich hatte keine Lust, ganz allein zu sein.

Endlich gab man mir einen miserablen Tisch an der Wand, hinter einem verdammten Pfeiler, wo man überhaupt nichts sehen konnte. Diese hinteren Tische waren winzig und standen so eng aneinander, daß man sozusagen auf den Stuhl *klettern* mußte, wenn die Leute am Nebentisch nicht Platz machten – und das tun diese Lümmel ja nie. Ich bestellte wieder Whisky mit Soda, das ist – nach Daiquiries – mein Lieblingsgetränk. Bei Ernie bekam man auch als Sechsjähriger Alkohol; der Raum war sehr dunkel, und außerdem kümmerte sich ohnedies niemand darum, wie alt man war. Man hätte sogar Rauschgift zu sich nehmen können, ohne aufzufallen.

Weit und breit nur Idioten. Im Ernst. An dem winzigen Tischchen links von mir, beinahe auf meinem Ellbogen, saß ein komischer Vogel mit seinem komischen Mädchen. Vielleicht waren sie etwas älter als ich, aber nicht viel. Sie amüsierten mich. Sie paßten höllisch auf, um nur nicht zu rasch das Trinkzwang-Minimum auszutrinken. Ich hörte ihrer Unterhaltung eine Weile zu, da ich nichts anderes zu tun hatte. Er erzählte ihr von einem Fußballmatch, an dem er nachmittags gewesen war. Ich übertreibe nicht, daß er jede verdammte Einzelheit des ganzen Spiels schilderte. Er war der langweiligste Mensch, dem ich je zugehört habe. Und sein Mädchen interessierte sich nicht im geringsten für Fußball, das sah man deutlich. Aber da sie sogar noch armseliger aussah als er, *mußte* sie wohl zuhören, ob sie wollte oder nicht. Richtig häßliche Mädchen haben es schwer. Manchmal tun sie mir furchtbar leid. Manchmal kann ich ihren Anblick kaum ertragen, besonders wenn sie mit irgendeinem Hohlkopf zusammensitzen, der ihnen alle Einzelheiten von einem verdammten Fußballmatch erzählt. Auf meiner rechten Seite war die Konversation zwar noch schlimmer. Da saß ein typischer Yale-Student in grauem Flanellanzug und karierter Weste. Alle diese Esel von der Ivy League sehen sich ähnlich. Mein Vater will mich nach Yale oder vielleicht auch nach Princeton schicken, aber nicht einmal, wenn ich am Sterben wäre, würde ich auf ein so snobistisches College gehen, das schwöre ich. Dieser Yale-Mensch hatte ein fabelhaftes Mädchen bei sich. Junge, sie sah wirklich *phantastisch* aus. Aber ihre Unterhaltung hätte man hören sollen. Beide hatten leichte Schlagseite. Er fummelte unter dem Tisch an ihr herum und erzählte ihr gleichzeitig von irgendeinem in seinem College, der einen Haufen Aspirin geschluckt hatte und fast umgekommen wäre. Das Mädchen wiederholte immer: »*Wie schrecklich!* Laß das doch, Liebling, bitte. Nicht hier.« Man stelle sich vor, daß einer gleichzeitig an einer herumfummelt und von einem Selbstmordversuch erzählt! Das gab mir den Rest.

Ich kam mir vor wie der Arsch eines Derbysiegers, so mutterseelenallein dazusitzen. Ich konnte nur rauchen und trinken. Aber ich sagte dem Kellner wenigstens, er solle Ernie fragen, ob er Lust hätte, ein Glas mit mir zu trinken. Ich sagte, ich sei D. B.s Bruder. Vermutlich richtete er meine Aufforderung überhaupt nicht aus. Diese Hunde richten nie etwas aus.

Plötzlich kam dieses Mädchen an meinen Tisch und sagte: »Holden Caulfield!« Sie hieß Lillian Simmons. Mein Bruder D. B. war früher einmal mit ihr gegangen. Sie hatte einen mächtigen Busen.

»Hi«, sagte ich. Natürlich versuchte ich aufzustehen, aber das war ein Akrobatenkunststück. Ihr Begleiter war ein Marineoffizier, der einen Stock verschluckt zu haben schien.

»Wie wunderbar, daß wir uns hier begegnen!« sagte Lillian Simmons. Reines Getue. »Wie geht es deinem großen Bruder?« Natürlich wollte sie nur das wissen.

»Glänzend. Er ist in Hollywood.«

»In Hollywood! Wie wunderbar! Was macht er dort?«

»Ich weiß nicht. Schreiben«, sagte ich. Ich war nicht zu albernen Erklärungen aufgelegt. Offenbar fand sie es großartig, daß er jetzt in Hollywood war. Fast jedermann ist dieser Ansicht. Vor allem die Leute, die seine Kurzgeschichten nicht kennen. Mich macht das rasend.

»Wie aufregend«, sagte die gute Lillian. Dann stellte sie mich dem Marineoffizier vor, Commander Blop oder so ähnlich. Er gehörte zu den Leuten, die sich verweichlicht vorkämen, wenn sie einem bei der Begrüßung nicht mindestens vierzig Finger brechen würden. Ich hasse diesen Typ. »Bist du ganz allein, Baby?« fragte Lillian. Sie verursachte eine Verkehrsstauung im Gang. Natürlich war ihr das gerade angenehm. Der Kellner wartete darauf, daß sie ihm Platz machte, aber sie beachtete ihn überhaupt nicht. Es war komisch. Man sah deutlich, daß der Kellner sie nicht ausstehen konnte und daß sogar der Marineoffizier sie nicht besonders gern mochte, obwohl er mit ihr ausging. Und auch mir war sie nicht sympathisch. Kein Mensch fand sie sympathisch. Sie konnte einem leid tun. »Bist du allein hier, Baby?« fragte sie. Ich stand jetzt glücklich aufrecht, und sie forderte mich nicht einmal auf, mich wieder zu setzen. Sie war eine von denen, die einen stundenlang stehen lassen. »Sieht er nicht gut aus?« sagte sie zu dem Marineoffizier. »Holden, du siehst jeden Tag besser aus.« Der Marineoffizier bedeutete ihr, daß sie weitergehen müßten. »Wir blokkieren *alles*«, sagte er. »Holden, komm an unsern Tisch«, sagte Lillian. »Bring dein Glas mit.«

»Ich wollte gerade gehn«, antwortete ich. »Ich bin mit jemand verabredet.« Es war offensichtlich, daß sie sich mit mir anfreunden wollte, damit ich dann D. B. von ihr erzählen würde.

»Schön, um so besser für dich. Sage deinem großen Bruder, wenn du ihn wieder siehst, daß ich ihn abscheulich finde.« Dann räumte sie das Feld. Der Marineoffizier und ich versicherten uns gegenseitig, daß wir uns freuten, uns kennengelernt zu haben. Widerlich. Ich sage das immer, auch wenn ich jemand lieber nicht kennengelernt hätte. Aber wenn man am Leben bleiben will, muß man eben dieses Zeug mitmachen.

Da ich ihr gesagt hatte, daß ich mit jemand verabredet sei, blieb mir keine andere Wahl als fortzugehen. Ich konnte nicht einmal mehr bleiben, bis Ernie etwas halbwegs Anständiges spielte. Aber auf keinen Fall hätte ich mich zu Lillian Simmons und dem Marineoffizier setzen und vor

Langeweile sterben wollen. Deshalb ging ich also hinaus. Ich war wütend, als ich mir meinen Mantel geben ließ. Die Leute verderben einem alles.

13

Ich ging zu Fuß ins Hotel zurück, ganze einundvierzig prachtvolle Häuserblocks weit. Das Gehen machte mir zwar kein Vergnügen, aber noch weniger lockte es mich, wieder in einem Taxi zu sitzen. Manchmal hat man das Taxifahren so satt wie das Liftfahren. Plötzlich muß man einfach zu Fuß gehen, ganz gleich, wie weit oder wie hoch. Als Kind stieg ich oft zu Fuß in unsere Wohnung hinauf. Bis in den zwölften Stock.

Man sah nichts mehr davon, daß es geschneit hatte. Auf den Trottoirs lag kaum noch Schnee. Aber es war eiskalt. Ich zog meine rote Jagdmütze aus der Tasche und setzte sie auf – es war mir absolut gleichgültig, wie ich aussah. Ich stülpte sogar die Ohrenklappen herunter. Ich hätte gern gewußt, wer mir in Pencey die Handschuhe gestohlen hatte, denn ich fror an den Händen. Allerdings hätte ich auch nicht viel unternommen, wenn ich den Gauner gekannt hätte. Ich bin ein großer Feigling. Ich versuche es zu verbergen, aber deshalb bin ich trotzdem einer. Wenn ich in Pencey zum Beispiel herausgefunden hätte, wer dieser Gauner war, hätte ich ihn vermutlich in seinem Zimmer aufgesucht und zu ihm gesagt: »So, wie wär's, wenn du mir die Handschuhe zurückgeben würdest?« Dann hätte der Betreffende wahrscheinlich mit der unschuldigsten Stimme gefragt: »Welche Handschuhe?« Dann hätte ich in seinem Schrank nachgesehen und die Handschuhe gefunden. In seinen verdammten Gummischuhen versteckt oder so. Ich hätte sie genommen und ihm vor die Nase gehalten und gesagt: »Sind das vielleicht *deine* verdammten Handschuhe?« Dann hätte er mich verlogen unschuldig angeschaut und geantwortet: »Die hab ich überhaupt noch nie gesehen. Nimm sie nur, wenn sie dir gehören. Ich will sie nicht.« Dann wäre ich wohl fünf Minuten mit den verdammten Handschuhen dagestanden und hätte gespürt, daß ich ihm jetzt einen Kinnhaken versetzen müßte. Aber ich hätte es nicht fertiggebracht. Ich hätte nur dagestanden und versucht, aggressiv auszusehen. Vielleicht hätte ich auch irgendwas Rotzfreches geagt, anstatt ihm einen Kinnhaken zu geben. Jedenfalls hätte er sich dann vor mich hingestellt und hätte gesagt: »Hör mal, Caulfield, behauptest du vielleicht, daß ich stehle?« Anstatt darauf zu antworten: »Ganz richtig, das behaupte ich, du dreckiger Gauner!« hätte ich wahrscheinlich gesagt: »Ich weiß nur, das meine verdammten Handschuhe hier in deinen Gummischuhen waren.« Von da an wäre er sicher gewesen, daß ich ihm nichts tue; er hätte gesagt: »Hör mal, das wollen wir klarstellen. Behauptest du, daß ich stehle?« Darauf hätte ich wieder nur geantwortet: »Kein Mensch redet hier von Stehlen. Ich weiß nur, daß meine Handschuhe in deinen verdammten Gummischuhen waren.« Auf diese Weise hätte es stundenlang weitergehen können. Schließlich wäre ich hinausgegangen, ohne ihm auch nur ein Haar zu krümmen. Wahrscheinlich hätte ich im Waschraum eine Zigarette geraucht und vor dem Spiegel aggressive Gesichtsausdrücke geübt.

Über solches Zeug dachte ich auf dem ganzen Rückweg ins Hotel nach. Es ist kein Spaß, wenn man feig ist. Vielleicht bin ich nicht durch und durch feig. Ich weiß nicht. Vielleicht bin ich auch nur teilweise feige und teilweise ein Mensch, der sich nicht viel daraus macht, wenn er seine Handschuhe verliert. Das ist einer meiner Fehler – ich mache mir nie viel daraus, wenn ich etwas verloren habe. Als ich noch klein war, machte das meine Mutter rasend. Manche Leute können *tagelang* nach etwas suchen, das sie verloren haben. Mir liegt an nichts so viel. Vielleicht bin ich aus diesem Grund feige. Das ist zwar keine Entschuldigung – natürlich nicht. Man sollte überhaupt nicht feig sein. Wenn man spürt, daß man jemandem einen Kinnhaken geben müßte und eigentlich Lust dazu hätte, dann sollte man es auch tun. Ich bin allerdings gar nicht dafür begabt. Ich könnte einen Menschen leichter zum Fenster hinauswerfen oder ihn mit einer Axt enthaupten als ihm einen Kinnhaken geben. Boxkämpfe sind mir verhaßt. Es macht mir nichts, wenn ich selber getroffen werde – obwohl es mich selbstverständlich auch nicht gerade begeistert –, aber schrecklich finde ich in einem Boxkampf das Gesicht des Gegners. Ich ertrage es einfach nicht, sein Gesicht anzusehen – das ist meine größte Schwäche. Es wäre viel weniger schlimm, wenn beide mit verbundenen Augen oder ich weiß nicht wie kämpfen könnten. Bei näherer Betrachtung ist das eigentlich eine komische Art von Feigheit, aber Feigheit ist es jedenfalls doch. Ich mache mir nichts vor.

Ich wurde immer deprimierter, je länger ich über die Handschuhe und meine Feigheit nachdachte, und nach einer Weile beschloß ich, irgendwo noch etwas zu trinken. Bei Ernie hatte ich nur drei Whiskys getrunken und den letzten sogar nur halb. Ich vertrage unglaublich viel. Ich kann die ganze Nacht trinken, ohne daß man es mir anmerkt, wenn ich entsprechend aufgelegt bin. In Whooton kaufte ich einmal mit einem andern – Raymond Goldfarb hieß er – eine

Flasche Whisky und trank sie am Samstagabend in der Kapelle mit ihm aus, wo uns niemand entdecken konnte. Ihm bekam es schlecht, aber mir war kaum etwas anzumerken. Ich wurde nur sehr kühl und nonchalant. Ich übergab mich, bevor ich ins Bett ging, aber ich hätte nicht einmal das zu tun brauchen; ich zwang mich dazu.

Als ich in eine Bar einschwenken wollte, kamen zwei schwer betrunkene Kerle heraus und wollten wissen, wo die Untergrundbahn sei. Einer sah wie ein Kubaner aus und hauchte mir forwährend seinen stinkenden Atem ins Gesicht, während ich ihm den Weg beschrieb. Danach ging ich überhaupt nicht in die verdammte Bar hinein, sondern zum Hotel.

Die Halle war ganz leer. Es roch nach fünfzig Millionen kalten Zigaretten. Ich war noch nicht zum Schlafen müde, aber irgendwie elend. Deprimiert und so. Ich wäre am liebsten tot gewesen.

Dann geriet ich plötzlich in eine üble Geschichte.

Als ich nämlich in den Lift ging, fragte der Hotelangestellte: »Haben Sie heute abend noch Interesse an einem Späßchen?«

»Was meinen Sie damit?« fragte ich. Ich hatte keine Ahnung, auf was er hinauswollte.

»Soll ich Ihnen 'ne Kleine ins Zimmer schicken?«

»Mir?« sagte ich. Das war eine dumme Antwort, aber es ist ziemlich verwirrend, wenn einem jemand plötzlich mit einer solchen Frage auf den Leib rückt.

»Wie alt sind sie?« fragte er.

»Warum?« sagte ich. »Zweiundzwanzig.«

»Hm. Also was? Interessieren Sie sich? Fünf Dollar für einmal. Fünfzehn für die ganze Nacht.« Er schaute auf seine Armbanduhr. »Bis zwölf Uhr mittags. Fünf Dollar für einmal, fünfzehn bis zwölf Uhr.«

»O. K.«, sagte ich. Es war gegen meine Prinzipien, aber ich war so deprimiert, daß ich gar nicht nachdachte. Das ist eben das Schlimme daran. Wenn man sehr deprimiert ist, kann man nichts mehr denken.

»*Was* heißt O. K.? Einmal oder bis mittags? Das muß ich wissen.«

»Einmal.«

»Schön, in welchem Zimmer sind Sie?«

Ich schaute auf das rote Schild an meinem Schlüssel. »Zwölfzweiundzwanzig«, sagte ich. Ich bereute schon halb, daß ich mich so weit eingelassen hatte, aber jetzt war es zu spät.

»Schön, ich schicke ungefähr in einer Viertelstunde eine hinauf.« Er machte die Lifttüre auf und ließ mich aussteigen.

»He, ist sie hübsch?« fragte ich. »Ich will kein altes Scheusal.«

»Kein altes Scheusal. Machen Sie sich keine Sorgen, Chef.«

»Wem soll ich das Geld geben?«

»Ihr«, sagte er. »Also abgemacht, Chef.« Damit schlug er die Lifttüre zu, direkt vor meiner Nase.

Ich ging in mein Zimmer und versuchte mich mit Wasser zu kämmen, aber man kann mit kurzgeschnittenen Haaren nicht viel machen. Dann untersuchte ich, ob ich nach all den Zigaretten und den drei Whiskys, die ich bei Ernie getrunken hatte, schlecht aus dem Mund röche. Man braucht nur die Hand unter den Mund zu halten und den Atem zur Nase hinauf zu hauchen. Ich bemerkte keinen Gestank, aber ich putzte mir trotzdem die Zähne. Dann zog ich wieder ein frisches Hemd an. Ich wußte zwar, daß ich mich für eine Nutte nicht besonders fein zu machen brauchte, aber ich konnte mich auf diese Weise wenigstens beschäftigen. Ich war ein bißchen nervös. Ich wurde zwar allmählich ziemlich sexy, aber nervös war ich doch. Ich war noch unschuldig, falls jemand die Wahrheit interessiert. Tatsächlich. Ich hatte schon ein paarmal Gelegenheit gehabt, meine Unschuld zu verlieren, aber bisher war ich noch nie so weit gekommen. Irgend etwas kommt immer dazwischen. Wenn man zum Beispiel bei einem Mädchen zu Hause ist, kommen die Eltern im falschen Moment heim – oder man hat Angst, daß sie kommen könnten. Oder wenn man hinten in irgendeinem Auto sitzt, ist sicher vorne ein anderes Mädchen, das sich immer umdreht und absolut wissen will, was in dem ganzen verdammten Auto vorgeht. Jedenfalls kommt immer etwas dazwischen. Einmal war ich allerdings nah daran. Aber meistens, wenn man nah dran ist – mit einem Mädchen, die keine Nutte ist oder so, meine ich –, sagt sie, man solle aufhören. Mein Fehler ist, daß ich dann wirklich aufhöre. Die meisten andern hören nicht auf, aber ich kann das nicht. Man weiß nie, ob die Mädchen wirklich *wollen,* daß man aufhört, oder ob sie Angst haben, oder ob sie einfach nur sagen, man solle aufhören, damit man *selber* schuld ist und nicht sie. Jedenfalls höre ich immer auf. Mein Fehler ist, daß sie mir leid tun. Die meisten Mädchen sind so dumm, meine ich. Wenn man sie eine Weile lang küßt und so weiter, kann man sozusagen zusehen, wie sie den Verstand verlieren. Sobald ein Mädchen richtig leidenschaftlich wird, ist sie nicht mehr bei Trost. Ich weiß nicht. Wenn sie mir sagen, ich solle aufhören, höre ich auf. Ich bereue das jedesmal, nachdem ich sie heimbegleitet habe, aber ich mache es doch immer wieder so.

Während ich das frische Hemd anzog, dachte ich, daß jetzt eigentlich meine große Chance gekommen sei. Ich dachte, ich könnte an dieser Nutte Erfahrungen sammeln, falls ich je heirate oder so. Manchmal mache ich mir Sorgen deswegen. In Whooton las ich einmal ein Buch, in dem ein sehr raffinierter, geschickter Schürzenjäger vorkam. Monsieur Blanchard hieß er, daran erinnere ich mich noch. Es war ein miserables Buch, aber dieser Blanchard war nicht übel. Er wohnte in einem großen Schloß an der Riviera in Europa und verbrachte seine Freizeit damit, Frauen mit dem Stock zu verjagen. Er war ein richtiger Wüstling, aber die Frauen rissen sich um ihn. An einer Stelle sagte er, der weibliche Körper sei wie eine Geige und so, auf der nur ein großer Musiker richtig spielen könne. Das ganze Buch war Schund, das weiß ich, aber ich hatte seither immer diese Geige im Kopf. Eigentlich wollte ich aus diesem Grund ein bißchen Übung bekommen, falls ich je heirate. Caulfield und seine Zaubergeige. Verrückt, das sehe ich selbst auch, aber doch nicht nur verrückt. Ich hätte nichts dagegen, auf diesem Gebiet wirklich etwas zu können. Meistens – falls sich jemand für die Wahrheit interessiert – weiß ich gar nicht recht, wo ich anfangen soll, wenn ich mit einem Mädchen Blödsinn mache. Bei einem von den Mädchen, bei denen mir dann irgend etwas dazwischenkam, dauerte es zum Beispiel fast eine Stunde, bis ich nur ihren verdammten Büstenhalter aufgemacht hatte. Als mir das endlich gelungen war, hätte sie mir schon am liebsten ins Gesicht gespuckt.

Ich ging also auf und ab und wartete auf diese Nutte. Dabei hoffte ich immer, daß sie hübsch wäre. Besonders wichtig war mir das zwar nicht. Eigentlich wollte ich es nur rasch hinter mich bringen. Endlich klopfte jemand, und als ich zur Tür ging, stand mir mein Koffer im Weg, so daß ich darüber fiel und mir fast das Knie zerschmettert hätte. Ich falle immer im passenden Moment über einen Koffer oder sonst was.

Als ich die Tür aufmachte, stand die Nutte da. Sie hatte eine Polojacke an und keinen Hut. Ihre Haare waren blond, aber offenbar gefärbt. Aber sie war doch keine alte Hexe. »Guten Abend«, sagte ich. Junge, war ich eine Lebemann!

»Sind Sie der, von dem Maurice geredet hat?« fragte sie. Sie machte keinen übertrieben freundlichen Eindruck.

»Bedient Maurice den Lift?«

»Ja.«

»Ja, dann bin ich der. Wollen Sie nicht hereinkommen?« sagte ich. Ich wurde mit der Zeit richtig lässig. Ganz im Ernst.

Sie kam herein, zog sofort ihre Jacke aus und warf sie aufs Bett. Darunter trug sie ein grünes Kleid. Dann setzte sie sich seitlich auf den Stuhl, der am Schreibtisch stand, und wippte mit dem Fuß. Gleich darauf schlug sie die Beine andersherum übereinander und wippte wieder mit dem freien Fuß. Für eine Prostituierte wirkte sie sehr nervös oder ängstlich. Wahrscheinlich deshalb, weil sie noch furchtbar jung war. Ungefähr so alt wie ich. Ich setzte mich in den großen Sessel beim Schreibtisch und bot ihr eine Zigarette an. »Ich rauche nicht«, sagte sie. Ihre Stimme war so dünn und leise, daß man sie kaum verstand. Sie bedankte sich auch nicht. Sie hatte wohl keine besseren Manieren.

»Darf ich mich vorstellen, ich heiße Jim Steele«, sagte ich.

»Haben Sie eine Uhr?« fragte sie. Natürlich war ihr mein Name vollkommen gleichgültig. »Wie alt sind Sie überhaupt?«

»Ich? Zweiundzwanzig.«

»Daß ich nicht lache!«

Diese Antwort klang sonderbar kindlich. Von einer Nutte

hätte ich erwartet, daß sie »Mist« oder etwas ähnliches gesagt hätte, aber nicht »Daß ich nicht lache« wie in der Schule.

»Wie alt sind denn Sie?«

»Alt genug, um mir nichts vormachen zu lassen«, sagte sie. Sie war wirklich schlagfertig. »Haben Sie eine Uhr?« fragte sie wieder, und dann stand sie auf und zog sich das Kleid über den Kopf.

Mir wurde es komisch zumut, als sie das tat. So unvermittelt! Man sollte es wohl stimulierend finden, wenn jemand das Kleid auszieht, aber ich fühlte nichts dergleichen. Ich war eher deprimiert als aufgeregt.

»He, haben Sie eine Uhr?«

»Nein. Nein, ich habe keine«, sagte ich. Junge, war mir komisch. »Wie heißen Sie?« fragte ich. Sie hatte nur noch einen rosa Unterrock an. Es war wirklich peinlich. Im Ernst.

»Sunny«, sagte sie. »Fangen wir an, he?«

»Möchten Sie sich nicht erst noch mit mir unterhalten?« fragte ich. Das war ein kindischer Vorschlag, aber es war mir verdammt sonderbar zumut. »Sind Sie sehr eilig?«

Sie schaute mich an, als ob ich verrückt wäre. »Über was zum Teufel wollen Sie sich unterhalten?« sagte sie.

»Ich weiß nicht. Über nichts Besonderes. Ich dachte nur, Sie hätten vielleicht Lust dazu.«

Sie setzte sich wieder auf den Stuhl am Schreibtisch, aber widerwillig, das merkte man deutlich. Dann wippte sie wieder mit dem Fuß – furchtbar nervös.

»Möchten Sie jetzt nicht eine Zigarette?« fragte ich. Ich hatte vergessen, daß sie nicht rauchte.

»Ich rauche nicht. Hören Sie, wenn Sie über etwas reden

wollen, dann fangen Sie damit an. Ich hab auch noch anderes zu tun.«

Es fiel mir aber kein Thema ein. Ich hätte sie gern gefragt, wie sie eine Prostituierte geworden sei, aber ich traute mich nicht. Wahrscheinlich hätte sie es mir ohnedies nicht erzählt.

»Sie sind nicht von New York, nicht?« sagte ich schließlich. Etwas anderes fiel mir nicht ein.

»Hollywood«, sagte sie. Dann stand sie auf und ging zum Bett, wo ihr Kleid lag. »Haben Sie einen Kleiderbügel? Ich will nicht, daß mein Kleid zerdrückt wird. Es ist frisch gereinigt.«

»Gewiß«, sagte ich sofort. Ich war nur zu froh, daß ich aufstehen und etwas tun konnte. Ich nahm ihr Kleid und hängte es am Schrank auf. Komisch. Es machte mich irgendwie traurig. Ich stellte mir vor, wie sie in ein Geschäft gegangen war und das Kleid gekauft hatte und wie niemand im Geschäft ahnte, daß sie eine Prostituierte war. Der Verkäufer hielt sie wohl für irgendein Mädchen. Das machte mich wahnsinnig traurig – ich weiß nicht genau, warum.

Sie setzte sich wieder hin, und ich versuchte, das Gespräch in Gang zu halten. Sie war eine schlechte Partnerin. »Arbeiten Sie jede Nacht?« fragte ich. Der Satz klang fürchterlich, als ich ihn ausgesprochen hatte.

»Ja.« Sie ging schon wieder im Zimmer herum. Sie nahm die Speisekarte, die auf dem Schreibtisch lag, und las sie.

»Was tun Sie tagsüber?«

Sie zuckte die Achseln. Sie war ziemlich mager. »Schlafen. Ins Kino gehn.« Sie legte die Menukarte hin. »Fangen wir an. Ich hab nicht die ganze –«

»Wissen Sie«, sagte ich, »ich bin heute etwas mitgenommen.

Ich habe eine anstrengende Nacht hinter mir. Im Ernst. Ich bezahle Sie natürlich, aber wäre es Ihnen recht, daß wir es bleiben lassen? Oder haben Sie etwas dagegen?« Tatsächlich war ich einfach nicht mehr in der Stimmung. Ich war viel eher deprimiert als aufgeregt. *Sie* deprimierte mich. Ihr grünes Kleid am Schrank und so. Und außerdem kann ich das wohl überhaupt nie mit einem Menschen tun, der den ganzen Tag in einem blöden Kino sitzt. Das ist mir sicher nicht möglich.

Sie kam mit einem komischen Gesicht auf mich zu, so als ob sie mir nicht glaubte. »Was ist mit Ihnen los?« fragte sie.

»Nichts.« Herr im Himmel, ich wurde immer nervöser. »Ich habe nur kürzlich eine Operation gehabt.«

»So? Wo?«

»An meinem Klavichord.«

»Wirklich? Wo zum Teufel ist denn das?«

»Das Klavichord? Ach, ziemlich weit unten.«

»So?« sagte sie. »Schlimm.« Dann setzte sie sich auf meine verdammten Knie. »Du bist süß.«

Sie machte mich so nervös, daß ich wie toll weiterschwindelte. »Ich bin immer noch sehr mitgenommen«, sagte ich.

»Du siehst wie einer vom Film aus. Weißt du – wie heißt er doch? Du weißt schon, wen ich meine.«

»Ich weiß nicht«, sagte ich. Sie wollte nicht von meinen verdammten Knien herunter.

»Doch, natürlich. In dem Film mit Melvine Douglas? Der, der den kleinen Bruder von Melvine Douglas gespielt hat? Der aus dem Boot fällt? Wie hieß denn der?«

»Ich weiß nicht. Ich gehe so selten wie möglich ins Kino.«

Dann fing sie an sich komisch zu benehmen. Ziemlich plump und so.

»Könnten Sie mich vielleicht in Ruhe lassen?« sagte ich. »Ich bin nicht in der Stimmung, ich hab es Ihnen schon gesagt. Ich hatte gerade erst eine Operation.«

Sie stand nicht auf, warf mir aber einen fürchterlich gemeinen Blick zu. »Hören Sie«, sagte sie, »ich hab geschlafen, als mich dieser verrückte Maurice geweckt hat. Falls Sie meinen, daß ich –«

»Ich habe Ihnen gesagt, daß ich Sie bezahlen werde. Ganz im Ernst. Ich habe reichlich Geld. Der Grund ist nur, daß ich mich gerade erst von einer sehr ernsten Operation erholen –«

»Warum sagen Sie denn dann diesem blöden Maurice, daß Sie ein Mädchen wollen? Wenn Sie gerade erst eine verdammte Operation an Ihrem verdammten Ichweißnichtwas gehabt haben?«

»Ich dachte zuerst, es ginge mir schon besser. Ich war etwas unüberlegt. Im Ernst. Es tut mir leid. Wenn Sie einen Augenblick aufstehen wollen, hole ich meine Brieftasche.«

Sie war tödlich beleidigt, aber sie stand von meinen verdammten Knien auf, so daß ich meine Brieftasche von der Kommode holen konnte. Ich zog eine Fünf-Dollar-Note heraus und gab sie ihr. »Danke sehr«, sagte ich. »Wirklich vielen Dank.«

»Das ist eine Fünfernote. Es kostet zehn.«

Sie wurde allmählich giftig, das konnte man ihr ansehen. Ich hatte befürchtet, daß so etwas passieren könnte.

»Maurice sagte fünf«, sagte ich. »Fünfzehn bis mittags, hat er gesagt, und fünf für einmal.«

»Zehn für einmal.«

»Er hat fünf gesagt. Es tut mir wirklich leid, aber mehr zahle ich nicht.«

Sie zuckte halb die Achseln und sagte dann eisig: »Wollen Sie mir vielleicht mein Kleid geben? Oder macht Ihnen das zuviel Mühe?« Sie war ein unheimliches Ding. Trotz ihrem kleinen dünnen Stimmchen konnte sie einem beinah Angst einjagen. Wenn sie eine fette alte Nutte mit dick geschminktem Gesicht gewesen wäre, hätte sie nicht halb so unheimlich gewirkt.

Ich holte ihr das Kleid. Sie zog es an und nahm dann ihre Jacke vom Bett. »Adieu, du komischer Vogel«, sagte sie.

»Adieu«, antwortete ich. Ich sagte nichts mehr von Dank oder so. Ich bin froh darüber.

14

Als Sunny fort war, blieb ich eine Weile im Sessel sitzen und rauchte ein paar Zigaretten. Draußen wurde es hell. Mir war schön elend, großer Gott. Man kann sich nicht vorstellen, wie deprimiert ich war. Ich fing an, laut mit Allie zu sprechen. Das tue ich manchmal, wenn ich sehr deprimiert bin. Ich sage ihm dann immer, er solle nur heimgehen und sein Fahrrad holen und mich vor Bobby Fallons Haus treffen. Bobby Fallon wohnte damals in Maine nicht weit von uns, und einmal wollten er und ich an den Sedebego-See fahren und dort picknicken. Wir wollten auch unsere Vogelflinten mitnehmen – wir waren noch ziemlich klein und dachten, wir könnten mit diesen Flinten etwas erlegen. Als Allie uns davon sprechen hörte, wäre er gern mitgefahren, aber ich wollte ihn nicht dabeihaben. Ich sagte, er sei noch zu klein. Deshalb sage ich jetzt manchmal zu ihm, wenn ich sehr deprimiert bin: »Also schön, geh heim und hol dein Fahrrad und triff mich vor Bobbys Haus. Beeil dich.« Ich nahm ihn sonst überallhin mit, aber an diesem einen Tag damals wollte ich nicht. Er war nicht gekränkt darüber – er war nie über etwas gekränkt –, aber ich denke doch immer daran, wenn ich sehr deprimiert bin.

Schließlich zog ich mich aus und ging ins Bett. Ich hätte gern gebetet oder ich weiß nicht was, aber ich brachte es nicht fertig. Ich kann nicht immer beten, wenn ich dazu Lust habe. Erstens einmal bin ich eine Art Atheist. Christus und so habe ich wohl gern, aber aus dem übrigen Zeug in der Bibel mache ich mir nicht viel. Zum Beispiel diese Jünger: die ärgern mich wahnsinnig, wenn ich ehrlich sein soll. Nachdem Christus tot war, benahmen sie sich zwar anständig, aber solange er noch lebte, nützten sie ihm ungefähr ebensoviel wie ein Loch im Kopf. Sie ließen ihn immer nur im Stich. Fast alle Leute in der Bibel sind mir lieber als die Jünger. Falls es jemand genau wissen will: der Kerl, der mir nach Jesus in der Bibel am besten gefällt, ist dieser Verrückte, der in den Gräbern wohnte und sich dauernd an Steinen schnitt; der gefällt mir zehnmal so gut wie die Jünger, dieser arme Hund. In Whooton diskutierte ich oft mit einem namens Arthur Childs, der am andern Gangende wohnte. Childs war ein Quäker und las fortwährend in der Bibel. Er war sehr nett, ich hatte ihn gern, aber über vieles in der Bibel waren wir ganz verschiedener Ansicht. Hauptsächlich über die Jünger. Er sagte immer, wenn ich nicht für die Jünger sei, dann sei ich auch nicht für Christus und so. Da Christus die Jünger *ausgesucht* habe, müßten sie einem recht sein. Ich sagte, natürlich habe Christus sie ausgesucht, das wisse ich auch, aber er habe sie nur auf *gut Glück* ausgesucht. Er habe ja keine Zeit gehabt, jeden genau zu analysieren. Ich sagte, ich machte das Christus nicht zum Vorwurf. Es sei nicht seine Schuld gewesen, daß er so wenig Zeit gehabt habe. Ich erinnere mich, daß ich Childs einmal fragte, ob er denke, daß Judas – der Christus verriet und so weiter – nach seinem Selbstmord in die Hölle gekommen sei. Childs sagte, daß meine er allerdings. In diesem Punkt war ich *absolut* anderer Ansicht. Ich sagte, ich würde tausend Dollar wetten, daß Christus diesen Judas nicht in die Hölle geschickt hätte. Das würde ich heute immer noch wetten, wenn ich tausend Dollar hätte. Jeder von den Jüngern hätte ihn in die Hölle geschickt – und zwar ohne Umschweife –, das glaube ich wohl, aber Christus ganz sicher nicht. Childs sagte, mein Fehler sei eben, daß ich nicht in die Kirche ginge. Damit hatte er in einer Art recht. Ich gehe nie in die Kirche. Meine Eltern gehören verschiedenen Konfessionen an, und alle Kinder in unserer Familie sind Atheisten. Falls jemand die ganze Wahrheit wissen will, so muß ich sagen, daß ich Geistliche nicht leiden kann. In jeder Schule, in der ich war, hatten die Geistlichen immer so eine salbungsvolle Stimme, wenn sie mit ihrer Predigt anfingen. Das finde ich unerträglich. Ich verstehe nicht, warum zum Teufel sie nicht mit ihren natürlichen Stimmen sprechen können. Es klingt so unecht.

Jedenfalls konnte ich also kein Wort beten, als ich im Bett lag. Wenn ich anfangen wollte, fiel mir immer diese Sunny ein, wie sie »komischer Vogel« zu mir gesagt hatte. Schließlich setzte ich mich auf und rauchte wieder eine Zigarette. Sie schmeckte abscheulich. Ich hatte wohl gut zwei Päckchen geraucht, seit ich von Pencey fortgegangen war.

Während ich dalag und rauchte, klopfte plötzlich jemand an die Tür. Zuerst hoffte ich noch, daß es nicht an meiner Tür sei, obwohl ich ganz sicher war. Ich weiß nicht warum, aber jedenfalls war ich ganz sicher. Ich wußte auch, wer es war. Ich habe einen sechsten Sinn.

»Wer ist da?« fragte ich. Ich hatte ziemlich Angst. Ich bin in solchen Sachen sehr feig.

Daraufhin klopfte es nur noch lauter.

Schließlich ging ich hin, nur im Pyjama, und machte die Tür auf. Das Licht brauchte ich gar nicht anzudrehen, weil es schon taghell war. Sunny und Maurice standen vor der Tür.

»Was ist los? Was wollen Sie?« fragte ich. Herr im Himmel, meine Stimme zitterte wie toll.

»Weiter nichts«, sagte Maurice. »Nur fünf Dollar.« Er führte das Gespräch für beide. Sunny stand nur mit offenem Mund daneben.

»Ich hab schon bezahlt. Ich hab ihr fünf Dollar gegeben. Fragen Sie sie«, sagte ich. Immer mit dieser zitternden Stimme.

»Es kostet zehn, Chef. Das hab ich Ihnen gesagt. Zehn für einmal, fünfzehn bis mittags, hab ich gesagt.«

»Das haben Sie nicht gesagt. Fünf für einmal haben Sie gesagt. Fünfzehn bis mittags, das stimmt, aber ich habe deutlich gehört –«

»Lassen Sie uns herein, Chef.«

»Warum?« sagte ich. Großer Gott, mein Herz jagte mich fast zum Zimmer hinaus. Wenn ich nur wenigstens angezogen gewesen wäre. Schrecklich, nur so im Pyjama dazustehen, wenn so etwas passiert.

»Los, Chef«, sagte Maurice. Dann gab er mir einen Stoß mit seiner dreckigen Hand. Ich wäre beinah umgefallen – er war ein riesenhafter Mensch. Im nächsten Augenblick waren er und Sunny schon im Zimmer. Sie benahmen sich, als ob sie zu Hause wären. Sunny setzte sich aufs Fensterbrett. Maurice nahm im Sessel Platz und machte seinen Kragen auf – er hatte eine Livree an. Ich war blödsinnig nervös.

»Los, heraus damit. Ich muß wieder an meine Arbeit.«

»Ich habe Ihnen schon zehnmal gesagt, daß ich Ihnen nichts mehr schuldig bin. Ich habe ihr schon fünf –«

»Dummes Zeug. Her damit.«

»Warum sollte ich ihr noch einmal fünf Dollar geben?« sagte ich. Meine Stimme zitterte immer blödsinniger. »Sie wollen mich betrügen.«

Maurice knöpfte seine Livreejacke auf. Darunter trug er nur einen Hemdkragen, aber kein Hemd oder sonst etwas. Er hatte einen fetten, behaarten Bauch. »Kein Mensch betrügt hier jemand. Heraus damit.«

»Nein.«

Als ich das sagte, stand er auf und kam auf mich zu. Er machte ein Gesicht, als ob er furchtbar müde wäre oder sich furchtbar langweilte. Ich bekam Angst. Ich verschränkte die Arme. Daran erinnere ich mich noch. Es wäre sicher weniger schlimm gewesen, wenn ich nicht nur diesen verdammten Pyjama angehabt hätte.

»Her damit.« Er stellte sich vor mich hin. Das war alles, was ihm einfiel. »Her damit.« Er war ein richtiger Idiot.

»Nein.«

»Dann muß ich wohl mit einer kleinen Tracht Prügel nachhelfen. Ich tu's nicht gern, aber es ist wohl nötig. Sie sind uns fünf Dollar schuldig.«

»Nichts bin ich Ihnen schuldig!« sagte ich. »Wenn Sie mich anrühren, schreie ich, und zwar laut. Ich wecke das ganze Hotel auf. Die Polizei und alle.« Meine Stimme schwankte wahnsinnig.

»Nur los. So laut Sie können. Fein«, sagte Maurice. »Sie wollen wohl, daß Ihre Eltern hören, daß Sie eine Hure bestellt haben? So ein Herrensöhnchen wie Sie?« Auf seine gemeine Art war er nicht dumm, das muß man sagen.

»Lassen Sie mich in Ruhe. Wenn Sie zehn Dollar gesagt hätten, wäre es etwas anderes. Aber Sie haben deutlich –«

»Wollen Sie jetzt vielleicht damit herausrücken?« Er hatte mich bis an die Türe gedrängt. Er stand mit seinem widerwärtig behaarten Bauch ganz dicht vor mir.
»Lassen Sie mich in Ruhe. Scheren Sie sich zum Teufel!« sagte ich. Die Arme hatte ich immer noch verschränkt. Großer Gott, ich war ein schöner Schwächling.
Dann mischte sich Sunny zum ersten Mal ein. »He, Maurice. Soll ich seine Brieftasche holen?« fragte sie. »Sie liegt dort drüben.«
»Ja, hol sie.«
»Lassen Sie meine Brieftasche liegen!«
»Hab sie schon«, sagte Sunny. Sie schwenkte eine Fünfdollarnote. »Da, sehen Sie? Ich nehme nur die fünf, die Sie mir schuldig sind. Wir sind keine Diebe.«
Plötzlich fing ich an zu heulen. Ich gäbe viel darum, wenn ich nicht geheult hätte, aber ich konnte nichts dagegen tun. »Nein, Sie sind keine Diebe«, sagte ich. »Sie stehlen mir nur fünf –«
»Maul halten«, sagte Maurice und gab mir einen Stoß.
»Laß ihn jetzt, he du«, sagte Sunny. »He, komm jetzt. Wir haben ja das Geld, was er uns schuldig gewesen ist. Komm, wir gehn.«
»Ich komme«, sagte Maurice. Aber er blieb noch vor mir stehen.
»Im Ernst, Maurice, laß ihn jetzt.«
»Es passiert niemand etwas«, sagte er unschuldig. Dann boxte er mich zum dritten Mal, ich sage niemand, *wohin* er mich schlug, aber es tat höllisch weh. Ich sagte, er sei ein verfluchter, gemeiner Idiot. »Was?« fragte er. Dabei hielt er wie ein Schwerhöriger die Hand ans Ohr. »Was? Was bin ich?«

Ich heulte immer noch halb. Ich war so wütend und außer mir und ich weiß nicht was. »Sie sind ein dreckiger Idiot«, sagte ich. »Ein blöder Betrüger sind Sie, ein gemeiner Idiot, und in zwei Jahren sind Sie einer von den zerlumpten Lümmeln, die auf der Straße betteln. Ihre dreckige Jacke ist dann voll von –«

Daraufhin machte er Ernst. Ich versuchte ihm nicht einmal auszuweichen oder mich zu ducken oder so. Ich spürte nur einen kolossalen Schlag in den Magen.

Ich wurde aber nicht ohnmächtig, denn ich erinnere mich, daß ich vom Boden aufschaute und beide hinausgehen sah. Dann blieb ich ziemlich lang auf dem Boden liegen, so wie an dem Abend mit Stradlater. Nur dachte ich diesmal, ich wäre im Sterben. Tatsächlich. Es war wie ein Ertrinken oder so ähnlich. Ich bekam keine Luft mehr. Als ich schließlich aufstand, mußte ich ganz zusammengekrümmt ins Badezimmer gehen und mir den Magen halten.

Aber ich bin wohl wahnsinnig. Wirklich wahnsinnig. Auf dem Weg ins Badezimmer fing ich an so zu tun, als ob ich eine Kugel im Leib hätte. Maurice hatte mich angeschossen. Jetzt schleppte ich mich ins Badezimmer, um mich mit einem tüchtigen Schluck Whisky oder so zu stärken und erst *richtig* aktionsfähig zu werden. Ich stellte mir vor, wie ich fertig angezogen und mit meinem Revolver in der Tasche aus dem Badezimmer kommen würde, kaum merklich schwankend. Dann ginge ich zu Fuß die Treppe hinunter, anstatt den Lift zu nehmen. Ich hielte mich am Geländer, während mir von Zeit zu Zeit etwas Blut aus dem Mundwinkel flösse. Ich ginge ein paar Stockwerke weit hinunter – die Hände auf den Leib gepreßt und Blutspuren hinterlassend –, und dann würde ich am Lift läuten. Sobald

Maurice die Lifttüren zurückschöbe, sähe er mich mit dem Revolver in der Hand dastehen und finge mit einer hohen, angsterfüllten Stimme an zu schreien, daß ich ihn verschonen möge. Aber ich schösse trotzdem auf ihn. Sechs Kugeln in seinen fetten behaarten Bauch. Dann würde ich den Revolver in den Liftschacht werfen, nachdem ich alle Fingerabdrücke entfernt hätte. Dann würde ich mich wieder in mein Zimmer schleppen und Jane anrufen. Sie müßte kommen und meine Wunde verbinden. Ich stellte mir vor, wie sie eine Zigarette für mich halten würde, damit ich rauchen könnte, während mein Blut verströmte.

Die verdammten Filme. Sie können einen wirklich ruinieren. Ganz im Ernst.

Ich blieb ungefähr eine Stunde im Badezimmer und nahm ein Bad. Dann legte ich mich ins Bett. Es dauerte ziemlich lange, bis ich einschlief – ich war nicht einmal müde –, aber endlich gelang es mir doch. Im Grund hätte ich am liebsten Selbstmord begangen. Ich wäre gern aus dem Fenster gesprungen. Wahrscheinlich hätte ich das auch getan, wenn ich sicher gewesen wäre, daß mich jemand zudecken würde, sobald ich unten ankäme. Ich wollte mich nur nicht von lauter Gaffern anglotzen lassen, wenn ich zerschmettert am Boden läge.

15

Ich schlief nicht besonders lang, denn es war erst ungefähr zehn Uhr, als ich aufwachte. Ich hatte ordentlich Hunger und zündete mir eine Zigarette an. Das letzte, was ich gegessen hatte, waren die zwei Würstchen gewesen, als ich mit Brossard und Ackley nach Agerstown gefahren war. Das war schon lange her. Es schien vor fünfzig Jahren gewesen zu sein. Das Telephon stand in Reichweite neben mir, und ich wollte mir eigentlich das Frühstück heraufschicken lassen, aber dann hatte ich Angst, daß Maurice es bringen würde. Falls jemand denkt, ich hätte mich nach einem Wiedersehen mit ihm gesehnt, so täuscht er sich. Ich blieb also weiter im Bett liegen und rauchte noch eine Zigarette. Zuerst wollte ich bei Jane anrufen, um zu sehen, ob sie schon zu Hause sei, aber ich war nicht in der richtigen Stimmung.

Statt dessen rief ich Sally Hayes an. Von ihr wußte ich, daß sie in New York war, weil sie mir vor ein paar Wochen geschrieben hatte. Ich war nicht besonders scharf auf sie, aber ich kannte sie immerhin seit Jahren. In meiner Dummheit hatte ich sie immer für recht intelligent gehalten. Und zwar deshalb, weil sie in bezug auf Theater und Literatur und so weiter ziemlich gebildet war. Wenn jemand sich mit diesem Zeug auskennt, dauert es lange, bis man herausfindet, ob er eigentlich intelligent oder dumm ist. Bei Sally brauchte ich Ewigkeiten dazu. Vermutlich hätte ich es viel rascher herausgefunden, wenn wir nicht so blöd geflirtet hätten. Meine große Schwäche ist, daß ich ein Mädchen, mit dem ich gerade flirte, immer für intelligent halte. Intelligenz hat nicht das geringste damit zu tun, aber ich bilde es mir jedesmal ein.

Jedenfalls rief ich sie also an. Zuerst kam das Dienstmädchen ans Telephon. Dann ihr Vater. Dann kam sie selber.

»Sally?« sagte ich.

»Ja, wer ist am Telephon?« fragte sie. Reichlich affektiert. Denn ich hatte schon ihrem Vater meinen Namen genannt.

»Holden Caulfield. Wie geht's?«

»Holden! Sehr gut, danke. Und dir?«

»Glänzend. Aber wie geht's dir im Ernst? Ich meine, wie geht es mit der Schule?«

»Sehr gut. Ach, du weißt schon.«

»Schön. Also, ich wollte nämlich fragen, ob du heute frei wärest. Es ist zwar Sonntag, aber es gibt ja immer irgendeine Matinee. Wohltätigkeitsvorstellungen und so 'n Zeug. Hättest du Lust dazu?«

»Ja, sehr gern. *Großartig.*«

Großartig. Dieses Wort ist mir wirklich verhaßt. Es klingt so unecht. Eine Sekunde lang hätte ich ihr am liebsten gesagt, wir wollten doch in keine Matinee gehen. Aber wir schwätzten eine Weile so weiter. Das heißt, sie allein schwätzte. Man kam bei ihr nicht zu Wort. Zuerst erzählte sie mir von irgendeinem Harvard-Studenten, wahrscheinlich irgendein grüner Junge (aber das sagte sie natürlich nicht), der hinter ihr her sei. Er riefe sie Tag und Nacht an. Tag und Nacht – das gab mir den Rest. Dann redete sie von einem andern, einem Kadetten in West Point, der sich ihretwegen ebenfalls beinah umbrachte. Überwältigend. Ich sagte, sie solle mich um zwei an der Garderobe im Biltmore treffen, aber pünktlich, weil die Vorstellung um halb drei anfange. Sie kam immer zu spät. Dann hängte ich ein. Sie verursachte mir Magenkrämpfe, aber sie sah sehr gut aus.

Nach dieser Verabredung stand ich auf und zog mich an und packte meinen Koffer. Bevor ich aus dem Zimmer ging, schaute ich noch zum Fenster hinaus, um zu sehen, was alle die perversen Leute trieben, aber die Jalousien waren herunter. Morgens waren sie vorbildlich diskret. Dann fuhr ich im Lift hinunter und zahlte und ging weg. Maurice sah ich nirgends. Ich verrenkte mir natürlich auch nicht den Hals nach ihm.

Draußen nahm ich ein Taxi, obwohl ich noch nicht die leiseste Ahnung hatte, wohin ich wollte. Ich konnte nirgends hin. Es war erst Sonntag, und ich konnte mich nicht vor Mittwoch oder frühestens Dienstag zu Hause zeigen. Und auf keinen Fall wollte ich in ein anderes Hotel gehen und mich vollends erledigen lassen. Ich sagte also zum Fahrer, er solle mich zur Grand Central Station fahren. Das war nah beim Biltmore, wo ich später Sally treffen wollte, und ich dachte, ich könnte dort meine Koffer in eines dieser großen Gepäckfächer, zu denen man einen Schlüssel erhält, einstellen und etwas frühstücken. Ich hatte wirklich Hunger. Im Taxi zog ich die Brieftasche heraus und zählte mein Geld. Ich erinnere mich nicht mehr genau, wieviel ich noch hatte, aber ein Vermögen war es nicht mehr. Ich hatte in zwei lausigen Wochen ein königliches Taschengeld ausgegeben. Ich bin im Grund sehr verschwenderisch. Und was ich nicht ausgebe, verliere ich. Meistens vergesse ich sogar, in Restaurants und Nachtlokalen und so weiter, das Wechselgeld an mich zu nehmen. Meine Eltern macht das rasend.

Begreiflich. Mein Vater ist zwar ziemlich wohlhabend. Ich weiß nicht, wieviel er verdient – aber jedenfalls reichlich, stelle ich mir vor. Er ist Syndikus für GmbHs und so. Diese Burschen machen scheffelweise Geld. Außerdem muß er schon deshalb wohlhabend sein, weil ich weiß, daß er oft in Broadway-Theatern Geld investiert. Diese Unternehmungen verunglücken allerdings immer, und meine Mutter regt sich jedesmal wahnsinnig darüber auf. Seit mein Bruder Allie gestorben ist, geht es ihr nicht besonders gut. Sie ist sehr nervös. Auch aus diesem Grund war es mir doppelt unangenehm für sie, daß ich wieder geflogen war.

Nachdem ich meine Koffer in eines dieser großen Gepäckfächer am Bahnhof eingestellt hatte, ging ich in eine kleine Sandwich-Bar und frühstückte. Für meine Verhältnisse aß ich sehr viel – Orangensaft, Eier und Speck und Toast und Kaffee. Ich trinke sonst meistens nur Orangensaft. Ich bin kein guter Esser. Tatsächlich. Deshalb bin ich auch so verdammt mager. Man hatte mir eigentlich eine besondere Diät mit viel Kohlehydraten und so 'n Mist zum Zunehmen verordnet, aber ich hielt mich nie daran. Wenn ich auswärts esse, bestelle ich im allgemeinen ein Käsesandwich und Malzmilch. Das ist zwar nicht viel, aber angeblich sollen im Malz viel Vitamine sein. H. V. Caulfield. Holden Vitamin Caulfield.

Während ich meine Eier verzehrte, kamen die zwei Nonnen mit Handkoffern herein und setzten sich neben mich ans Büffet – wahrscheinlich übersiedelten sie in ein anderes Kloster und warteten auf ihren Zug. Da sie nicht zu wissen schienen, was zum Teufel sie mit ihren Koffern machen sollten, half ich ihnen damit. Die Koffer sahen sehr billig aus, nicht aus echtem Leder oder so. Natürlich ist das nicht wichtig, aber ich kann billige Koffer nicht ausstehen. So schrecklich das auch klingt, ich kann jemanden wirklich fast zu hassen anfangen, wenn ich billige Koffer sehe. Einmal wohnte ich in Elkton Hills mit einem gewissen Dick Slagle im gleichen Zimmer, der auch ganz billige Koffer hatte. Er pflegte sie nicht in das Koffergestell zu stellen, sondern unter sein Bett, damit niemand sie neben meinen Koffern stehen sehen sollte. Das deprimierte mich wahnsinnig; ich hätte meine am liebsten aus dem Fenster geworfen oder mit ihm getauscht. Meine stammten von Mark Cross und waren aus Leder und so weiter, wahrscheinlich hatten sie sehr viel gekostet. Aber die Geschichte nahm einen sehr komischen Verlauf. Ich stellte schließlich meine Koffer ebenfalls unter das Bett, damit der gute Slagle keinen Minderwertigkeitskomplex bekäme. Am nächsten Tag zog er sie heraus und beförderte sie wieder auf das Koffergestell. Erst nach einiger Zeit begriff ich, daß er das tat, damit die Leute dächten, meine Koffer gehörten ihm. Er war in dieser Hinsicht ein sonderbarer Mensch. Er machte immer verächtliche Bemerkungen, zum Beispiel eben über meine Koffer. Er behauptete, sie wären zu neu und bourgeois. Das war sein Lieblingsausdruck. Alles, was ich hatte, sollte verflucht bourgeois sein. Sogar meine Füllfeder war bourgeois. Ich mußte sie ihm fortwährend leihen, aber bourgeois war sie doch. Wir wohnten nur zwei Monate zusammen. Dann verlangten wir beide ein anderes Zimmer. Und komischerweise fehlte er mir eigentlich, nachdem ich umgezogen war, weil er wirklich viel Sinn für Humor hatte und wir oft sehr vergnügt miteinander waren. Es würde mich nicht wundern, wenn auch er mich vermißt hätte. Am Anfang wollte er mich nur nekken, wenn er meine Sachen bourgeois nannte, und ich machte

mir absolut nichts daraus – ich fand es sogar selber komisch. Aber nach einiger Zeit merkte man, daß es ihm ernst wurde. Es ist eben überhaupt schwierig, das Zimmer mit jemandem zu teilen, der schlechte Koffer hat – wenn man wirklich teure Koffer hat und der andere billige, meine ich. Man denkt zuerst, wenn der andere intelligent ist und Humor hat, müßte es ihm gleichgültig sein, wem die besseren Koffer gehören, aber das ist nicht so. In Wirklichkeit macht es ihm sehr viel aus. Das ist einer der Gründe, warum ich mit einem so blöden Esel wie Stradlater im gleichen Zimmer wohnte. Wenigstens waren seine Koffer so gut wie meine.
Diese zwei Nonnen also saßen neben mir, und wir kamen irgendwie ins Gespräch. Die eine hatte so einen Korb bei sich, wie man ihn manchmal bei Nonnen und Heilsarmeeleuten sieht, wenn sie um Weihnachten damit Geld sammeln. Sie stehen dann an den Straßenecken, vor allem in der Fifth Avenue vor den großen Geschäften. Kurzum, diese Nonne ließ ihren Korb fallen, und ich bückte mich und hob ihn auf. Ich fragte, ob sie auch für wohltätige Zwecke und so weiter Geld sammle. Sie sagte nein. Sie sagte, sie habe in ihrem Koffer nur keinen Platz mehr für den Korb gehabt, deshalb trage sie ihn. Sie lächelte sehr nett, wenn sie einen anschaute. Sie hatte eine große Nase und eine von diesen Brillen mit Metallgestell, die nicht gerade schön sind, aber ihr Gesicht war verdammt lieb. »Ich dachte, wenn Sie eine Geldsammlung machten, könnte ich einen kleinen Beitrag geben«, sagte ich. »Sie könnten das Geld ja behalten, bis Sie eine Sammlung machen.«
»Das ist aber sehr freundlich von Ihnen«, sagte sie, und die andere schaute zu mir herüber. Die andre las in einem schwarzen Büchlein, während sie ihren Kaffee trank. Es

sah ähnlich wie eine Bibel aus, war aber zu dünn für eine Bibel. Jedenfalls war es aber ein bibelartiges Buch. Beide aßen nur Toast und Kaffee zum Frühstück. Das deprimierte mich. Ich kann es nicht leiden, wenn ich Speck mit Eiern oder ich weiß nicht was esse und jemand anderer nur Toast und Kaffee hat.

Sie nahmen zehn Dollar von mir an. Dabei fragten sie mich fortwährend, ob ich sicher sei, daß ich mir das leisten könne und so. Ich sagte, ich hätte ziemlich viel Geld bei mir, aber offenbar glaubten sie mir nicht recht. Schließlich nahmen sie es dann doch. Beide dankten mir so, daß es peinlich war. Ich lenkte das Gespräch auf allgemeine Themen und fragte, wohin sie reisten. Sie sagten, sie seien Lehrerinnen und kämen gerade von Chicago, und jetzt führen sie in eine Klosterschule in der 168th Street oder 186th Street oder sonst irgendwo weit draußen in New York. Die mit der Stahlbrille sagte, sie unterrichte Englisch, und ihre Kollegin unterrichte Geschichte und amerikanische Verfassung. Ich dachte darüber nach, was wohl die Englischlehrerin – da sie eine Nonne war – von manchen Büchern hielt, die sie für den Unterricht lesen mußte. Ich meine nicht unbedingt Bücher mit einem Haufen Sex darin, aber überhaupt Bücher mit Liebespaaren. Zum Beispiel diese Eustacia Vye in *Der Heimgekehrte* von Thomas Hardy – sie war ja nicht sexy oder so, aber man muß sich doch fragen, was sich eine Nonne denkt, wenn sie von dieser Eustacia liest. Natürlich sagte ich nichts davon. Ich sagte nur, Englisch sei mein bestes Fach.

»Wirklich? Das freut mich aber!« sagte die mit der Brille, die Englisch unterrichtete. »Was haben Sie dieses Jahr gelesen? Das interessiert mich sehr.« Sie war wirklich nett.

»Ach, hauptsächlich haben wir die Anglosachsen durchgenommen. Beowulf und den alten Grendel. Und Lord Randall, mein Sohn und alles das. Aber wir müssen auch manchmal andere Bücher lesen. Ich habe *Der Heimgekehrte* von Thomas Hardy gelesen, und Romeo und Julia und Julius –«
»Ach, Romeo und Julia! Wie schön! Hat Ihnen das nicht sehr gefallen?« Sie benahm sich wahrhaftig nicht wie eine Nonne.
»Doch, sehr. Ich habe es sehr gern gelesen. Ein paar Stellen haben mir zwar nicht so gefallen, aber im ganzen ist es sehr eindrucksvoll.«
»Was hat Ihnen nicht gefallen? Erinnern Sie sich noch daran?«
Ehrlich gesagt war es eigentlich peinlich, mit ihr über Romeo und Julia zu sprechen. Ich meine, manche Stellen in diesem Stück sind doch ziemlich sexy, und sie war ja eine Nonne. Aber da sie mich fragte, erklärte ich es ihr näher.
»Ich bin überhaupt nicht übermäßig begeistert von Romeo und Julia«, sagte ich. »Natürlich gefallen sie mir, aber – ich weiß nicht. Manchmal ärgert man sich über die beiden. Ich meine, es hat mir viel mehr leid getan, daß Mercutio getötet wird, als daß Romeo und Julia sterben. Ich habe eben Romeo überhaupt nicht mehr so gern gehabt, nachdem Mercutio von diesem andern umgebracht wurde – von Julias Vetter – wie hieß der nur?«
»Tybalt.«
»Stimmt. Tybalt«, sagte ich – ich vergesse seinen Namen immer wieder. »Daran war Romeo schuld. Diesen Mercutio hatte ich im ganzen Stück am liebsten. Ich weiß nicht. Alle diese Montagues und Capulets sind schon recht – besonders Julia –, aber Mercutio war – ich kann es nicht recht erklä-

ren. Er war klug und unterhaltend und so. Es macht mich immer verrückt, wenn jemand umgebracht wird – besonders, wenn er so klug und unterhaltend und so ist –, und wenn jemand anderer daran schuld ist. Romeo und Julia waren jedenfalls selber schuld.«

»In welcher Schule sind Sie, mein Lieber?« fragte sie. Vermutlich wollte sie von diesem Romeo-und-Julia-Thema loskommen.

Ich antwortete, ich sei in Pencey, und sie hatte den Namen schon gehört. Das sei eine sehr gute Schule, sagte sie. Ich ließ es dabei. Dann sagte die andere, die Geschichtslehrerin, daß sie sich auf den Weg machen müßten. Ich nahm ihren Bestellzettel, aber sie wollten mich nicht bezahlen lassen. Die mit der Brille nahm mir den Zettel wieder weg.

»Sie sind schon mehr als großzügig gewesen«, sagte sie. »Sie sind sehr lieb.« Sie war wirklich sympathisch. Sie erinnerte mich ein bißchen an Ernest Morrows Mutter, der ich im Zug begegnet war. Hauptsächlich, wenn sie lächelte. »Wir haben uns so gerne mit Ihnen unterhalten«, sagte sie.

Ich antwortete, ich hätte auch sehr gerne mit ihnen gesprochen. Das meinte ich ganz ehrlich. Es hätte mir vielleicht noch mehr Vergnügen gemacht, wenn ich bei dem ganzen Gespräch nicht gefürchtet hätte, daß sie plötzlich versuchen würden herauszufinden, ob ich katholisch sei. Katholiken wollen immer herausfinden, ob man katholisch ist. Ich erlebe das oft, weil mein Familienname irisch ist und die meisten Leute irischer Abstammung katholisch sind. Tatsächlich *war* mein Vater früher katholisch. Er trat aus, als er meine Mutter heiratete. Aber auch wenn die Katholiken überhaupt nicht wissen, wie man heißt, wollen sie immer herausfinden, ob man katholisch ist. In Whooton lernte ich einen katholischen Schüler namens Louis Gorman kennen. Er war der erste, dem ich dort begegnete. Er und ich saßen am ersten Schultag vor dem verdammten Krankensaal, weil wir auf die obligatorische Untersuchung warten mußten, und dabei fingen wir an, über Tennis zu reden. Er interessierte sich sehr für Tennis und ich auch. Er sagte, er gehe jeden Sommer auf die Turniere in Forest Hills, und ich sagte, das täte ich auch, und dann redeten wir eine Weile über Tenniskanonen. Für sein Alter verstand er ziemlich viel davon. Dann fragte er mitten im Gespräch: »Hast du zufällig gesehen, wo hier die katholische Kirche ist?« An der Art, wie er fragte, merkte man deutlich, daß er nur herausfinden wollte, ob ich katholisch sei. Nur das. Er hatte keine Vorurteile oder so, aber er wollte es einfach wissen. Er unterhielt sich gern über Tennis, aber er hätte sich noch *lieber* darüber unterhalten, wenn ich katholisch gewesen wäre. So etwas macht mich verrückt. Ich behaupte nicht, daß es unser Gespräch *störte* – das nicht –, aber es half dem Gespräch wahrhaftig auch nicht weiter. Deshalb war ich eben froh, daß diese beiden Nonnen nicht danach fragten, ob ich katholisch sei. Es hätte unsere Unterhaltung zwar nicht verdorben, aber wahrscheinlich wäre dann doch alles anders geworden. Ich werfe das den Katholiken nicht vor; das sicher nicht. Vermutlich wäre ich genauso wie sie, wenn ich katholisch wäre. Es ist eigentlich dasselbe wie mit den Koffern, von denen ich vorhin geredet habe. Ich will damit nur sagen, daß es nicht gerade zu einem netten Gespräch beiträgt. Mehr meine ich nicht damit.

Als die beiden Nonnen gehen wollten, tat ich etwas Blödes und Peinliches. Ich rauchte gerade, und während ich aufstand und mich verabschiedete, blies ich ihnen aus Versehen

Rauch ins Gesicht. Ich tat es absolut nicht absichtlich. Ich entschuldigte mich wahnsinnig, und sie reagierten sehr höflich und nett, aber es war doch sehr peinlich.
Als sie fort waren, tat es mir leid, daß ich ihnen nur zehn Dollar für ihre Sammlung gegeben hatte. Aber ich hatte mich ja mit Sally Hayes für diese Matinee verabredet und mußte noch etwas Geld für die Karten und alles übrige behalten. Dieses verfluchte Geld. Es führt immer nur dazu, daß man deprimiert wird.

16

Nach dem Frühstück war es ungefähr zwölf Uhr, und da ich Sally erst um zwei treffen mußte, machte ich einen langen Spaziergang. Ich dachte immer noch an die beiden Nonnen und an diesen alten Korb, mit dem sie Geld sammeln gingen, wenn sie nicht unterrichteten. Ich versuchte mir meine Mutter oder meine Tante oder Sally Hayes' verrückte Mutter vorzustellen, wie sie vor einem Geschäft stehen und mit einem alten Korb Geld für arme Leute sammeln würden. Das konnte man sich kaum ausdenken. Mit meiner Mutter war es nicht so unmöglich, aber die beiden andern! Meine Tante tut ziemlich viel für Wohltätigkeitszwecke – für das Rote Kreuz und so –, aber sie ist sehr elegant und braucht Lippenstift und lauter solchen Mist. Ich könnte sie mir bei keinem wohltätigen Unternehmen vorstellen, wenn sie dabei schwarze Kleider anhaben müßte und sich nicht schminken dürfte. Und Sally Hayes' Mutter – Jesus Christus. Sie könnte nur unter der Bedingung mit einem Korb sammeln, daß alle ihre Füße küssen, die etwas beisteuern. Wenn die Leute einfach nur Geld in ihren Korb werfen würden und dann weitergingen, ohne mit ihr zu sprechen, ohne sie zu beachten, hätte sie spätestens nach einer Stunde genug davon. Sie würde sich langweilen. Sie würde ihren Korb abgeben und dann in irgendeinem feinen Restaurant zu Mittag essen. Das hatte mir an den Nonnen gefallen. Es war zum Beispiel ganz klar, daß sie nie in irgendein feines Restaurant gingen. Aber gerade das machte mich verdammt

traurig, als ich daran dachte – daß sie nie zum Lunch in ein feines Restaurant gingen. Ich wußte wohl, daß es nicht wichtig war, aber es machte mich trotzdem traurig.
Ich schlug die Richtung zum Broadway ein, weil ich seit Jahren nicht mehr dort gewesen war. Außerdem suchte ich ein Geschäft für Grammophonplatten, das am Sonntag offen wäre. Ich wollte für Phoebe eine Platte kaufen, die *Little Shirley Beans* hieß. Die Platte war schwer zu bekommen. Das Lied handelte von einem kleinen Mädchen, das nicht aus dem Haus gehen wollte, weil ihre beiden Schneidezähne ausgefallen waren und sie sich schämte. Ich hatte es in Pencey gehört. Einer im unteren Stock hatte die Platte, und ich hatte sie ihm abkaufen wollen, weil ich wußte, daß sie Phoebe furchtbar gefallen würde, aber er wollte sie nicht hergeben. Es war eine ganz alte, wirklich tolle Platte von der Negersängerin Estell Fletcher, ungefähr vor zwanzig Jahren aufgenommen. Sie singt es ganz auf die Dixieland-tour und hurenhaft, und es klingt überhaupt nicht sentimental; wenn eine Weiße es singen würde, würde es verdammt albern klingen. Aber diese Estell Fletcher wußte genau, wie sie es machen mußte, und es war eine der besten Platten, die ich je gehört habe. Ich dachte, ich könnte sie in irgendeinem Geschäft kaufen und dann in den Central Park mitnehmen. Sonntags fährt Phoebe oft im Park Rollschuh. Ich wußte genau, wo sie sich meistens herumtrieb.
Es war nicht mehr so kalt wie am Samstag, aber die Sonne schien immer noch nicht, es war kein schönes Wetter für einen Spaziergang. Aber auf dem Weg sah ich etwas Nettes. Eine Familie, die offenbar gerade aus irgendeiner Kirche kam, ging vor mir her – ein Vater, eine Mutter und ein ungefähr sechsjähriger Junge. Sie sahen eher ärmlich aus. Der

Vater hatte so einen perlgrauen Hut auf dem Kopf, wie ihn arme Leute oft tragen, wenn sie elegant sein wollen. Er und seine Frau gingen einfach entlang und schwätzten. Sie kümmerten sich nicht um den Kleinen. Der Junge war toll. Der lief nicht auf dem Trottoir, sondern auf der Straße, aber dicht am Randstein. Er tat so, als ob er in einer schnurgeraden Linie marschierte, so wie die Kinder das gern tun, und dabei sang und summte er immer. Ich ging näher zu ihm, um zu hören, was er sang. Es war das Lied »Wenn einer einen andern fängt, der durch den Roggen läuft«. Er hatte eine hübsche kleine Stimme. Er sang einfach, weil es ihm Spaß machte. Die Autos sausten vorbei, Bremsen kreischten, seine Eltern kümmerten sich nicht um ihn, und er marschierte weiter am Rinnstein entlang und sang: »Wenn einer einen andern fängt, der durch den Roggen läuft.« Das tat mir gut. Danach war ich nicht mehr so deprimiert.

Am Broadway war es voll und ungemütlich. Es war Sonntag und erst zwölf Uhr, aber das Gedränge war doch schon sehr dicht. Alle Leute strebten ins Kino – ins Paramount oder Astor oder Capitol oder wie diese blöden Löcher sonst noch heißen. Alle waren fein angezogen, da es Sonntag war, und das machte es nur noch schlimmer. Das Schlimmste war aber, daß ihnen allen wirklich *daran lag*, ins Kino zu gehen. Ich konnte ihren Anblick nicht vertragen. Ich kann verstehen, daß jemand ins Kino geht, weil er nichts anderes zu tun hat, aber wenn die Leute wirklich *darauf aus sind* und sich sogar beeilen, um möglichst schnell hinzukommen, dann deprimiert mich das wahnsinnig. Besonders, wenn sie zu Hunderten Schlange stehen, den ganzen Häuserblock entlang, und mit dieser schrecklichen Geduld auf einen

Platz warten. Ich konnte nicht schnell genug von dem verdammten Broadway wegkommen. Zum Glück fand ich schon im ersten Geschäft die Platte *Little Shirley Beans.* Ich mußte fünf Dollar dafür bezahlen, weil sie so schwer zu bekommen ist, aber das war mir gleichgültig. Ich war plötzlich ganz glücklich, Herr im Himmel. Ich konnte kaum abwarten, in den Park zu kommen, um Phoebe zu suchen und ihr die Platte zu geben.

Als ich aus dem Grammophongeschäft kam, ging ich in eine Telephonkabine. Ich dachte, ich könnte vielleicht Jane erwischen und fragen, ob sie schon Ferien habe. Aber leider nahm ihre Mutter das Telephon ab, so daß ich wieder einhängen mußte. Ich hatte keine Lust, mich mit ihr in ein endloses Gespräch zu verstricken. Ich reiße mich ohnedies nicht darum, mit diesen Müttern zu telephonieren. Aber ich hätte sie wenigstens fragen sollen, ob Jane schon da sei. Daran wäre ich nicht gestorben. Aber ich hatte keine Lust dazu. Man muß in der richtigen Stimmung dafür sein.

Ich mußte noch diese elenden Karten kaufen und sah in einer Zeitung nach, was gespielt wurde. Da es Sonntag war, standen nur drei Theater zur Wahl. Ich kaufte also zwei Sperrsitze für *I know My Love.* Es war eine Wohltätigkeitsvorstellung, und ich selber brannte nicht darauf, dorthin zu gehen, aber ich wußte, daß die gute Sally Purzelbäume schlagen würde, weil die Lunts darin auftraten. Sie hatte eine Vorliebe für sogenannte geistreiche Theaterstücke, besonders mit den Lunts darin. Ich nicht. Mir gefallen Schauspiele überhaupt nie, falls das jemand interessiert. Sie sind weniger schlimm als Filme, aber hinreißend kann ich sie deshalb doch nicht finden. Erstens einmal kann ich die Schauspieler nicht ausstehen. Sie benehmen sich nie natürlich. Sie bilden es sich nur ein. Den Besten gelingt es zwar manchmal bis zu einem gewissen Grad, aber auch nicht so, daß man Freude daran haben könnte. Und wenn ein Schauspieler wirklich gut ist, merkt man immer, daß er es selber weiß, und das verdirbt die Wirkung. Zum Beispiel Laurence Olivier. Ich sah ihn als Hamlet. D. B. lud Phoebe und mich letztes Jahr dazu ein. Zuerst aßen wir auswärts zu Mittag, und dann gingen wir hin. D. B. hatte das Stück schon gesehen und erzählte beim Essen so davon, daß ich wirklich gespannt wurde. Aber dann gefiel es mir nicht. Ich sehe einfach nicht ein, was an Sir Laurence Olivier so fabelhaft sein soll. Er hat eine tolle Stimme und sieht sehr gut aus, und man beobachtet ihn auch gern, wenn er herumgeht oder sich duelliert oder was weiß ich, aber er spielte nicht im geringsten so, wie D. B. den Hamlet beschrieben hatte. Er war viel eher irgendein verdammter General als ein bedrückter, verzweifelter Mensch. Das Beste im ganzen Film war die Stelle, wo Ophelias Bruder – der sich am Schluß mit Hamlet duelliert – fortgeht und von seinem Vater einen Haufen guter Ratschläge bekommt. Während der Vater auf ihn einredete, machte Ophelia mit ihrem Bruder Unsinn, zog ihm den Dolch aus der Scheide und neckte ihn, und er versuchte die ganze Zeit, seinem Vater ernsthaft zuzuhören. Das war nett. Daran hatte ich wirklich Freude. Aber so etwas sieht man selten. Phoebe gefiel nur die Stelle, wo Hamlet seinem Hund den Kopf tätschelte. Die fand sie komisch und schön, und das stimmte auch. Ich werde das Stück eben selber lesen müssen. Mein Fehler ist, daß ich das Zeug immer selber lesen muß. Wenn es ein Schauspieler darstellt, höre ich kaum zu. Ich warte dann nur darauf, daß er gleich wieder etwas Unechtes tut.

Als ich die Karten hatte, fuhr ich im Taxi zum Park. Ich hätte eigentlich mit der Untergrundbahn fahren sollen, weil mein Geld allmählich abnahm, aber ich wollte so rasch wie möglich von dem verdammten Broadway wegkommen.

Im Park war es abscheulich. Es war nicht sehr kalt, aber die Sonne kam immer noch nicht heraus, und man sah kaum etwas anderes als Hundedreck und Zigarrenstummel und von alten Männern ausgespucktes Zeug. Die Bänke sahen so aus, als ob man naß würde, wenn man sich daraufsetzte. Es war deprimierend, und ohne Grund bekam man im Gehen eine Gänsehaut. Man hatte gar nicht den Eindruck, daß Weihnachten bald käme oder daß *überhaupt* irgend etwas käme. Aber ich ging doch bis zu der Stelle, wo Phoebe meistens Rollschuh fährt. Am liebsten fährt sie bei der Orchestertribüne. Komisch, als Kind hatte ich genau die gleiche Stelle am liebsten.

Aber ich sah sie nirgends, als ich dort ankam. Ein paar Kinder trieben sich auf Rollschuhen herum, und zwei Jungen spielten mit einem Ball, aber keine Phoebe. Immerhin sah ich ein kleines Mädchen, das ungefähr gleich alt war wie Phoebe. Sie saß ganz allein auf einer Bank und machte sich die Rollschuhe fest. Vielleicht kannte sie Phoebe und konnte mir sagen, wo sie war. Ich setzte mich also neben sie und fragte: »Kennst du vielleicht zufällig Phoebe Caulfield?«

»Wen?« sagte sie. Sie hatte lange Hosen an und ungefähr zwanzig Pullover. Offenbar hatte ihre Mutter sie gestrickt, denn sie waren ganz unförmig.

»Phoebe Caulfield. Sie wohnt in der Seventy-first Street. Sie geht in die vierte Klasse, in der –«

»Kennst du sie?«

»Ja, ich bin ihr Bruder. Weißt du, wo sie ist?«

»Geht sie in die Klasse von Miss Callon?« fragte das Mädchen.

»Ich weiß nicht. Ja, ich glaube.«

»Dann ist sie wohl im Museum. *Wir* sind am letzten Samstag dort gewesen.«

»In welchem Museum?« fragte ich.

Sie zuckte die Achseln. »Weiß nicht«, sagte sie. »Im *Museum.*«

»Ja, aber in dem, wo Bilder sind, oder wo die Indianer sind?«

»In dem mit den Indianern.«

»Danke vielmals«, sagte ich. Ich stand auf und wollte gehen, aber dann fiel mir ein, daß heute Sonntag war. »Heut ist aber Sonntag«, sagte ich.

Sie schaute zu mir auf. »So. Dann ist sie nicht dort.«

Sie hatte die größte Mühe, ihre Rollschuhe festzuschrauben. Sie hatte keine Handschuhe, und ihre Hände waren ganz rot und kalt. Ich half ihr dabei. Großer Gott, ich hatte seit Ewigkeiten keinen Rollschuhschlüssel mehr in die Hand genommen. Aber es kam mir gar nicht ungewohnt vor. Man könnte mir noch in fünfzig Jahren im Stockdunkeln so einen Schlüssel in die Hand geben, und ich wüßte sofort, was es ist. Sie bedankte sich sehr, als wir fertig waren. Sie war ein höfliches und nettes kleines Mädchen. Das habe ich furchtbar gern, wenn ein Kind so nett und höflich ist, nachdem man ihm die Rollschuhe festgeschraubt hat oder so. Die meisten Kinder sind so. Im Ernst. Ich fragte, ob sie eine Tasse Schokolade oder so mit mir trinken wolle, aber sie sagte: »Nein, danke.« Sie sei mit ihrer Freundin verabredet. Kinder sind immer mit irgendwelchen Freunden verabredet. Das wirft mich jedesmal um.

Obwohl es Sonntag war und Phoebe also nicht mit ihrer Klasse dort sein konnte – und obwohl es so feucht und abscheulich war – ging ich durch den ganzen Park zum Naturhistorischen Museum. Ich wußte, daß das kleine Mädchen dieses Museum gemeint hatte. Ich kannte dieses ganze Museumszeug auswendig. Phoebe ging in die gleiche Schule, in der ich früher gewesen war, und wir gingen damals die ganze Zeit ins Museum. Unsere Lehrerin, eine Miss Aigletinger, schleppte uns fast an jedem verdammten Samstag dorthin. Manchmal sahen wir die Tiere an und manchmal die Sachen, die früher die Indianer gemacht hatten. Tongeschirr und Strohkörbe und lauter so Zeug. Es macht mich immer noch glücklich, wenn ich daran denke. Sogar heute noch. Wenn wir die Indianerabteilung angesehen hatten, gingen wir meistens in irgendeinen Film im großen Auditorium. Man zeigte uns immer, wie Kolumbus Amerika entdeckte und eine furchtbare Mühe hatte, bis Ferdinand und Isabella ihm Geld liehen, damit er sich Schiffe kaufen konnte, und wie dann die Matrosen meuterten und so. Niemand machte sich viel aus dem guten Kolumbus, aber wir nahmen immer haufenweise Süßigkeiten und Kaugummi mit, und in diesem Auditorium roch es so gut. Es roch immer so, als ob es draußen regnete, auch wenn das schönste Wetter war, und als ob man am einzigen trockenen, gemütlichen Ort auf der Welt säße. Ich hatte dieses verdammte Museum wahnsinnig gern. Der Weg ins Auditorium führte durch den Indianischen Saal. Dieser Saal war sehr lang, und wir durften nur flüstern. Die Lehrerin ging voraus und die ganze Klasse hinter ihr her, in Zweierreihen. Meistens ging ein Mädchen namens Gertrude Levine neben mir. Sie wollte mich immer an der Hand halten, und ihre Hand war immer klebrig und feucht. Der Boden war aus Steinplatten, und wenn man Murmeln in der Hand hatte und sie fallen ließ, sprangen sie wie toll herum und machten einen Höllenlärm; daraufhin mußten wir alle stehenbleiben, und die Lehrerin kam her und wollte wissen, was los war. Diese Miss Aigletinger wurde aber nie bösartig. Dann kam man an dem langen, langen Kriegskanu vorbei – ungefähr so lang wie drei verdammte Cadillacs zusammen –, in dem zwanzig Indianer waren. Einige ruderten, aber andere standen nur da und schauten herum, und alle hatten Kriegsbemalung auf den Gesichtern. Hinten im Kanu saß ein unheimlicher Bursche mit einer Maske. Das war der Zauberdoktor. Es grauste mir vor ihm, aber ich hatte ihn trotzdem gern. Wenn man im Vorbeigehen ein Ruder oder sonst etwas anrührte, sagte einer der Aufseher: »Nichts anrühren, Kinder«, aber immer im freundlichen Ton, nicht wie ein gottverfluchter Polizist. Dann kam man zu einem großen Glaskasten, in dem Indianer saßen und Hölzer aneinanderrieben, um Feuer zu machen, und eine Squaw wob eine Decke. Die Squaw, die die Decke wob, beugte sich nach vorn, und man konnte ihre nackte Brust sehen und so. Wir alle guckten immer ganz genau hin, sogar die Mädchen, denn sie waren auch noch klein und hatten nicht mehr Brust als wir. Ganz hinten in diesem Saal, nah bei der Tür zum Auditorium, kam man schließlich an diesem Eskimo vorbei. Er hockte auf einem zugefrorenen See über einem Eisloch und fischte. Neben ihm lagen zwei Fische, die er schon gefangen hatte. Das ganze Museum war voll von Glaskästen. Im oberen Stockwerk waren noch viel mehr, mit trinkenden Rehen an Wasserstellen und Zugvögeln, die nach Süden flogen. Die vordersten Vögel waren ausgestopft und an

Drähten aufgehängt, die hintersten waren nur an die Wand gemalt, aber alle sahen so aus, als ob sie wirklich nach Süden flögen. Und wenn man den Kopf nach unten hielt und sie sozusagen verkehrt herum anschaute, schienen sie noch viel eiliger nach Süden zu fliegen. Das schönste in diesem Museum aber war, daß alles immer genauso stehen blieb. Nichts bewegte sich. Man hätte hunderttausendmal hingehen können, und der Eskimo hätte immer gerade die beiden Fische gefangen gehabt, die Vögel wären immer noch auf ihrem Flug nach Süden gewesen, die Rehe hätten noch aus dem Wasserloch getrunken, mit ihrem hübschen Geweih und den hübschen mageren Beinen, und die Squaw mit der nackten Brust hätte immer noch an der gleichen Decke gewoben. Nichts wäre anders gewesen. Nur man *selber* wurde anders. Nicht, daß man plötzlich viel älter war oder so. Das meine ich eigentlich nicht. Man war einfach nur anders. Man hatte diesmal einen Mantel an. Oder das Kind, das beim letzten Mal neben einem hergegangen war, hatte jetzt Scharlach, so daß ein anderes neben einem ging. Oder eine Stellvertreterin von Miss Aigletinger führte die Klassen ins Museum. Oder man hatte gehört, wie sich die Eltern im Badezimmer entsetzlich stritten. Oder man hatte auf der Straße gerade eine Pfütze mit Ölringen in allen Regenbogenfarben gesehen. Man war einfach irgendwie *anders* – ich kann nicht erklären, was ich damit meine. Und wenn ich es könnte, hätte ich wahrscheinlich keine Lust dazu.

Im Gehen zog ich meine Jagdmütze aus der Tasche und setzte sie auf. Ich war sicher, daß ich keine Bekannten treffen würde, und die Luft war so feucht. Ich ging und ging und dachte an Phoebe, die an Samstagen genau wie früher ich selber ins Museum geführt wurde. Ich dachte daran, wie sie die gleichen Glaskästen sah, die ich gesehen hatte, und wie sie sich von Besuch zu Besuch veränderte. Der Gedanke deprimierte mich zwar nicht, aber er machte mich auch nicht übermäßig heiter. Manche Sachen sollten so bleiben, wie sie sind. Man sollte sie in einen großen Glaskasten stecken und so lassen können. Natürlich ist das unmöglich, das weiß ich, aber ich finde es trotzdem schade.

Ich blieb an einem Spielplatz stehen und schaute zwei kleinen Kindern auf einer Wippe zu. Eines war ziemlich dick. Ich legte deshalb meine Hand auf das Balkenende, wo das magere Kind saß, um das Gewicht etwas auszugleichen, aber da meine Anwesenheit sie offenbar störte, ließ ich sie allein weiterspielen.

Dann passierte etwas Sonderbares. Als ich zum Museum kam, hätte ich plötzlich nicht für eine Million Dollar hineingehen wollen. Es lockte mich einfach nicht – und dabei war ich durch den ganzen verfluchten Park gegangen und hatte mich darauf gefreut. Wenn Phoebe dort gewesen wäre, hätte ich es wohl getan, aber sie war ja nicht dort. Ich stieg also nur vor dem Museum in ein Taxi und fuhr zum Biltmore. Auch dazu hatte ich zwar keine große Lust. Aber ich hatte mich ja mit dieser verdammten Verabredung festgelegt.

17

Da ich sehr früh dort ankam, setzte ich mich auf ein Ledersofa in der Eingangshalle und betrachtete mir die Mädchen. Viele Schulen hatten schon Ferien, ungefähr eine Million Mädchen saßen und standen herum und warteten auf ihre Kavaliere. Mädchen mit übereinandergeschlagenen Beinen, Mädchen mit nicht übereinandergeschlagenen Beinen, Mädchen mit abscheulichen Beinen, Mädchen mit fabelhaften Beinen. Manche machten einen sehr sympathischen Eindruck, und manche sahen so aus, als ob sie gemein wären, wenn man sie näher kennenlernte. Es war wirklich ein unterhaltender Anblick. Andererseits war es auch deprimierend, weil man immer darüber nachdenken mußte, was aus ihnen werden würde. Wenn sie aus der Schule und aus dem College kämen, meine ich. Die meisten heiraten wohl irgendwelche blöden Männer. Esel, die immer davon reden, wie viele Liter Benzin ihr Auto braucht. Esel, die wütend und kindisch werden, wenn man sie beim Golf schlägt oder auch nur bei irgendeinem so blöden Spiel wie Pingpong. Gemeine Esel. Esel, die nie ein Buch lesen. Tödlich langweilige Esel. – Aber in diesem Punkt muß ich vorsichtig sein. Ich meine, daß ich manche Menschen langweilig nenne. Ich verstehe langweilige Leute eben nicht. Im Ernst. In Elkton Hills wohnte ich zwei Monate lang mit einem Harris Macklin im gleichen Zimmer. Er war sehr intelligent, aber einer der schrecklichsten Langweiler, die man sich vorstellen kann. Er hatte eine knarrende Stimme und redete sozusagen pausenlos. Er redete pausenlos, und noch schlimmer war, daß er nie etwas erzählte, was man hören wollte. Aber etwas konnte er. Dieser blöde Hund konnte besser pfeifen als irgend jemand, den ich je gehört habe. Wenn er sein Bett machte oder seine Sachen in den Schrank hängte – er hatte immer etwas im Schrank aufzuhängen, ich wurde fast wahnsinnig davon –, pfiff er dabei, falls er nicht mit seiner knarrenden Stimme redete. Er konnte sogar klassische Musik pfeifen, aber meistens pfiff er nur Jazz. Die verrücktesten Jazzmelodien pfiff er so spielend und natürlich – während er dabei seine Sachen in den Schrank hängte –, daß man ganz erschlagen war. Ich sagte ihm selbstverständlich nie, daß ich sein Pfeifen fabelhaft fände. Man kann nicht einfach so zu jemand sagen: »Du pfeifst fabelhaft.« Aber ich blieb zwei ganze Monate mit ihm zusammen – nur weil er so pfeifen konnte, obwohl er mich so langweilte, daß ich fast wahnsinnig wurde. Ich kann also die langweiligen Leute nicht beurteilen. Vielleicht sollte es einem gar nicht so leid tun, wenn ein sympathisches Mädchen so einen heiratet. Die meisten tun keinem Menschen etwas zuleide, und vielleicht können alle im geheimen fabelhaft pfeifen oder sonst etwas. Wer zum Teufel kann das wissen? Ich nicht.

Endlich sah ich Sally die Treppe heraufkommen und ging ihr entgegen. Sie sah toll aus, das muß man sagen. Sie hatte einen schwarzen Mantel und eine Art schwarzes Béret an. Hüte trug sie fast nie, aber dieses Béret stand ihr gut. Komischerweise hatte ich in dem Augenblick, als ich sie sah, Lust, sie zu heiraten. Ich bin nicht bei Trost. Ich hatte sie ja nicht einmal *gern*, und trotzdem meinte ich plötzlich, ich sei in sie verliebt und wolle sie heiraten. Gott sei's geklagt, ich bin verrückt. Ich gebe es zu.

»Holden!« sagte sie. »Wie wunderbar, dich wiederzusehen! Es ist *Ewigkeiten* her.« Sie redete immer so laut, daß es peinlich war, wenn man sie irgendwo traf. Sie konnte sich das erlauben, weil sie so verflucht gut aussah, aber ich bekam jedesmal Krämpfe davon.

»Toll, *dich* zu sehen«, sagte ich. Ich meinte es sogar ehrlich.

»Wie geht's dir denn?«

»Hundertprozentig glänzend. Komm ich zu spät?«

Ich sagte, sie käme nicht zu spät, aber tatsächlich hatte sie ungefähr zehn Minuten Verspätung. Mir war es allerdings absolut gleichgültig. Was immer man auf Karikaturen in der »Saturday Evening Post« und so sieht – Männer an Straßenecken, die fürchterlich verärgert sind, weil ihre Angebetete sich verspätet –, das ist alles Mist. Wenn ein Mädchen toll aussieht, wenn sie kommt, wer schert sich dann darum, ob sie zu spät kommt? Kein Mensch. »Wir müssen uns eilen«, sagte ich. »Es fängt um zwanzig vor drei an.« Wir gingen wieder die Treppe hinunter zu den Taxis.

»Wohin gehen wir?« fragte sie.

»Ich weiß nicht. Zu den Lunts. Ich habe nur dafür Karten bekommen können.«

»Die Lunts! Das ist ja wunderbar!«

Ich hatte genau gewußt, daß sie außer sich geraten würde, wenn sie das hörte.

Auf der Fahrt ins Theater küßten wir uns ein bißchen. Zuerst wollte sie nicht, wegen dem Lippenstift und so, aber ich war wahnsinnig drauf aus, und ihr blieb keine andere Wahl. Zweimal, als das verdammte Taxi plötzlich bremste, wäre ich beinah vom Sitz gefallen. Diese Chauffeure geben nie acht, wo sie hinfahren. Dann – daran kann man sehen, wie verrückt ich bin – sagte ich ihr nach einer großen Um-

armung, daß ich sie liebte und alles. Natürlich war das eine Lüge, aber als ich es sagte, meinte ich es eben wirklich. Ich bin vollkommen verrückt. Im Ernst.
»Liebling, ich lieb dich auch«, antwortete sie. Dann sagte sie im gleichen Atemzug: »Versprich mir, daß du dir die Haare länger wachsen läßt. Diesen kurzen Schnitt hat man nicht mehr. Und deine Haare sind so hübsch.«
Hübsch, sagte sie, bei meinem Arsch!
Das Stück war nicht so übel, wie viele andere, die ich gesehen hatte. Immerhin war es auf der Schundseite. Es schilderte fünfhunderttausend Jahre aus dem Leben eines Ehepaares. Es fängt an, als sie noch jung sind und die Eltern von ihr nicht wollen, daß sie ihn heiratet, aber sie heiratet ihn doch. Dann werden sie immer älter. Der Mann muß in den Krieg, und seine Frau hat einen Bruder, der Alkoholiker ist. Ich brachte kein brennendes Interesse dafür auf. Es war mir ziemlich gleichgültig, wenn irgendein Familienmitglied starb oder sonst etwas mit ihm passierte. Es waren eben nur Schauspieler. Das Ehepaar war ganz sympathisch – sehr geistreich und so –, aber ich konnte wirklich nicht teilnehmen. Erstens tranken sie durch das ganze Stück Tee oder sonst eine verdammte Flüssigkeit. Jedesmal, wenn man sie wiedersah, servierte ihnen ein Butler Tee, oder die Frau schenkte jemandem Tee ein. Und *fortwährend* kam jemand *herein* oder ging *hinaus* – man wurde ganz schwindlig von all den Leuten, die sich setzten oder aufstanden. Alfred Lunt und Lynn Fontanne stellten das Ehepaar dar. Sie spielten gut, aber ich fand sie nicht sympathisch. Immerhin muß ich sagen, daß sie anders waren als die übrigen. Sie benahmen sich zwar nicht wie natürliche Menschen, aber auch nicht wie Schauspieler. Es ist schwer zu beschreiben.

Sie benahmen sich eher so, als ob sie wüßten, daß sie Berühmtheiten waren. Sie spielten gut, aber eben zu gut. Wenn ein Ehepartner seine Rede gehalten hatte, antwortete der andere blitzschnell etwas. Das sollte den Eindruck von Leuten erwecken, die wirklich zusammen sprechen, sich ins Wort fallen und so weiter. Aber der Fehler war eben, daß es zu beabsichtigt wirkte. Ihre Art erinnerte mich ein bißchen an die Art, wie Ernie draußen im Village Piano spielte. Wenn man etwas zu *vollkommen* macht, muß man sehr achtgeben, daß keine Aufschneiderei daraus wird. Denn dann ist es schon nicht mehr so vollkommen. Aber wie gesagt, die Lunts waren die einzigen im ganzen Stück, die wenigstens intelligent wirkten. Das muß ich zugeben.

Nach dem ersten Akt gingen wir mit allen andern hinaus, um eine Zigarette zu rauchen. Das war eine herrliche Versammlung. Lauter affektierte Esel, die wie besessen rauchten und laut über das Theaterstück redeten, damit jeder hören und bewundern könnte, wie geistreich sie redeten. Neben uns stand irgendein blöder Filmschauspieler mit seiner Zigarette. Ich kann mir seinen Namen nicht merken. Er spielt in Kriegsfilmen immer einen Burschen, der Angst bekommt, bevor es überhaupt losgeht. Seine Begleiterin war eine kolossale Blondine, und beide versuchten sich möglichst blasiert aufzuführen, als ob sie gar nicht wüßten, daß alle Leute zu ihnen hinschauten. Hinreißend bescheiden. Das machte mir großen Spaß. Sally schwärmte zwar über die Lunts, sagte aber sonst nicht viel, weil sie vollauf mit Herumschauen und Charmant-Sein beschäftigt war. Dann sah sie plötzlich auf der andern Seite des Foyers einen Jüngling, den sie kannte. Einen in dem üblichen dunkelgrauen Flanellanzug mit karierter Weste. Typisch Ivy

League. Überwältigend. Er stand an der Wand, rauchte sich fast zu Tode und sah höchst gelangweilt aus. Sally sagte fortwährend: »Den kenne ich von irgendwoher.« Überall, wo man mit ihr hinging, *kannte* sie irgend jemand oder bildete es sich wenigstens ein. Sie wiederholte es so oft, bis ich genug davon hatte und sagte: »Dann geh doch zu ihm, wenn du ihn kennst, und gib ihm einen Kuß. Das wird ihn freuen.« Daraufhin war sie beleidigt. Schließlich entdeckte dieser Mensch sie aber und kam zu uns herüber. Die Begrüßung war sehenswert. Als ob sie sich seit zwanzig Jahren nicht mehr gesehen hätten. Als ob sie als Kinder in der gleichen Badewanne gesessen hätten oder was weiß ich. Alles verlogen. Es konnte einem schlecht werden. Vermutlich waren sie einander erst ein *einziges* Mal in irgendeiner Affengesellschaft begegnet. Als sie endlich ganz erschöpft waren, stellte Sally mich vor. Er hieß George Soundso – ich erinnere mich nicht mehr – und war in Andover. Ungeheure Ehre. Am schönsten war, als Sally ihn fragte, wie ihm das Stück gefiele. Er gehörte zu den affektierten Eseln, die sich zuerst *Raum* schaffen müssen, bevor sie eine Frage beantworten können. Er trat also einen Schritt zurück und trat dabei der hinter ihm stehenden Dame auf den Fuß. Wahrscheinlich zertrümmerte er ihr sämtliche Zehen. Er sagte, das Stück sei an sich kein Meisterwerk, aber die Lunts spielten natürlich absolut göttlich. Göttlich! Herr im Himmel. *Göttlich!* Das war mir zuviel. Dann schwätzten er und Sally über alle möglichen gemeinsamen Bekannten. Es war die affektierteste Unterhaltung, die man sich vorstellen kann. Beide dachten immer so rasch sie nur konnten an alle Orte, die ihnen einfielen, und nannten dann den Namen von irgend jemand, der dort wohnte. Ich war gerade bereit zu kotzen, als wir endlich an unsere Plätze zurück mußten. Und nach dem zweiten Akt setzten sie wirklich dieses sterbenslangweilige Gespräch fort. Es fielen ihnen noch weitere Namen und Orte ein. Am schlimmsten war aber wohl seine Stimme – eine gekünstelte Ivy-League-Stimme, fürchterlich müde und blasiert. Dieser Hund fand es ganz in Ordnung, mit seiner Mädchenstimme auf *meine* Begleiterin einzureden. Nach dem Theater dachte ich zuerst, er werde sich sogar mit uns ins Taxi setzen, weil er zwei Häuserblocks mitging, aber dann sagte er, er müsse ein paar Leute zum Cocktail treffen. Ich sah deutlich vor mir, wie sie alle mit ihren verdammten karierten Westen in einer Bar hockten und mit ihren müden, blasierten Stimmen Theaterstücke und Bücher und Frauen kritisierten. Diese Burschen machen mich krank.

Als wir ins Taxi stiegen, hatte ich schon beinah einen Haß auf die gute Sally, nachdem ich zehn Stunden lang diesem Andover Affen hatte zuhören müssen. Ich war im Begriff, sie einfach nach Hause zu bringen – allen Ernstes –, aber sie sagte: »Ich hab eine wunderbare Idee!« Wunderbare Ideen hatte sie immer. »Wann mußt du zum Essen zu Hause sein?« fragte sie. »Ich meine, bist du furchtbar eilig oder so? Mußt du zu einer bestimmten Zeit zu Hause sein?«

»Ich? Nein. Zu keiner bestimmten Zeit.« Ein wahreres Wort wurde noch nie ausgesprochen, weiß der Himmel. »Warum?«

»Dann wollen wir auf dem Eisplatz von Radio City Schlittschuh laufen.«

Diese Sorte Ideen war charakteristisch für sie.

»Schlittschuh laufen? Dort? Jetzt sofort meinst du?«

»Nur für eine Stunde oder so. Willst du nicht? Wenn du keine *Lust* hast –«

»Ich habe nicht gesagt, daß ich keine Lust habe. Wenn *du* das willst, dann gehen wir natürlich.«

»Im Ernst? Du brauchst es nicht zu *sagen,* wenn du nicht wirklich Lust hast. Ich meine, es ist mir ganz gleichgültig, ob wir gehen oder nicht.«

Gleichgültig war es ihr allerdings.

»Man kann dort so süße Schlittschuhröckchen mieten«, sagte sie. »Jeanette Cultz hat das letzte Woche auch gemacht.« Aus diesem Grund lag ihr so viel daran. Sie wollte sich in so einem kurzen Röckchen sehen was gerade so über den Hintern reicht.

Wir fuhren also hin, und nachdem wir Schlittschuhe bekommen hatten, mietete Sally ein winziges blaues Röckchen. Es stand ihr aber verdammt gut, das muß ich zugeben. Und es soll nur niemand meinen, sie hätte das nicht gewußt. Sie ging immer vor mir her, damit ich sehen konnte, wie entzückend ihr kleines Hinterteil aussah. Es war auch entzückend, das kann man nicht leugnen.

Komischerweise liefen wir von allen Leuten auf dem ganzen elenden Eisplatz am schlechtesten Schlittschuh. Tatsächlich am schlechtesten. Dabei konnten viele andere auch nichts. Sallys Knöchel knickten dermaßen um, daß sie praktisch das Eis berührten. Es sah nicht nur lächerlich aus, sondern es tat ihr wohl auch höllisch weh. Meine taten mir jedenfalls weh. Sie brachten mich fast um. Wir müssen einen herrlichen Anblick geboten haben. Und das schlimmste war, daß mehrere hundert Gaffer herumstanden, die nichts Besseres zu tun hatten als zuzuschauen, wie die andern über ihre eigenen Beine fielen.

»Sollen wir drinnen einen Tisch suchen und etwas trinken?« fragte ich schließlich.

»Das ist die wunderbarste Idee von allen deinen Vorschlägen heute«, sagte sie. Sie gab schon fast den Geist auf. Entsetzlich. Sie tat mir wirklich leid.

Wir zogen also die verdammten Schlittschuhe aus und gingen in die Bar, wo man ohne Schuhe sitzen und die Eisläufer betrachten kann. Sobald wir einen Tisch hatten, streifte Sally die Handschuhe ab, und ich gab ihr eine Zigarette. Sie schien nicht besonders glücklich zu sein. Als der Kellner kam, bestellte ich eine Coca für sie – sie trank keinen Alkohol – und einen Whisky mit Soda für mich; dieser Hund wollte mir aber keinen bringen, so daß ich ebenfalls eine Coca nehmen mußte. Dann fing ich an, Streichhölzer anzuzünden. Das tue ich oft, wenn ich dazu aufgelegt bin. Ich lasse sie brennen, bis ich sie nicht mehr halten kann, und werfe sie dann in den Aschenbecher. Eine nervöse Gewohnheit.

Plötzlich sagte Sally aus heiterem Himmel: »Du, ich muß wissen, ob du zu mir kommen willst, um mit mir den Baum zu schmücken? Ich muß das jetzt wissen.« Sie war immer noch gereizt, weil ihr die Knöchel vom Schlittschuhlaufen weh taten.

»Ich hab dir ja schon geschrieben, daß ich käme. Du hast mich mindestens schon zwanzigmal gefragt. Natürlich komme ich.«

»Ich meine nur, daß ich es jetzt wissen muß«, sagte sie. Ihre Augen schweiften in der verdammten Bar herum.

Ich hörte plötzlich mit den Streichhölzern auf und beugte mich näher zu ihr über den Tisch. Ich hatte ein paar wichtige Themen vor. »Du, Sally«, sagte ich.

»Was?« fragte sie. Dabei schaute sie zu einem Mädchen hinüber, daß an einem andern Tisch saß.
»Hast du schon einmal alles satt gehabt?« fragte ich. »Ich meine, hast du schon einmal Angst gehabt, daß alles schlimmer wird, wenn du nicht etwas unternimmst? Hast du die Schule gern, meine ich?«
»Nein, sie *langweilt* mich gräßlich.«
»Aber ist sie dir wirklich verhaßt? Ich weiß natürlich, daß sie gräßlich langweilig ist, aber ich möchte wissen, ob sie dir richtig *verhaßt* ist.«
»Ach, eigentlich nicht verhaßt. Man muß schließlich doch immer –«
»Schön, aber mir ist sie wirklich verhaßt. Herr im Himmel, mir ist sie verhaßt«, sagte ich. »Aber nicht nur die Schule. Einfach alles. New York und das alles hasse ich auch – die Taxis und die Autobusse, wo der Fahrer einen immer anbrüllt, daß man hinten aussteigen soll. Und dann hasse ich es, wenn man affektierten Eseln vorgestellt wird, die die Lunts göttlich finden, und daß man im Lift fahren muß, wenn man nur mal rausgehen will, und bei Brooks immer diese Kerle, bei denen man Hosen anprobieren muß und daß die Leute immer –«
»Bitte, schrei nicht so«, sagte Sally. Das war unsinnig, denn ich hatte überhaupt nicht geschrien.
»Zum Beispiel Autos«, sagte ich mit gedämpfter Stimme. »Die meisten Leute sind mit Autos nicht bei Trost. Sie nehmen es furchtbar tragisch, wenn der kleinste Kratzer dran ist, und reden die ganze Zeit davon, wie viele Liter Benzin es braucht, und wenn sie einen ganz neuen Wagen haben, denken sie schon wieder daran, ihn gegen einen noch neueren umzutauschen. Ich kann nicht einmal *alte* Autos

ausstehen. Sie interessieren mich einfach nicht. Ich hätte lieber ein verdammtes Pferd. Ein Pferd ist doch wenigstens *menschlich*, Herr im Himmel. Mit einem Pferd kann man wenigstens –«

»Ich weiß nicht, von was du eigentlich reden willst«, sagte Sally. »Du springst von einem –«

»Soll ich dir etwas sagen? Du bist vielleicht der einzige Grund, warum ich jetzt in New York oder überhaupt irgendwo bin. Wenn du nicht da wärst, wäre ich wahrscheinlich irgendwo beim Kuckuck. Im Urwald oder was weiß ich. Du bist praktisch der einzige Grund, warum ich noch hier bin.«

»Das ist lieb von dir«, sagte sie. Aber man merkte deutlich, daß sie mich von dem verdammten Thema abbringen wollte.

»Du solltest einmal in eine Jungenschule gehen«, sagte ich. »Versuch's nur einmal. Dort sind lauter verlogene Heuchler, und man soll nur immer lernen, damit man sich später einen verdammten Cadillac kaufen kann, und man muß immer so tun, als ob es einem wichtig wäre, daß die Fußballmannschaft gewinnt, und man schwätzt den ganzen Tag nur über Mädchen und Alkohol und sexuellen Mist, und alle kleben in dreckigen Cliquen zusammen. Die von der Basketballmannschaft halten zusammen, die Katholischen halten zusammen, die gottverdammten Intellektuellen halten zusammen, die Bridgespieler halten zusammen. Sogar die vom *Buch-des-Monats-Klub* halten zusammen. Wenn man versucht, eine halbwegs intelligente –«

»Jetzt hör aber auf«, sagte Sally. »Viele haben von der Schule wirklich mehr als *das.*«

»Stimmt! Allerdings haben manche mehr davon! Aber

das ist eben alles, was ich selber davon habe. Verstehst du? Davon rede ich. Von diesem verfluchten Punkt rede ich. Ich habe überhaupt von fast nichts etwas. Ich bin schon *vollkommen* runter.«

»Offenbar.«

Plötzlich kam mir eine Idee.

»Hör«, sagte ich, »ich habe eine Idee. Hättest du nicht Lust, von hier wegzukommen? Ich habe schon einen Plan. Ich kenne einen in Greenwich Village, der uns ein paar Wochen sein Auto leihen würde. Er war früher in der gleichen Schule wie ich und ist mir noch zehn Dollar schuldig. Wir könnten morgen früh nach Massachusetts und Vermont und so weiter fahren. Dort ist es phantastisch schön, wirklich.« Ich wurde immer aufgeregter, je länger ich daran dachte, und schließlich griff ich über den Tisch und nahm ihre verdammte Hand. Ein solcher gottverfluchter Idiot war ich. »Wirklich im Ernst«, sagte ich. »Ich habe ungefähr hundertachtzig Dollar auf der Bank. Die kann ich holen, sobald die Bank am Morgen offen ist, und dann könnte ich mir das Auto leihen. Im Ernst. Wir bleiben einfach auf den Campingplätzen und so, bis uns das Geld ausgeht. Wenn wir dann keins mehr haben, kann ich irgendwo eine Arbeit finden und wir könnten irgendwo an einem Fluß und so weiter leben, und später könnten wir heiraten oder so. Im Winter würde ich für uns Holz fällen. Großer Gott, wir hätten es fabelhaft schön! Was meinst du? Komm, sag etwas! Was meinst du? Willst du das mit mir tun? Bitte!«

»Man kann doch so etwas nicht einfach *tun*«, sagte Sally. Sie schien tief gekränkt zu sein.

»Warum nicht? Warum zum Teufel denn nicht?«

»Schrei mich nicht so an«, sagte sie. Reiner Mist, denn ich hatte sie überhaupt nicht angeschrien.

»Warum soll man das nicht können? Warum nicht?«

»Weil man es einfach nicht kann. Erstens sind wir beide eigentlich noch *Kinder*. Und hast du dir vielleicht überlegt, was du tun willst, falls du *keine* Arbeit findest, wenn du kein Geld mehr hast? Wir würden einfach verhungern. Das Ganze ist so phantastisch, es ist überhaupt nicht –«

»Gar nicht phantastisch. Ich bekäme schon Arbeit. Deswegen brauchst du dir keine Sorgen zu machen. Was hast du denn dagegen. Willst du nicht mit mir fort? *Sag's* ehrlich, wenn du nicht willst.«

»Es ist nicht *deswegen*. Gar nicht deswegen«, sagte Sally. Ich hatte schon eine Art Haß gegen sie. »Wir haben später noch lange Zeit für das alles. Ich meine, wenn du im College warst und so, und wenn wir geheiratet hätten. Wir können dann noch tausend fabelhafte Reisen machen. Du bist nur –«

»Nein, dann geht das alles nicht mehr. Dann wäre alles ganz anders«, sagte ich. Ich wurde wieder wahnsinnig deprimiert.

»Was?« sagte sie. »Ich kann nicht verstehen, was du sagst. Zuerst schreist du mich an, und im nächsten Augenblick murmelst –«

»Ich habe gesagt, es wird keine fabelhaften Reisen mehr geben, nachdem ich im College war und so. Mach doch die Ohren auf. Es wäre nicht mehr das gleiche. Wir müßten dann mit unsern Koffern im Lift hinunterfahren. Wir müßten uns von allen Leuten telephonisch verabschieden und ihnen von jedem Hotel Postkarten schicken. Und ich würde in einem Büro arbeiten und einen Haufen Geld verdienen und im Taxi oder mit dem Autobus ins Büro fahren und Zeitungen lesen und die ganze Zeit Bridge spielen und ins Kino gehen und blöde Kurzfilme und neueste Moden und die Wochenschau sehen. Die Wochenschau, Heiliger Bim-Bam. Man sieht immer irgendein blödes Pferderennen und so ein Weib, das über einem Schiff eine Flasche zerschlägt, und einen Schimpansen, der in Hosen Rad fährt. Es wäre gar nicht mehr das gleiche wie jetzt. Du weißt überhaupt nicht, was ich meine.«

»Vielleicht nicht! Aber vielleicht weißt du es selber auch nicht«, sagte Sally. Wir konnten uns gegenseitig schon nicht mehr ausstehen. Es war hoffnungslos, ein vernünftiges Gespräch führen zu wollen. Ich bereute wahnsinnig, daß ich damit angefangen hatte.

»Komm, wir wollen von hier weg«, sagte ich. »Von dir bekomme ich Bauchkrämpfe, falls du die Wahrheit hören willst.«

Junge, sie stieg fast zur Decke, als ich das sagte. Natürlich hätte ich es nicht sagen sollen, und wahrscheinlich würde ich sonst auch nichts derartiges sagen, aber sie deprimierte mich fürchterlich. Im allgemeinen bin ich mit Mädchen nie so grob. *Junge*, sie stieg bis an die Decke. Ich entschuldigte mich wie besessen, aber sie wollte keine Entschuldigungen hören. Sie heulte sogar. Ich bekam ein bißchen Angst, weil ich dachte, sie könnte nach Hause laufen und ihrem Vater sagen, daß ich gesagt hätte, von ihr bekäme man Bauchkrämpfe. Ihr Vater war so ein großer schweigsamer Mensch und schwärmte ohnedies nicht für mich. Er hatte einmal zu Sally gesagt, ich sei verdammt geräuschvoll.

»Ganz im Ernst, es tut mir leid«, sagte ich fortwährend.

»Es tut dir leid. Es tut dir leid. Wirklich sonderbar«, ant-

wortete sie. Sie weinte immer noch halb, und plötzlich tat es mir tatsächlich leid, daß ich das gesagt hatte.
»Komm, ich bring dich heim. Im Ernst.«
»Ich kann allein heimfahren, danke. Wenn du meinst, ich ließe mich von dir heimbringen, bist du verrückt. So etwas hat in meinem ganzen Leben noch keiner zu mir gesagt.«
Die ganze Geschichte war eigentlich komisch, wenn man es sich näher überlegte, und plötzlich tat ich wieder etwas, das ich nicht hätte tun sollen. Ich lachte. Und ich habe immer ein sehr lautes, blödes Lachen. Wenn ich im Kino hinter mir selbst säße und mich lachen hörte, würde ich mir wahrscheinlich auf die Schulter klopfen und mich bitten, ruhig zu sein. Sally wurde daraufhin noch viel wütender.
Ich entschuldigte mich noch eine Weile und versuchte sie milder zu stimmen, aber sie wollte mir nicht verzeihen. Sie wiederholte nur, ich solle fortgehen und sie in Ruhe lassen. Schließlich gab ich es auf. Ich holte mir meine Schuhe und das übrige Zeug und ging ohne sie fort. Das war nicht richtig, aber ich hatte es da schon gründlich satt.
Ehrlich gesagt, weiß ich nicht einmal, warum ich diesen ganzen Unsinn mit ihr anfing. Das Gerede über die Fahrt nach Massachusetts und Vermont und so. Vermutlich hätte ich sie gar nicht mitgenommen, falls sie dazu bereit gewesen wäre. Sie war nicht so, daß man mit ihr hätte fortgehen können. Aber das Schreckliche an der Sache ist, daß ich es wirklich *meinte*, als ich ihr den Vorschlag machte. Das ist das Schreckliche daran. Ich bin wahnsinnig.

18

Als ich vom Eisplatz wegging, hatte ich Hunger. Ich setzte mich also in ein Restaurant und aß ein Käsesandwich mit einem Glas Malzmilch, und dann ging ich in eine Telephonkabine. Ich wollte Jane anrufen und feststellen, ob sie schon in die Ferien gekommen war. Ich war ja den ganzen Abend frei, und ich dachte, falls sie schon zu Hause wäre, könnte ich irgendwohin mit ihr tanzen gehen. Ich hatte noch nie mit ihr getanzt. Aber ich hatte sie einmal tanzen gesehen. Sie schien sehr gut zu tanzen. Das war an dem Klubball, der immer am 4. Juli stattfindet. Ich kannte sie damals noch nicht näher und hielt es nicht für passend, sie ihrem Kavalier wegzuschnappen. Sie war mit diesem schrecklichen Al Pike aus, der in Choate war. Ihn kannte ich auch nicht näher, aber er lungerte immer am Schwimmbassin herum. Er hatte weiße Lastex-Badehosen und sprang immer vom hohen Sprungbrett herunter. Den ganzen Tag machte er den gleichen blöden Überschlag. Das war der einzige Sprung, den er konnte, aber er hielt sich für eine große Kanone. Lauter Muskeln und kein Hirn. Dieser Al Pike begleitete Jane also an dem Abend. Ich konnte das nicht verstehen. Wirklich nicht. Als wir uns später besser kannten, fragte ich sie, wie sie mit einem solchen Angeber ausgehen könne. Jane sagte, er sei kein Angeber. Sie behauptete, er habe einen Minderwertigkeitskomplex. Sie äußerte sich so, als ob er ihr leid täte, und das war nicht geheuchelt, sondern ganz ehrlich gemeint. Mädchen sind komisch. Jedesmal, wenn man von irgendeinem Esel redet, der offensichtlich gemein oder furchtbar eingebildet oder ich weiß nicht was ist, antwortet das Mädchen, zu der man das sagt, er habe einen Minderwertigkeitskomplex. Vielleicht *hat* er tatsächlich einen, aber meiner Ansicht nach kann er deshalb doch ein gemeiner Hund sein. Man weiß nie, wie die Mädchen urteilen. Einmal verschaffte ich einem Freund ein Rendezvous mit dem Mädchen, das im gleichen Zimmer mit Roberta Walsh wohnte. Er hieß Bob Robinson und hatte *wirklich* einen Minderwertigkeitskomplex. Man merkte deutlich, daß er sich schämte, weil seine Eltern ungebildet waren und mir und mich verwechselten und so und nicht viel Geld hatten. Er war aber durchaus kein gemeiner Esel oder etwas in der Art. Er war sogar sehr nett. Aber dieses Mädchen fand ihn unsympathisch. Sie sagte zu Roberta, er sei eingebildet. Und der *Grund* war nur, daß er ihr zufällig erzählt hatte, er leite die Schülerdebatten. Eine solche Kleinigkeit, und schon hielt sie ihn für eingebildet! Wenn die Mädchen jemand gern haben, ganz gleich, was für ein Mensch es ist, sagen sie eben, er habe einen Minderwertigkeitskomplex, und wenn sie ihn *nicht* gern haben, ganz gleich wie nett er ist oder wie groß sein Minderwertigkeitskomplex ist, dann behaupten sie, er sei eingebildet. Sogar die hellsten Mädchen sind so.

Ich läutete also wieder bei Jane an, aber da niemand antwortete, mußte ich wieder einhängen. Dann blätterte ich in meinem Notizbuch, um jemand zu finden, der für den Abend frei wäre. Dumm war nur, daß höchstens drei Adressen darin standen. Nämlich Jane, zweitens Mr. Antolini, den ich in Elkton Hills als Lehrer gehabt hatte, und drittens die Büronummer von meinem Vater. Ich vergesse immer, mir die Namen aufzuschreiben. Deshalb rief ich schließlich Carl Luce an. Er hatte in Whooton das Abschlußexamen gemacht, nachdem ich dort ausgetreten war. Er war ungefähr drei Jahre älter als ich und nicht besonders sympathisch, aber er war schon damals ein richtiger Intellektueller – er schnitt in Whooton mit den besten Noten von allen ab, und ich dachte, vielleicht könnten wir irgendwo zu Abend essen und eine Art intellektuelle Konversation machen. Manchmal war er sehr anregend. Jetzt ging er auf die Columbia-Universität, aber er wohnte in der Fünfundsechzigsten Straße, und ich wußte, daß er zu Hause war. Als ich ihn am Telephon erwischte, sagte er, essen könne er nicht mit mir, aber er wolle mich um zehn Uhr in der Wikker Bar treffen. Er war ziemlich erstaunt, daß ich mich bei ihm meldete, glaube ich. Ich hatte ihn einmal einen dickarschigen Heuchler genannt.

Bis zehn Uhr blieb mir noch viel Zeit totzuschlagen. Deshalb ging ich ins Kino. Wahrscheinlich hätte ich kaum etwas Dümmeres tun können, aber Radio City war gerade in der Nähe, und ich hatte keinen anderen Einfall.

Ich kam hinein, als die verdammte Bühnennummer in Gang war. Die Rockettes tanzten wie besessen, alle in einer Reihe, jede mit den Armen um die Taille ihrer beiden Nachbarinnen. Die Zuschauer applaudierten begeistert, und ein Mann hinter mir sagte fortwährend zu seiner Frau: »Weißt du, was das ist? Das ist Präzision.« Zum Platzen. Nach den Rockettes kam ein Rollschuhläufer und sauste unter kleinen Tischen herum, und dabei gab er Witze zum besten. Er lief sehr gut Rollschuh, aber der Gedanke störte mich, daß er besonders *üben* mußte, um auf der Bühne Rollschuh zu laufen. Das fand ich so unsinnig. Vermutlich war ich nur nicht in der richtigen Stimmung. Danach fing die Weihnachtsnummer an, die in diesem Kino jedes Jahr gegeben wird. Von überallher erscheinen Engel, Kruzifixe werden herumgetragen, und alle Darsteller singen wie toll: »Auf, gläubige Seelen!« Das soll höllisch religiös sein, ich weiß, und außerdem noch schön, aber ich kann bei Gott nichts Religiöses oder Schönes daran finden. Ich sehe nur einen Haufen Schauspieler, die Kruzifixe über die Bühne schleppen. Als sie endlich fertig waren und wieder in den Kulissen verschwanden, hatte man den Eindruck, daß sie kaum abwarten konnten, bis sie eine Zigarette rauchen durften oder was weiß ich. Ich hatte die Nummer im letzten Jahr mit Sally Hayes gesehen, und sie schwärmte davon, wie schön es sei, die Kostüme und alles. Ich sagte, der gute Jesus würde wohl das Kotzen kriegen, wenn Er das sehen könnte, diese Phantasiekostüme und das ganze Zeug. Sally sagte, ich sei ein gottlästernder Atheist. Vermutlich bin ich das. Was Christus wirklich gefallen hätte, wäre der Paukenschläger im Orchester gewesen. Ich hatte ihm schon zugesehen, als ich erst acht Jahre alt war. Mein Bruder Allie und ich pflegten von unseren Plätzen aufzustehen und nach vorn zu laufen, wo wir ihn gut sehen konnten. Er ist der beste Paukenschläger, den ich je erlebt habe. Er kommt im ganzen Stück nur wenige Male dran, aber er sieht nie gelangweilt aus, wenn er nichts zu tun hat. Wenn er dann aber schlagen muß, macht er das so nett und liebevoll, mit einem ängstlichen Gesicht. Als wir einmal mit meinem Vater nach Washington fuhren, schickte ihm Allie eine Postkarte, aber sicher hat er sie nie bekommen. Wir wußten nicht recht, was wir als Adresse schreiben sollten.

Nach der Weihnachtsnummer fing endlich dieser verdammte

Film an. Er war so ekelhaft, daß man kaum die Augen davon abwenden konnte. Ein junger Engländer, Alec Soundso, kommt aus dem Krieg und verliert im Spital das Gedächtnis. Nach seiner Entlassung hinkt er an seinem Stock durch ganz London und weiß nicht, wer zum Teufel er ist. In Wirklichkeit ist er ein Herzog, aber er weiß es nicht. Dann trifft er im Omnibus ein nettes, häusliches, aufrichtiges Mädchen. Der Hut fliegt ihr davon, er fängt ihn auf, und dann klettern sie in den oberen Stock hinauf und vertiefen sich in ein Gespräch über Charles Dickens. Beide haben eine besondere Vorliebe für Dickens. Alec hat das Buch *Oliver Twist* bei sich, und das Mädchen ebenfalls. Ich hätte kotzen können. Beide verlieben sich sofort ineinander, weil sie dermaßen in Dickens vernarrt sind, und Alec hilft dem Mädchen in ihrem Verlag. Das Mädchen ist nämlich Verlegerin. Nur macht sie keine glänzenden Geschäfte, weil ihr Bruder die gesamten Einnahmen vertrinkt. Dieser Bruder ist verbittert, weil er im Krieg Chirurg war und jetzt nicht mehr operieren kann, weil seine Nerven kaputt sind. Deshalb trinkt er die ganze Zeit, aber er ist wenigstens recht geistreich. Dann schreibt Alec ein Buch, und das Mädchen veröffentlicht es in ihrem Verlag, und beide verdienen einen Haufen Geld. Sie wollen gerade heiraten, als Marcia auftaucht. Marcia war mit Alec verlobt, bevor er das Gedächtnis verlor, und sie erkennt ihn, als er in einer Buchhandlung seine Bücher signiert. Sie teilt Alec mit, daß er ein Herzog ist, aber er glaubt ihr nicht und weigert sich, mit ihr seine alte Mutter zu besuchen. Seine Mutter ist blind wie eine Fledermaus. Aber das andere, häusliche Mädchen bewegt ihn zu guter Letzt dazu. Sie ist äußerst edel. Er geht also dorthin, aber sein Gedächtnis rührt sich auch dann noch nicht, als seine dänische Dogge an ihm heraufspringt und die Mutter sein ganzes Gesicht befingert und ihm den Teddybär bringt, mit dem er als Kind gespielt hatte. Eines Tages aber spielen ein paar Kinder Kricket auf einer Wiese und treffen ihn mit dem Kricketball am Kopf. In diesem Augenblick erinnert er sich wieder an alles und läuft nach Hause und küßt seine Mutter auf die Stirn und so weiter. Von da an ist er wieder ein regelrechter Herzog und vergißt das häusliche Mädchen mit dem Verlag. Ich würde gern weitererzählen, wenn ich mich dann nicht höchstwahrscheinlich übergeben müßte. Ich würde die Geschichte nicht so erzählen, daß ich sie jemandem verderbe. Man kann nichts daran *verderben,* Herr im Himmel. Kurzum, am Schluß heiraten Alec und das häusliche Mädchen, und der Alkoholikerbruder wird wieder gesund und operiert Alecs Mutter, so daß sie wieder sehen kann, und dann kriegen sich der betrunkene Bruder und die gute Marcia. Zuletzt sitzen alle an einer langen Tafel und bersten vor Lachen, weil die dänische Dogge mit einem Haufen Junge hereinkommt. Offenbar hatte jedermann diese Dogge für ein Männchen gehalten oder sonst einen verdammten Blödsinn gedacht. Ich kann nur jeden vor diesem Film warnen, der sich nicht danach sehnt, sich von oben bis unten zu bekotzen.

Was mich vollends erledigte, war eine Dame neben mir, die vom Anfang bis zum Schluß Tränen vergoß. Je unechter es zuging, um so mehr heulte sie. Man hätte meinen können, daß sie furchtbar gutherzig sei, aber das war sie durchaus nicht. Neben ihr saß ein kleiner Junge, der sich tödlich langweilte und auf die Toilette mußte, aber sie wollte nicht mit ihm hinausgehen. Sie sagte immer nur, er solle sich still halten und sich anständig benehmen. Sie war ungefähr so gutherzig wie ein Wolf. Von den Leuten, die sich über verlogenes Kinozeug ihre verdammten Augen aus dem Kopf heulen, sind neunzig Prozent im Grund herzlose Klötze. Ganz im Ernst.

Nach dem Film machte ich mich auf den Weg zur Wicker Bar, wo ich Carl Luce treffen sollte, und im Gehen dachte ich über den Krieg nach. Die Kriegsfilme haben immer diese Wirkung auf mich. Ich könnte es wohl nicht aushalten, wenn ich in den Krieg müßte. Wenn man nur eingezogen und erschossen würde, fände ich es nicht so schlimm, aber daß man so eine verdammte Ewigkeit beim Militär sein muß!

Mein Bruder D. B. war vier verdammte Jahre lang im Militärdienst. Er war auch im Krieg und machte die ganze Invasion und so weiter mit, aber das Militär fand er viel schlimmer als den Krieg, glaube ich. Ich war damals eigentlich noch ein Kind, aber ich erinnere mich gut daran, wie er manchmal auf Urlaub kam und dann sozusagen den ganzen Tag auf seinem Bett lag. Sogar im Wohnzimmer zeigte er sich fast nie. Als er später nach Europa und an die Front kam, wurde er nicht verwundet und brauchte auch auf niemand zu schießen, sondern er mußte nur den ganzen Tag irgendeinen General herumfahren. Einmal sagte er zu Allie und mir, wenn er auf jemand hätte schießen sollen, so hätte er nicht gewußt, in welcher Richtung er anlegen müßte, denn in der Armee gebe es praktisch ebensoviele Schurken wie bei den Nazis. Allie fragte ihn, ob es nicht wertvoll für ihn gewesen sei, den Krieg mitzumachen, weil er doch Schriftsteller sei und da sicher viel Stoff gefunden habe. Er sagte, Allie solle seinen Baseball-Handschuh holen, und dann fragte er ihn, wer bessere Kriegsgedichte gemacht habe, Rupert Brooke oder Emily Dickinson. Allie antwortete: Emily Dickinson. Ich selber verstehe nicht viel davon, weil ich selten Gedichte lese, aber ich weiß ganz sicher, daß ich wahnsinnig würde, wenn ich im Militär die ganze Zeit mit Leuten wie Ackley und Stradlater und Maurice zusammensein und mit ihnen marschieren müßte und so. Einmal war ich ungefähr eine Woche lang bei den Pfadfindern, und es war mir schon zuviel, daß ich den Nacken von meinem Vordermann anschauen sollte. Es hieß immer, man müsse auf den Nacken des Vordermannes schauen. Ich schwöre, wenn es noch einmal Krieg gibt, dann stellen sie mich am besten sofort an die Wand; ich hätte nichts dagegen. Aber etwas verstehe ich nicht an D. B. Der Krieg war ihm so verhaßt, und trotzdem gab er mir im letzten Sommer Hemingways *In einem andern Land* zu lesen, weil er es fabelhaft fand. Der Held war ein Leutnant Henry, der angeblich sehr sympathisch sein sollte. Ich begreife nicht, wie D. B. das Militär und den Krieg hassen kann und dann noch so ein verlogenes Buch schön findet. Ich meine, ich verstehe zum Beispiel nicht, daß er ein so verlogenes Buch gern hat und dann aber auch das von Ring Lardner oder *The Great Gatsby*. D. B. ärgerte sich, als ich das sagte, und er behauptete, ich sei eben zu jung für das Buch, aber das glaube ich nicht. Ich antwortete, Ring Lardner und *The Great Gatsby* gefalle mir ja sehr gut. Das stimmt auch. Von *The Great Gatsby* war ich ganz besessen. Dieser Gatsby. Davon war ich erschlagen. Jedenfalls bin ich nur froh, daß sie jetzt die Atombombe erfunden haben. Wenn es wieder Krieg gibt, setze ich mich gleich oben auf die Bombe. Ich melde mich als Freiwilliger dafür, das schwöre ich.

19

Falls einer nicht in New York lebt, die Wicker Bar befindet sich in diesem piekfeinen Hotel Seton. Ich ging früher oft hin, aber jetzt nicht mehr. Ich gewöhne es mir allmächlich ab. Denn es ist ein Treffpunkt für lauter affektiertes Pack. Damals traten dort zwei Französinnen auf, Tina und Janine. Ungefähr dreimal an jedem Abend spielte die eine Klavier – absolut unmöglich –, und die andere sang Chansons, die entweder reichlich anzüglich oder französisch waren. Bevor Janine – die singende Dame – anfing, flüsterte sie immer zuerst in das verdammte Mikrophon: »Und jetzt möschten wirr Ihnen unsere Impresion geben von ›Vulez-Vu Fransä?‹ Es ist die Geschichte von eine kleine Französin, die kommt in eine große Stadt so wie New York und verliebt sich in eine kleine Junge von Brokklyn. Hoffentlisch gefällt es Ihnen.« Dann sang sie höllisch kokett ein blödes Lied, halb englisch und halb französisch, und versetzte damit sämtliche affektierten Esel in helles Entzücken. Wenn man lang genug dabei saß und sich den Applaus anhörte, bekam man nur einen Haß gegen alle Menschen auf der Welt. Auch der Mixer an der Bar war ekelhaft. Er war ein fürchterlicher Snob und redete kaum mit jemand, der nicht berühmt oder ein großes Tier oder etwas Ähnliches war. Mit jemand, der berühmt oder ein großes Tier war, benahm er sich aber noch viel schlimmer. Zu diesen Leuten sagte er mit dem breitesten, charmantesten Lächeln: »So, wie steht's in Connecticut?« oder »Wie steht's in Florida?«, es ist eine gräßliche Bar. Wirklich. Ich gehe allmählich überhaupt nicht mehr dorthin.

Da ich ziemlich früh dort ankam, setzte ich mich an die Bar – es war ziemlich voll – und bestellte zwei Whisky mit Soda, bevor Luce erschien. Ich stand zum Bestellen auf, damit sie meine Größe sehen konnten und mich nicht für einen verdammten Minderjährigen hielten. Dann betrachtete ich mir eine Weile lang den ganzen Kitschladen. Einer neben mir kohlte seiner Dame mächtig was vor. Er sagte immer wieder zu ihr, sie habe aristokratische Hände. Das warf mich um. Am andern Ende der Bar saßen lauter höchst zweifelhafte Knaben. Sie sahen eigentlich nicht äußerlich zweifelhaft aus – ich meine, sie hatten weder übertrieben lange Haare noch sonst etwas –, aber man wußte doch gleich Bescheid. Endlich tauchte Luce auf.

Dieser Luce. Das war einer! In Whooton hatte er das Amt gehabt, meine Schularbeiten zu beaufsichtigen, aber er pflegte immer nur über sexuelles Zeug zu dozieren, wenn spät abends eine Gruppe in seinem Zimmer versammelt war. Damit kannte er sich recht gut aus, besonders in bezug auf Perverse und so. Er erzählte uns immer viel von diesen krankhaften Burschen, die es mit Schafen machen oder sich Mädchenschlüpfer als Futter in den Hut nähen. Über Schwule und Lesbierinnen. Er war über jeden Schwulen und jede Lesbierin in den Vereinigten Staaten informiert. Man brauchte nur *irgendeinen* beliebigen Namen zu erwähnen, dann teilte der gute Luce mit, ob der Betreffende pervers oder normal war. Oft traute ich meinen Ohren kaum, wenn er von Filmschauspielern und solchen Leuten redete. Lieber Gott, manche, die er als pervers bezeichnete, waren sogar verheiratet. Ich sagte immer wieder: »Meinst du das wirklich von Joe Blow? Joe *Blow*? Dieser große, wilde Kerl, der immer Gangster und Cowboys spielt?« Und Luce antwortete: »Ganz gewiß.« Er sagte immer »ganz gewiß«. Er behauptete, es spiele keine Rolle, ob einer verheiratet oder unverheiratet sei. Die Hälfte aller verheirateten Männer sei pervers, nur wüßten sie es manchmal nicht. Er sagte, man könne von einem Tag auf den andern pervers werden, und jagte uns damit den größten Schrecken ein. Ich wartete immer auf diese Verwandlung zum Schwulen bei mir. Komischerweise war aber wohl gerade Luce selbst ein bißchen schwul. Immer wenn man den Korridor entlang kam, sagte er: »Probiern Sie das doch mal an, wegen der Größe«, und dann kitzelte er einen wie verrückt. Wenn er zum Beispiel auf die Toilette ging, ließ er immer die verdammte Tür offen stehen und *schwätzte*, während man sich die Zähne putzte oder sich wusch. So etwas gehört sicher schon in diese Richtung. Ich habe in den Schulen eine ganze Reihe von dieser Art kennengelernt, und alle machten mit Vorliebe solches Zeug. Deshalb hatte ich immer meine Zweifel über den guten Luce selber. Er war übrigens recht intelligent, das muß man sagen.

Er sagte nie guten Tag. Als er sich zu mir setzte, sagte er statt einer Begrüßung, er könne nur ein paar Minuten bleiben. Er sei verabredet. Dann bestellte er einen Martini.

»Du, ich habe einen Perversen für dich«, sagte ich. »Drüben an der Bar. Schau aber jetzt nicht hin. Ich hab ihn für dich reserviert.«

»Sehr witzig«, sagte er. »Typisch Caulfield. Wann wirst du wohl erwachsen?«

Ich langweilte ihn offenbar sehr. Aber er amüsierte mich.

Er gehört zu den Leuten, die mich immer sehr amüsieren.
»Was macht dein Liebesleben?« fragte ich. Er konnte es nicht ertragen, wenn man solche Fragen an ihn stellte.
»Entspanne dich«, sagte er. »Mach's dir gemütlich und entspann dich, um Himmels willen.«
»Ich bin schon entspannt«, sagte ich. »Wie ist es in Columbia? Gefällt es dir?«
»Ganz gewiß. Sonst wäre ich nicht auf diese Universität gegangen.« Er konnte auch oft reichlich langweilig sein.
»Was studierst du?« fragte ich. »Perverse?« Ich machte nur Unsinn.
»Versuchst du vielleicht geistreich zu sein?«
»Nein, ich mache nur Spaß«, sagte ich. »Aber jetzt im Ernst, Luce. Du bist ein Intellektueller. Ich brauche deinen Rat. Ich bin in einer fürchterlichen –«
Er stöhnte laut. »Hör mal, Caulfield. Wenn du hier sitzen und friedlich trinken willst und zu einer ruhigen, friedlichen Unterhaltung bereit bist –«
»Schon gut, schon gut«, sagte ich, »reg dich nicht auf.« Offensichtlich war er nicht in der Stimmung, über irgend etwas Ernsthaftes mit mir zu sprechen. Das ist mit diesen Intellektuellen immer so. Sie wollen nur dann über etwas Ernsthaftes reden, wenn sie *selbst dazu aufgelegt sind.* Ich begnügte mich also mit allgemeinen Themen. »Sag mir im Ernst, was macht dein Liebesleben?« fragte ich. »Hast du immer noch die Gleiche wie damals in Whooton? Die mit den tollen –«
»Großer Gott, nein«, sagte er.
»Warum nicht? Was ist aus ihr geworden?«
»Keine Ahnung. Aber vermutlich, wenn du schon fragst, ist sie die Oberhure von New Hampshire geworden.«

»Das ist aber nicht nett. Wenn sie so anständig war und die ganze Zeit für dich hergehalten hat, dann solltest du wenigstens nicht in der Art über sie reden.«

»O Gott!« sagte Luce. »Soll das ein typisches Caulfield-Gespräch werden? Ich will's lieber gleich wissen.«

»Nein«, sagte ich, »aber jedenfalls ist das nicht nett. Wenn sie so anständig und freundlich war und dich –«

»*Müssen* wir unbedingt diese schrecklichen Gedankengänge weiter verfolgen?«

Ich schwieg. Ich fürchtete, daß er aufstehen und mich sitzen lassen könnte, wenn ich noch etwas davon sagte. Ich bestellte also nur einen dritten Whisky. Ich hatte Lust, mich gründlich zu betrinken.

»Welche hast du jetzt?« fragte ich. »Willst du mir das verraten?«

»Keine, die du kennst.«

»Aber wie heißt sie. Vielleicht kenne ich sie doch.«

»Eine von Greenwich Village. Bildhauerin. Wenn du das wissen mußt.«

»Wirklich? Im Ernst? Wie alt ist sie?«

»Das hab ich sie nie *gefragt*, um Himmelswillen.«

»Aber wie alt ungefähr?«

»Wohl Ende *Dreißig*, denke ich«, sagte Luce.

»Ende Dreißig? Wirklich? Hast du das gern?« fragte ich. »Hast du es gern, wenn die Frauen so alt sind?« Ich fragte ihn deshalb, weil er wirklich etwas von diesem Gebiet verstand. Er gehörte in meinem Bekanntenkreis zu den wenigen, von denen ich das wußte. Er hatte schon mit vierzehn Jahren seine Unschuld verloren. Tatsächlich.

»Ich schätze reife Frauen sehr, falls du das damit meinst. Ganz gewiß.«

»So? Warum? Im Ernst, eignen sie sich besser dafür?«

»Hör mal, wir wollen einen Punkt klarstellen. Ich lehne es ab, heute abend irgendwelche typischen Caulfield-Fragen zu beantworten. Wann zum Teufel wirst du wohl erwachsen?«

Ich schwieg wieder. Ich gab es eine Weile auf. Dann bestellte Luce einen zweiten Martini.

»Seit wann hast du denn diese Bildhauerin?« fragte ich. Es interessierte mich wirklich. »Hast du sie schon gekannt, als du noch in Whooton warst?«

»*Das nicht*. Sie kam erst vor ein paar Monaten nach Amerika.«

»Wirklich? Wo kommt sie her?«

»Von Shanghai.«

»Im Ernst? Eine Chinesin, um Himmelswillen?«

»Offenbar.«

»Tatsächlich? Gefällt dir das? Daß sie eine Chinesin ist?«

»Offenbar.«

»Warum? Das interessiert mich wirklich, ganz im Ernst.«

»Ich finde eben zufällig die Philosophie des Ostens befriedigender als die westliche, wenn du mich schon fragst.«

»So? Was meinst du mit ›Philosophie‹? Das Sexuelle und so? Ist das in China besser? Meinst du das damit?«

»Nicht unbedingt in China, großer Gott. *Des Ostens*, habe ich gesagt. Müssen wir dieses geistlose Gespräch fortsetzen?«

»Ich meine es aber ganz ernst«, sagte ich. »Warum ist das im Osten besser?«

»Das ist ein zu kompliziertes Thema, um jetzt näher darauf einzugehen, großer Gott«, sagte Luce. »Im Osten betrachten sie eben das Sexuelle sowohl als physisches wie geistiges Erlebnis. Falls du das meinst, daß ich –«

»Ich auch! Genau so betrachte ich es auch, als ein – wie hast du gerade gesagt – sowohl physisches wie geistiges Erlebnis. Ich denke wirklich so darüber. Aber es hängt eben davon ab, mit wem zum Teufel ich es zu tun habe. Wenn es eine ist, die nicht einmal –«

»Nicht so *laut*, um Himmels willen, Caulfield. Wenn du deine Stimme nicht dämpfen kannst, dann wollen wir lieber das ganze Thema –«

»Schön, aber hör mir zu«, sagte ich. Ich wurde aufgeregt und redete tatsächlich etwas zu laut. Manchmal schreie ich ein bißchen, wenn ich aufgeregt bin. »Ja, das meine ich auch«, sagte ich. »Ich weiß, es soll körperlich und geistig eine Kunst und so sein, aber ich meine, es gelingt nicht mit *jedem*, jedem Mädchen, das man küßt und so, oder gelingt es dir immer?«

»Lassen wir das Thema fallen«, sagte Luce. »Hast du etwas dagegen?«

»Nein, aber zum Beispiel diese Chinesin und du. Was ist ist denn bei euch so Besonderes dran?«

»Wir wollen das Thema fallenlassen, hab ich gesagt.«

Ich wurde zu persönlich. Das sehe ich ein. Aber es gehörte zu seinen verstimmenden Eigenschaften, schon damals in Whooton, daß er das allerpersönlichste Zeug von einem wissen wollte und sich ärgerte, wenn man persönliche Fragen an ihn selber stellte. Diese Intellektuellen wollen nur dann ein intellektuelles Gespräch führen, wenn sie das Ganze beherrschen. Immer soll man schweigen, wenn sie selbst schweigen wollen. In Whooton konnte es Luce nicht ausstehen – das merkte man deutlich –, wenn er mit seinem sexuellen Vortrag fertig war und ein paar von uns noch in seinem Zimmer sitzen blieben und weiterschwätzten. Ich meine, die anderen Jungens und ich, in irgend jemands Zimmer. Das machte ihn wütend. Alle sollten in ihre Zimmer gehen und schweigen, sobald er nicht mehr die erste Geige spielte. Er hatte eben Angst, daß jemand etwas Gescheiteres sagen könnte als *er*. Er amüsierte mich wirklich.

»Vielleicht gehe ich nach China«, sagte ich. »Mein Liebesleben ist ein Elend.«

»Natürlich. Du bist eben innerlich unreif.«

»Das stimmt. Wahrhaftig, das weiß ich selber«, sagte ich. »Weißt du, an was es bei mir fehlt? Ich komme nie in eine richtige physische Stimmung – ich meine, wirklich in eine richtig physische –, wenn ich ein Mädchen nicht sehr gern habe. Ich meine, ich muß sie schon wirklich gern haben. Wenn das nicht so ist, dann habe ich schon gleich keine Lust mehr auf sie. Herr im Himmel, das kompliziert diese Sache fürchterlich für mich. Mein Liebesleben hinkt.«

»Selbstverständlich, großer Gott. Schon bei unserer letzten Begegnung habe ich dir gesagt, was du nötig hättest.«

»Eine Psychoanalyse, meinst du?« fragte ich. Dazu hatte er mir damals geraten. Sein Vater war Psychoanalytiker.

»Das ist deine Sache, großer Gott. Mich geht es wahrhaftig nichts an, was du aus deinem Leben machst.«

Ich sagte eine Zeitlang nichts. Ich dachte nach.

»Und wenn ich zu deinem Vater ginge und mich analysieren ließe«, sagte ich schließlich, »was würde er dann mit mir machen? Ich meine – was würde er mit mir machen?«

»Du lieber Himmel, gar nichts würde er mit dir machen. Er würde einfach mit dir sprechen, und du würdest mit ihm sprechen. Aber erst einmal würde er dir dazu verhelfen, daß du deine eigene Gefühlswelt erkennst.«

»Meine Gefühlswelt?«

»Ja. Dein Gefühlsleben spielt sich in ... Aber ich gebe keinen Elementarkurs für Psychoanalyse. Wenn es dich interessiert, dann ruf ihn an und mach eine Konsultation mit ihm ab. Wenn nicht, dann laß es bleiben. Es könnte mir nicht gleichgültiger sein als es ist, ehrlich gesagt.«

Ich legte ihm die Hand auf die Schulter. Er amüsierte mich, Herr im Himmel. »Du bist ein freundlicher Hund«, sagte ich. »Weißt du das?«

Er schaute auf seine Armbanduhr. »Ich muß eiligst weg«, sagte er und stand auf. »War nett, dich zu sehen.« Er rief den Mixer und ließ sich die Rechnung geben.

»Du«, sagte ich, als er gerade gehen wollte. »Hat dein Vater dich auch einmal analysiert?«

»Mich? Warum fragst du das?«

»Ohne Grund. Aber hat er das getan?«

»Nicht eigentlich. Er hat mir dabei geholfen, mich bis zu einem gewissen Grad *auszubalancieren,* aber eine eingehendere Analyse war nicht nötig. Warum fragst du?«

»Aus keinem besonderen Grund. Ich wollte es nur wissen.«

»Schön. Nimm's nicht zu schwer«, sagte er. Er legte das Trinkgeld hin und wollte gehen.

»Trink noch eins«, sagte ich. »Bitte. Ich bin wahnsinnig allein. Im Ernst.«

Er sagte aber, er könne leider nicht bleiben. Er habe sich schon verspätet. Dann ging er hinaus.

Dieser Luce. Von ihm konnte man wirklich Bauchkrämpfe bekommen, aber zweifellos hatte er einen reichen Wortschatz. Er hatte den größten Wortschatz von allen in Whooton, als ich dort war. Wir waren einmal getestet worden.

20

Ich blieb sitzen und betrank mich und wartete auf Tinas und Janines Auftreten, aber sie waren offenbar nicht mehr da. Ein zweifelhaft aussehender Knabe mit gewellten Haaren erschien und spielte Klavier, und dann kam eine Sängerin namens Valencia. Gut war sie nicht, aber doch besser als Janine, und wenigstens sang sie gute Lieder. Der Flügel befand sich nah am Bartisch, wo ich saß, und Valencia stand ganz dicht bei mir. Ich warf ihr Blicke zu, aber sie tat so, als ob sie mich überhaupt nicht sähe. Wahrscheinlich hätte ich es gar nicht versucht, wenn ich nicht schon sehr betrunken gewesen wäre. Als sie ihre Lieder gesungen hatte, rannte sie so schnell hinaus, daß ich sie nicht einmal auffordern konnte, ein Glas mit mir zu trinken. Ich rief also den Oberkellner und sagte, er solle Valencia fragen, ob ich sie einladen dürfe. Er antwortete, er wolle ihr das ausrichten, aber vermutlich tat er nichts dergleichen. Die Leute richten nie eine Botschaft aus.

Ich saß bis gegen ein Uhr in der verfluchten Bar und trank wie ein Loch. Ich konnte schon kaum mehr deutlich sehen. Immerhin gab ich mir große Mühe, nicht geräuschvoll zu werden. Ich wollte kein Aufsehen erregen und mir damit Fragen über mein Alter zuziehen. Aber ich sah schon kaum mehr deutlich, Herr im Himmel. Als ich *endgültig* betrunken war, fing ich wieder die blöde Geschichte mit der Kugel im Leib an. Ich war der einzige in der Bar, der eine Kugel im Leib hatte. Ich steckte die Hand in meine Jacke und drückte sie fest auf den Magen, damit das Blut nicht überall herumtropfte. Niemand brauchte zu wissen, daß ich verwundet war. Ich verbarg die Tatsache, daß ich ein angeschossener Hund war. Schließlich hatte ich Lust, die gute Jane anzurufen und zu fragen, ob sie schon zu Hause sei. Ich zahlte also und ging zu den Telephonkabinen hinaus. Dabei hielt ich immer die Hand auf den Magen, damit das Blut nicht weitertropfte. Ich war schön betrunken.

Aber in der Telephonkabine hatte ich plötzlich keine Lust mehr, die gute Jane anzurufen. Wahrscheinlich war ich zu betrunken. Statt dessen rief ich Sally Hayes an.

Ich mußte ungefähr zwanzig verschiedene Nummern wählen, bis ich die richtige erwischte. Ich war halb blind.

»Hallo«, sagte ich, als jemand an den verdammten Apparat kam. Ich war so betrunken, daß ich eigentlich brüllte.

»Wer ist da?« fragte eine eiskalte weibliche Stimme.

»Ich. Holden Caulfield. Möchte mit Sally sprechen, bitte.«

»Sally *schläft*. Hier ist Sallys Großmutter. Warum rufen Sie um diese Zeit an, Holden? Wissen Sie, wie spät es ist?«

»Ja. Will aber Sally sprechen. Sehr wichtig. Soll kommen.«

»Sally *schläft schon*, junger Mann. Rufen Sie morgen an. Gute Nacht.«

»Wecken Sie sie! He, aufwecken! Nur vorwärts!«

Dann kam eine andere Stimme. »Holden, da bin ich.« Es war Sally. »Was soll denn das bedeuten?«

»Sally? Bist du's?«

»Ja – schrei nicht so. Bist du betrunken?«

»Ja. Hör. He, hör zu. Ich komme am Heiligen Abend. O. K.? Den verdammten Baum für dich zu schmücken. O. K.? O. K.? He, Sally?«

»Ja. Du bist ja betrunken. Geh jetzt ins Bett. Wo bist du?

Wer ist bei dir?«
»Sally? Soll ich kommen und deinen Baum schmücken? O. K.? O. K.? He?«
»Ja – ja! Geh jetzt ins Bett. Wo bist du denn? Wer ist bei dir?«
»Niemand. Nur ich und Holden und Caulfield.« Großer Gott, war ich betrunken! Dabei preßte ich sogar immer noch die Hand auf meine Wunde. »Sie haben mich erwischt. Rockys Bande hat mich erwischt. Weißt du das? Weißt du, was das heißt, Sally?«
»Ich kann dich nicht mehr verstehen. Geh jetzt ins Bett. Ich muß gehn. Ruf mich morgen an.«
»He, Sally! Soll ich dir den Baum schmücken? Willst du das? *He?*«
»Ja. Gut Nacht. Geh heim und geh ins Bett.«
Sie hängte ein.
»Gut Nacht. Gut Nacht, Sally-Baby. Liebster Süßer Sally-Liebling«, sagte ich. Kann sich jemand vorstellen, wie betrunken ich war? Dann hängte ich auch ein. Vermutlich war sie gerade erst von einer Verabredung heimgekommen. Ich stellte mir vor, wie sie mit den Lunts und allen und diesem Andover-Affen irgendwo ausgewesen war, wie sie alle zusammen in einer verdammten Teekanne herumgepaddelt waren. Wie sie alle geistreiches Geschwätz von sich gaben und höchst charmant und affektiert waren. Hätte ich mit ihr nur nicht telephoniert, Herr im Himmel! Wenn ich betrunken bin, benehme ich mich wie ein Verrückter.
Ich blieb ziemlich lang in der elenden Telephonkabine. Ich hielt mich sozusagen am Telephon fest, um nicht ohnmächtig zu werden. Es ging mir nicht gerade glänzend, ehrlich gesagt. Schließlich ging ich hinaus und stolperte wie ein

Idiot in die Herrentoilette. Dort füllte ich ein Waschbassin mit kaltem Wasser und tauchte meinen Kopf bis zu den Ohren hinein. Ich machte mir nicht einmal die Mühe, mich abzutrocknen. Ich ließ den blöden Hund einfach tropfen. Dann ging ich zum Heizkörper am Fenster und setzte mich darauf. Er fühlte sich schön warm an. Das tat mir gut, weil ich wahnsinnig schlotterte. Komisch, ich schlottere immer wie toll, wenn ich betrunken bin.

Da ich sonst nichts zu tun hatte, blieb ich auf der Heizung sitzen und zählte die weißen Plättchen auf dem Fußboden. Ich wurde allmählich tropfnaß. Ganze Wasserbäche liefen mir am Hals hinunter über Kragen und Krawatte, aber es war mir alles gleichgültig. Ich war viel zu betrunken, um mir etwas daraus zu machen. Kurz darauf kam der Pianist, der die gute Valencia begleitete, und wollte sich seine goldenen Locken frisieren. Während er sich kämmte, unterhielten wir uns, obwohl er nicht übertrieben freundlich war.

»He, sehen Sie wohl diese Valencia, wenn Sie wieder in die Bar gehen?« fragte ich.

»Das ist beinah anzunehmen«, sagte er.

Ha, ha, wie witzig? Ich habe immer mit Witzbolden zu tun.

»Dann sagen Sie ihr Grüße von mir. Fragen Sie sie, ob dieser verdammte Kellner ihr meine Botschaft ausgerichtet hat, ja?«

»Warum gehst du denn nicht heim, Mac? Wie alt bist du überhaupt?«

»Sechsundachtzig. Hören Sie, richten Sie bitte Valencia meine Grüße aus, O. K.?«

»Warum gehst du nicht heim, Mac?«

»Keine Lust. Sie können aber wirklich Klavier spielen«, sagte ich. Reine Schmeichelei. Er spielte jämmerlich, falls das jemand interessiert. »Sie sollten am Radio spielen«, sagte ich. »So ein hübscher Bursche wie Sie. Alle die verdammten goldnen Locken. Brauchen Sie einen Manager?«

»Geh heim, Mac, sei brav. Geh nach Haus und mach, daß du ins Bett kommst.«

»Kein Haus, wo ich hin kann. Im Ernst – brauchen Sie einen Manager?«

Er gab mir keine Antwort mehr, sondern ging einfach hinaus. Da er seine Lockenpracht fertig gekämmt und getätschelt hatte, ging er eben weg. Wie Stradlater. Diese hübschen Burschen sind alle gleich. Wenn sie mit ihren verdammten Haaren fertig sind, lassen sie einen sitzen.

Als ich schließlich von der Heizung aufstand und zur Garderobe ging, heulte ich. Ich weiß nicht warum, aber jedenfalls heulte ich. Wahrscheinlich, weil ich so verdammt deprimiert und allein war. Dann konnte ich aber meine Garderobennummer nicht finden. Das Mädchen an der Garderobe benahm sich zwar sehr nett und gab mir meinen Mantel trotzdem. Und auch meine Platte *Little Shirley Beans,* die ich immer noch herumschleppte. Ich gab ihr einen Dollar, weil sie so freundlich war, aber sie wollte ihn nicht annehmen. Sie sagte immer nur, ich solle nach Hause gehn und mich ins Bett legen. Ich versuchte, mich mit ihr zu verabreden, sobald sie heute frei hätte, aber davon wollte sie auch nichts wissen. Sie sagte, sie sei ja alt genug, daß sie meine Mutter sein könnte. Ich zeigte ihr meine verdammten grauen Haare und sagte, ich sei zweiundzwanzig – natürlich aus Blödsinn. Sie war aber wirklich nett. Ich zeigte ihr meine verdammte rote Jagdmütze, und die gefiel ihr sehr. Sie sagte, ich müsse die Mütze aber jetzt aufsetzen, weil ich so nasse Haare hätte. Sie war wirklich anständig.

Draußen war ich nicht mehr so betrunken, aber es war wieder ziemlich kalt geworden, und die Zähne schlugen mir wie toll aufeinander. Ich konnte nichts dagegen tun. Ich ging bis zur Madison Avenue und wartete dort auf einen Omnibus, weil ich fast kein Geld mehr hatte und mit Taxis und so weiter sparen mußte. Aber ich hatte dann doch keine Lust, mich in einen verdammten Omnibus zu setzen. Ich wußte ja auch gar nicht, wohin ich fahren sollte. Deshalb machte ich mich auf den Weg zum Park. Ich wollte zu dem kleinen See gehen und nachsehen, was zum Teufel die Enten machten – ob sie überhaupt noch da waren. Ich wußte immer noch nicht, was im Winter aus ihnen wurde. Der Park war nicht weit weg, und es fiel mir nichts ein, wo ich sonst hätte hingehen können – ich wußte ja überhaupt nicht, wo ich *schlafen* sollte. Ich war gar nicht müde oder so. Nur wahnsinnig deprimiert. Als ich im Park ankam, passierte etwas Schreckliches. Ich ließ Phoebes Schallplatte fallen. Sie zerbrach in hundert Stücke. Sie steckte zwar in einem großen Umschlag, aber sie zerbrach trotzdem. Ich hätte beinah wieder geheult, weil ich das entsetzlich fand, aber dann nahm ich nur die Stücke aus dem Umschlag und steckte sie in meine Manteltasche. Man konnte nichts mehr damit machen, aber ich wollte sie doch nicht einfach wegwerfen. Dann ging ich weiter in den Park hinein. Es war stockdunkel.

Ich bin in New York aufgewachsen und kenne den Central Park auswendig, weil ich als Kind immer mit den Rollschuhen oder mit dem Rad dort herumgefahren bin, aber in dieser Nacht hatte ich die größte Mühe, bis ich den See fand. Ich *wußte* ganz genau, wo er war – beim Central Park South und so weiter –, aber ich konnte ihn doch nicht finden. Offenbar war ich viel betrunkener, als ich selber dachte. Ich ging immer weiter und weiter, und es wurde immer dunkler und dunkler und unheimlicher und unheimlicher. Auf dem ganzen Weg begegnete ich keinem Menschen. Das war mir nur recht. Wahrscheinlich hätte ich einen Luftsprung gemacht, wenn mir jemand begegnet wäre. Dann fand ich den See endlich. Er war zum Teil zugefroren und zum Teil nicht. Aber Enten sah ich nirgends. Ich ging um den ganzen verdammten See herum – einmal wäre ich um ein Haar hineingefallen –, aber ich sah keine einzige Ente. Ich dachte, falls sie noch da *wären*, schliefen sie vielleicht nah am Ufer, auf dem Gras und so. Aus diesem Grund fiel ich fast hinein. Aber es war keine Ente da.

Schließlich setzte ich mich auf eine Bank, wo es nicht so verdammt dunkel war. Ich schlotterte wie ein Verrückter, und am Hinterkopf hatte ich trotz der Jagdmütze kleine Eisklumpen in den Haaren. Das machte mir Sorgen. Ich dachte, ich würde wahrscheinlich Lungenentzündung bekommen und sterben. Ich stellte mir die Millionen Leute bei meiner Beerdigung vor. Mein Großvater aus Detroit, der immer die Straßennummern ausruft, wenn man mit ihm in einem verdammten Omnibus fährt, und meine Tanten – ich habe gut fünfzig Tanten – und meine sämtlichen blöden Cousins. Eine riesige Menschenmenge. Als Allie gestorben war, rückte die ganze Herde vollzählig an. Eine besonders blöde Tante mit Mundgeruch sagte fortwährend, wie *friedlich* Allie daliege – das erzählte mir D. B. Ich war noch im Spital. Ich mußte wegen meiner Hand ins Spital. Jetzt machte ich mir also Sorgen, daß ich von diesen Eisklumpen in den Haaren Lungenentzündung bekommen und sterben könnte. Meine Eltern taten mir fürchterlich leid. Hauptsächlich meine Mutter, weil sie immer noch nicht über Allie weggekommen ist. Ich stellte mir vor, wie sie gar nicht wüßte, was sie mit meinen Anzügen und den Sportsachen und so weiter anfangen sollte. Der einzige Trost war, daß ich sicher wußte, daß sie Phoebe nicht zu meiner verdammten Beerdigung mitnehmen würde, weil Phoebe noch zu klein war. Das war wirklich das einzige Gute an der ganzen Geschichte. Dann stellte ich mir auch vor, wie sie mich alle auf den gottverfluchten Friedhof schleppen würden und mein Name auf einem Grabstein stünde. Zwischen lauter anderen Toten. Großer Gott, wenn man tot ist, sperren sie einen regelrecht ein. Ich hoffe nur, daß irgend jemand soviel Vernunft hat, mich einfach in den Fluß zu werfen, wenn ich einmal *wirklich* sterbe. Mir ist alles recht, nur nicht ein gottverfluchter Friedhof. Wo die Leute dann kommen und einem am Sonntag einen Blumenstrauß auf den Bauch legen, und lauter solchen Mist. Wer will denn noch Blumen, wenn er tot ist? Niemand.

Bei schönem Wetter gehen meine Eltern oft zu Allies Grab und legen Blumen hin. Ich bin ein paarmal mitgegangen, aber dann hatte ich genug. Erstens ist es kein Vergnügen, ihn auf diesem blöden Friedhof zu sehen. Zwischen lauter Toten und Grabsteinen und allem. Wenn die Sonne schien, war es weniger schlimm, aber zweimal – *zweimal* – fing es an zu regnen. Schrecklich. Es regnete auf seinen blöden Grabstein und in das Gras über seinem Bauch. Überallhin. Sämtliche Friedhofsbesucher rannten wie wild zu ihren Autos. Das machte mich fast verrückt. Alle diese Besucher konnten sich in ihre Autos setzen und das Radio andrehen und dann in irgendeinem guten Restaurant essen – nur Allie nicht. Ich konnte das nicht ertragen. Ich weiß wohl, daß nur sein Körper auf dem Friedhof liegt und daß seine Seele im Himmel ist – und der ganze übrige Mist –, aber ich konnte es trotzdem nicht aushalten. Ich möchte einfach, daß er nicht dort wäre. Wenn ihn jemand gekannt hätte, müßte er verstehen, was ich meine. Bei schönem Wetter ist es weniger schlimm, aber die Sonne scheint ja nur, wenn sie dazu aufgelegt ist.

Um mich von der Lungenentzündung und dem allem abzulenken, versuchte ich unter der elenden Straßenlaterne mein Geld zu zählen. Es waren nur noch drei einzelne Dollars und fünf Vierteldollars. Junge, seit Pencey hatte ich ein Vermögen ausgegeben. Dann ging ich ans Ufer hinunter und warf das Kleingeld in den See, wo er nicht zugefroren war. Ich weiß nicht warum, aber jedenfalls warf ich es hinein. Wahrscheinlich dachte ich, es würde mich von der Lungenentzündung und vom Sterben ablenken. Das war aber nicht so.

Ich fing an, mir vorzustellen, wie Phoebe es wohl aufnähme, wenn ich Lungenentzündung bekommen und sterben würde. Kindische Gedanken, aber ich konnte nicht damit aufhören. Es würde ihr ziemlich elend, wenn es dazu käme, dachte ich. Sie hat mich sehr gern. Ich meine, sie hängt wirklich an mir. Ich kam einfach nicht davon los, und schließlich dachte ich, es wäre am besten, wenn ich mich nach Hause schleichen und sie besuchen würde – falls ich sterben müßte und so. Ich hatte den Hausschlüssel bei mir und dachte, ich könnte mich ganz leise in die Wohnung schleichen und eine Weile mit ihr schwätzen. Nur unsere Wohnungstür machte mir Kummer. Sie kreischt wahnsinnig. Das ganze Haus ist schon ziemlich alt, und der Verwalter ist ein fauler Hund; alles kreischt und knarrt. Ich

hatte Angst, daß meine Eltern mich hören könnten. Aber ich wollte es wenigstens versuchen.
Ich lief also schnell aus dem Park und ging heim. Ich ging den ganzen Weg zu Fuß. Sehr weit war es nicht, und ich war überhaupt nicht mehr müde oder betrunken. Es war nur sehr kalt und ganz menschenleer.

21

Als ich zu Hause ankam, war der Liftboy, der sonst Nachtdienst hatte, nicht da. Das war das unglaublichste Glück, das ich seit Jahren gehabt habe. Irgendein neuer, den ich nicht kannte, stand am Lift, und falls ich also nicht gerade auf meine Eltern prallte, konnte es mir gelingen, Phoebe guten Tag zu sagen und mich dann davonzumachen, ohne daß überhaupt jemand von meinem Besuch erfahren würde. Wirklich ein unglaubliches Glück. Außerdem schien der neue Angestellte eher zu den Schwachsinnigen zu gehören. Ich sagte in sehr nachlässigem Ton, er solle mich zu den Dicksteins hinauffahren. Die Dicksteins hatten die andere Wohnung in unserm Stock. Dann nahm ich meine Jagdmütze ab, um nicht verdächtig auszusehen, und ging betont eilig in den Lift.

Er hatte die Türen schon zugemacht und wollte gerade abfahren, aber plötzlich drehte er sich um und sagte: »Die sind nicht zu Hause. Sie sind im vierzehnten Stock eingeladen.«

»Ich weiß«, sagte ich. »Ich soll oben auf sie warten. Ich bin ihr Neffe.«

Er warf mir einen mißtrauischen dummen Blick zu. »Warten Sie lieber in der Halle«, sagte er.

»Das würde ich gern tun«, sagte ich, »aber ich habe ein kaputtes Bein. Ich muß es immer in einer gewissen Stellung halten. Es ist wohl besser, wenn ich mich vor ihrer Tür auf den Stuhl setze.«

Da er nicht verstand, von was zum Teufel ich redete, sagte er nur »Ah« und fuhr mich hinauf. Nicht schlecht. Komisch, man braucht nur etwas daherzuschwätzen, was kein Mensch versteht, dann tun die Leute praktisch alles, was man von ihnen will.

Ich stieg schwer hinkend in unserem Stock aus und ging zur Wohnung der Dicksteins hinüber. Als ich hörte, daß er die Lifttüren zumachte, kehrte ich um und ging auf unsere Seite. Das hatte ich gut gemacht. Ich war offenbar auch nicht mehr betrunken. Dann zog ich den Schlüssel aus der Tasche und machte leise wie ein Dieb die Tür auf. Dann schlich ich äußerst vorsichtig hinein und schloß hinter mir zu. Ich hätte wirklich Einbrecher werden sollen.

Drinnen war es stockdunkel, und natürlich durfte ich kein Licht andrehen. Ich mußte sehr achtgeben, daß ich nirgends anstieß und einen Höllenlärm verursachte. Aber ich fühlte gleich, daß ich zu Hause war. In unserem Gang ist immer ein sonderbarer Geruch, anders als irgendwo sonst. Ich weiß nicht, woher zum Teufel das kommt. Es ist weder Blumenkohl noch Parfüm – ich weiß nicht was –, aber man weiß immer sofort, daß man zu Hause ist. Ich wollte schon den Mantel ausziehen und in den Schrank hängen, aber dieser Schrank im Gang ist voll von Kleiderbügeln, die wie toll klappern, wenn man ihn aufmacht. Deshalb behielt ich den Mantel an. Dann ging ich ganz langsam zu Phoebes Zimmer. Das Dienstmädchen konnte mich nicht hören, das wußte ich, weil sie auf einem Ohr taub ist. Ihr Bruder hatte ihr einen Strohhalm durch das Trommelfell gestoßen, als sie noch klein war. Sie ist ziemlich schwerhörig. Aber meine Eltern hören so gut wie Bluthunde, besonders meine Mutter. Ich nahm mich also wirklich sehr in acht, bis ich an ihrem Zimmer vorbei war. Ich hielt sogar den Atem an, großer Gott. Meinem Vater kann man mit einem Stuhl auf den Kopf hauen, ohne daß er aufwacht, während man für meine Mutter nur irgendwo in Sibirien zu husten braucht – das genügt schon, daß sie einen hört.

Nach ungefähr einer Stunde war ich endlich in Phoebes Zimmer angelangt. Sie war aber nicht da. Das hatte ich ganz vergessen. Sie schläft nämlich in D. B.s Zimmer, wenn er in Hollywood oder sonst irgendwo ist, weil er das größte Zimmer von allen hat. Und auch, weil ein wahnsinnig großer Schreibtisch darin steht, den D. B. einer alten Alkoholikerin in Philadelphia abgekauft hat, und ein riesiges, ungefähr zehn Kilometer langes und zehn Kilometer breites Bett. Ich weiß nicht, wo er dieses Bett her hat. Jedenfalls schläft also Phoebe gern in D. B.s Zimmer, wenn er fort ist, und er erlaubt es ihr. Das muß man einfach gesehen haben, wie sie ihre Aufgaben an diesem verrückten Schreibtisch macht. Er ist fast so groß wie das Bett. Phoebe ist kaum mehr zu sehen, wenn sie an ihren Aufgaben sitzt. So etwas gefällt ihr. Ihr eigenes Zimmer hat sie nicht gern, weil es zu klein ist, sagt sie. Das haut mich jedesmal um. Für was braucht die gute alte Phoebe Platz? Für nichts.

Ich schlich also geräuschlos in D. B.s Zimmer und drehte die Schreibtischlampe an. Phoebe wachte nicht auf. Ich betrachtete sie eine Weile. Sie lag da und schlief mit ihrem Kopf irgendwie auf einer Seite des Kissens. Den Mund hatte sie weit offen. Komisch. Wenn Erwachsene schlafen und den Mund offen haben, sehen sie häßlich aus, aber Kinder nicht. Bei Kindern ist es ganz in Ordnung. Das Kissen kann sogar voll Speichel sein, und doch sehen sie noch nett aus.

Ich ging leise im Zimmer herum und schaute mir alles an. Zur Abwechslung fühlte ich mich einmal wohl. Sogar das Gefühl, daß ich Lungenentzündung bekommen könnte, war weg. Ich fühlte mich einfach nur wohl. Phoebes Kleider waren auf dem Stuhl am Bett. Für ein Kind ist sie sehr ordentlich. Ich meine, sie wirft ihre Sachen nicht einfach herum wie andere Kinder. Sie ist gar nicht schlampig. Die Jacke von einem braunen Kostüm, das meine Mutter ihr in Kanada gekauft hatte, hing an der Stuhllehne. Ihre Bluse und das übrige Zeug lag auf dem Sitz. Schuhe und Socken waren am Boden unter dem Stuhl, schön nebeneinander. Ich hatte die Schuhe noch nicht gesehen. Sie waren neu. Dunkelbraune Halbschuhe, ähnlich wie meine. Sie paßten fabelhaft zu dem Kostüm, das meine Mutter ihr in Kanada gekauft hatte. Meine Mutter zieht sie immer nett an, das muß man sagen. Für manche Sachen hat meine Mutter wirklich Geschmack. Sie eignet sich nicht zum Schlittschuhlaufen oder so, aber Kleider kann sie kaufen. Ich meine, Phoebe hat immer irgend etwas Tolles an. Die meisten Kinder werden schrecklich angezogen, auch wenn die Eltern wohlhabend sind. Ich wollte, jedermann könnte Phoebe in dem Kostüm sehen, das meine Mutter ihr in Kanada gekauft hatte. Ganz im Ernst.

Ich setzte mich an D. B.s Schreibtisch und schaute mir alles an, was darauf lag. Das meiste gehörte Phoebe, Schulsachen und so. Hauptsächlich Bücher. Zuoberst lag eines mit dem Titel *Lerne spielend rechnen.* Ich schlug es auf und sah mir die erste Seite an. Phoebe hatte hineingeschrieben:

Phoebe Weatherfield Caulfield

4 B – I

Das warf mich um. Ihr zweiter Name ist Josephine, um Himmels willen nicht Weatherfield. Aber sie hat ihn nicht gern. Jedesmal, wenn ich sie sehe, hat sie sich einen neuen zweiten Namen zugelegt.
Unter dem Rechenbuch lag ein Geographiebuch und unter dem Geographiebuch ein Übungsbuch für Rechtschreibung. Sie ist in allen Fächern gut, aber am besten kann sie Rechtschreibung. Zuunterst waren ein paar Notizbücher. Sie hat gegen fünftausend Notizbücher. Sicher gibt es kein anderes Kind, das so viele hat. Ich nahm eines und las die erste Seite. Darauf stand:

Bernice kommt in der Pause ich muß
dir etwas sehr wichtiges sagen.

Sonst nichts. Auf der zweiten Seite:

Warum sind im Süden von Alaska so viele
Konservenfabriken?
Weil es so viel Lachs gibt.
Warum gibt es so viele wertvolle Wälder?
weil das Klima dafür gut ist.
Was hat unsere Regierung getan, um den
Eskimos in Alaska das Leben zu erleichtern?
für morgen nachsehen!!!

Phoebe Weatherfield Caulfield
Phoebe Weatherfield Caulfield
Phoebe Weatherfield Caulfield
Phoebe W. Caulfield
Phoebe Weatherfield Caulfield Esq.

Bitte an Shirley weitergeben!!!!
Shirley du hast gesagt du bist Schütze aber
du bist nur Stier bring die Schlitt-
schuhe mit wenn du zu mir kommst

Ich saß an D. B.s Schreibtisch und las das Notizbuch. Ich brauchte nicht lange dazu, und ich könnte solches Zeug, so ein Kindernotizbuch, den ganzen Tag und die ganze Nacht lesen, ob es Phoebe gehört oder einem anderen Kind. Notizbücher von Kindern werfen mich jedesmal um. Dann zündete ich mir wieder eine Zigarette an – es war die letzte. Ich hatte an dem einen Tag sicher drei Päckchen geraucht. Schließlich weckte ich Phoebe. Ich konnte ja nicht für den Rest meines Lebens an diesem Schreibtisch sitzen bleiben, und außerdem hatte ich Angst, daß meine Eltern hereinplatzen könnten, und ich wollte ihr wenigstens vorher noch guten Tag sagen. Deshalb weckte ich sie.

Sie wacht sehr leicht auf. Ich meine, man braucht sie nicht anzubrüllen oder so. Eigentlich genügt es schon, daß man sich auf ihr Bett setzt und sagt: »Wach auf, Phoebe«, dann ist sie schon wach.

»Holden!« sagte sie sofort und schlang die Arme um meinen Hals und so. Sie ist sehr zärtlich. Ich meine, für ein Kind ist sie wirklich zärtlich. Manchmal sogar zu zärtlich. Ich gab ihr einen Kuß, und sie sagte: »Seit wann bis du zu *Hause?«* Sie freute sich furchtbar, das konnte man sehen.

»Nicht so laut. Grade jetzt gekommen. Wie geht's?«

»Gut. Hast du meinen Brief bekommen? Ich hab dir fünf Seiten –«

»Jaja – nicht so laut. Danke vielmals.«

Sie hatte mir geschrieben, aber ich hatte ihr nicht mehr antworten können. Der ganze Brief war über eine Schüleraufführung, bei der sie mitspielte, und ich sollte für den Freitag nichts anderes abmachen, damit ich es sehen könne.

»Was macht die Aufführung?« fragte ich. »Wie heißt das Stück eigentlich?«

»›Ein Weihnachtsspiel für Amerikaner‹. Miserabel, aber ich bin Benedict Arnold. Ich hab die größte Rolle«, sagte sie. Sie war hellwach. Sie wird immer ganz aufgeregt, wenn sie von so etwas erzählt. »Es fängt an, als ich am Sterben bin. Am Heiligen Abend kommt dieser Geist und fragt mich, ob ich mich schäme oder so. Verstehst du. Weil ich mein Land verraten habe und so weiter. Kommst du auch?« Sie saß kerzengerade im Bett. »Davon hab ich dir eben geschrieben. Kommst du?«

»Natürlich, ganz sicher komme ich.«

»Dad kann nicht. Er muß nach Kalifornien fliegen«, sagte sie. Sie war wirklich ganz hellwach. Es dauert bei ihr nur zwei Sekunden, bis sie ganz wach ist. Sie saß – oder kniete eigentlich halb – im Bett und hielt meine blöde Hand. »Du, die Mutter hat gesagt, daß du am *Mittwoch* kommst. Am Mittwoch, hat sie gesagt.«

»Ich konnte früher weg – sei nur leise. Du weckst noch alle auf.«

»Wieviel Uhr ist? Sie kommen erst spät heim, hat die Mutter gesagt. Sie sind zu einer Einladung in Norwalk gefahren, in Connecticut«, sagte die gute Phoebe. »Jetzt mußt du raten, was ich heute nachmittag gemacht hab! In welchem Film ich war! Rat!«

»Ich weiß nicht – Hör, haben sie nicht gesagt, um wieviel Uhr sie –«

»Der Arzt«, sagte Phoebe. »Das ist ein besonderer Film, den sie bei der Lister-Stiftung gegeben haben. Nur gerade heute, nur an einem Tag. Es war von dem Doktor in Kentucky, der diesem Mädchen eine Decke über den Kopf tut, weil sie ein Krüppel ist und nicht gehen kann. Dann kommt er ins Gefängnis und so weiter. Es war ausgezeichnet.«

»Wart einen Augenblick. Haben sie nicht gesagt, wann sie –«
»Er hat Mitleid mit ihr, dieser Arzt. Deswegen wirft er ihr die Decke über den Kopf, bis sie erstickt. Dann tun sie ihn lebenslänglich ins Gefängnis, aber dieses Kind, dem er die Decke über den Kopf getan hat, besucht ihn die ganze Zeit und dankt ihm dafür, was er getan hat. Er war ein Mörder aus Mitleid. Aber er selber weiß, daß er es verdient hat, daß er ins Gefängnis muß, weil ein Arzt dem lieben Gott nichts wegnehmen darf. Die Mutter von einer in meiner Klasse hat uns mitgenommen. Alice Holmborg. Sie ist meine beste Freundin. Sie ist die einzige in der ganzen –«
»Wart einen Augenblick, bitte!« sagte ich. »Ich hab dich etwas gefragt. Haben sie gesagt, wann sie zurückkommen, oder haben sie nichts davon gesagt?«
»Nein, aber sicher sehr spät. Sie sind mit dem Auto gefahren, damit sie nicht von den Zügen abhängig sind. Wir haben jetzt ein Radio drin! Aber Mutter hat gesagt, man dürfe es nicht andrehen, wenn man im Verkehr ist.«
Ich war etwas erleichtert. Ich meine, ich machte mir schließlich keine Sorgen mehr, ob sie mich zu Hause erwischen würden. Zum Teufel damit. Wenn sie mich erwischten, dann erwischten sie mich eben.
Diese Phoebe muß man gesehen haben. Sie hatte einen blauen Pyjama an, mit roten Elefanten auf dem Kragen. Sie schwärmt für Elefanten.
»Der Film war also gut?« fragte ich.
»Glänzend, nur hatte Alice Schnupfen, und ihre Mutter fragte immer, ob sie sich grippig fühle. Mitten im Film. Immer mitten drin, wenn etwas Wichtiges kam, beugte sich

die Mutter ganz über mich und fragte Alice, ob sie sich grippig fühle. Das ist mir auf die Nerven gegangen.«

Dann erzählte ich ihr von der Schallplatte. »Hör, ich hab dir eine Platte gekauft«, sagte ich. »Nur hab ich sie leider auf dem Heimweg zerbrochen.« Ich zog die Stücke aus der Manteltasche und zeigte sie ihr. »Das hat mich wahnsinnig geärgert«, sagte ich.

»Gib mir die Stücke«, sagte sie. »Ich heb sie auf.« Sie nahm sie mir aus der Hand und legte sie in die Nachttischschublade. Sie kann mich einfach umwerfen.

»Kommt D. B. zu Weihnachten?« fragte ich.

»Möglicherweise, aber vielleicht auch nicht, hat Mutter gesagt. Es hängt von Verschiedenem ab. Vielleicht muß er in Hollywood bleiben und einen Film über Annapolis schreiben.«

»Über Annapolis, um Himmels willen!«

»Es ist eine Liebesgeschichte und so. Rate, wer drin spielen soll. Welcher Filmstar? Rate!«

»Das interessiert mich nicht. Annapolis, um Himmels willen. Lieber Gott, was weiß denn D. B. von Annapolis? Was hat das denn mit dem zu tun, was er sonst schreibt?« sagte ich. So etwas macht mich verrückt. Dieses verdammte Hollywood. »Was hast du mit deinem Arm gemacht?« fragte ich. Sie hatte ein großes Pflaster am Ellbogen. Das bemerkte ich deshalb, weil ihr Pyjama kurze Ärmel hatte.

»Dieser Curtis Weintraub aus meiner Klasse hat mir einen Stoß gegeben, als ich im Park die Treppe hinuntergegangen bin«, sagte sie. »Willst du's sehen?« Sie wollte schon das blöde Pflaster abreißen.

»Laß das Pflaster drauf. Warum hat er dich die Treppe hinuntergestoßen?«

»Weiß ich nicht. Er kann mich nicht leiden, glaub ich«, sagte Phoebe. »Eine andre und ich – Selma Atterbury – haben ihm Tinte auf die Windjacke geschmiert.«

»So etwas! Was bist du denn – ein Kind oder was zum Kuckuck?«

»Nein, aber immer, wenn ich im Park bin, läuft er mir überall nach. Die ganze Zeit *läuft er hinter mir her.* Er geht mir auf die Nerven.«

»Wahrscheinlich hat er dich *gern!* Das ist doch noch kein Grund, um ihm Tinte –«

»Ich will aber nicht, daß er mich gern hat.« Dann fing sie an, mich mit einem sonderbaren Ausdruck zu betrachten. »Holden«, sagte sie, »wie kommt es, daß du nicht am *Mittwoch* kommst?«

»Was?«

Großer Gott, man muß sie jede Minute im Auge behalten. Falls jemand denkt, daß sie nicht helle sei, so täuscht er sich gründlich.

»Warum kommst du nicht am *Mittwoch?«* fragte sie wieder. »Du bist doch nicht etwa *geflogen* oder was?«

»Ich habe dir's ja schon gesagt. Wir haben alle früher –«

»Doch, du bist geflogen! Doch, ich weiß!« sagte sie. Dann schlug sie mir mit der Faust aufs Bein. Manchmal macht sie ordentlich von ihren Fäusten Gebrauch, wenn sie in der Stimmung dann ist. *»Doch, doch, ich weiß.* O Holden!« Sie hielt sich die Hand vor den Mund. Sie kann oft wirklich sehr emotionell sein.

»Wer behauptet denn, daß ich geflogen bin? Kein Mensch hat so etwas –«

»Doch, du bist aber geflogen. *Doch, doch!«* sagte sie. Dann bearbeitete sie mich wieder mit ihrer Faust. Falls jemand

denkt, das täte nicht weh, so ist er verrückt. »Dad *bringt dich um!«* sagte sie. Dann warf sie sich auf den Bauch und zog sich das blöde Kissen übers Gesicht. Das tut sie oft. Sie benimmt sich manchmal richtig wie eine Irre.

»Hör jetzt auf damit«, sagte ich. »Kein Mensch bringt mich um. Niemand wird mir überhaupt nur – Komm, Phoebe, tu das blöde Kissen weg. Kein Mensch will mich umbringen.«

Sie wollte das Kissen aber nicht loslassen. Man kann nichts mit ihr machen, wenn sie etwas nicht will. Sie sagte nur immer »Dad *bringt dich um.«* Unter dem verdammten Kissen konnte man sie kaum verstehen.

»Kein Mensch bringt mich um. Du hast wohl den Verstand verloren! Erstens gehe ich überhaupt nicht weg. Ich werde wahrscheinlich auf einer Farm eine Zeitlang arbeiten gehen oder so. Ich kenne diesen Jungen, dessen Großvater eine Farm in Kolorado hat. Dort finde ich vielleicht Arbeit«, sagte ich. »Falls ich dorthin gehe, bleibe ich selbstverständlich mit dir in Verbindung. Komm jetzt. Tu das Kissen weg. He, Phoebe, hörst du? Bitte. Bitte, sei so gut.«

Aber sie wollte nicht. Ich versuchte, es ihr wegzureißen, aber sie ist wahnsinnig stark. Man wird nicht mit ihr fertig. Wenn sie ein Kissen auf dem Gesicht behalten will, dann *behält* sie es eben. *»Bitte*, Phoebe. Komm jetzt heraus«, sagte ich immer wieder. »Komm, jetzt, he ... He, Weatherfield. Komm heraus.«

Sie wollte aber nicht. Manchmal kann man überhaupt nicht mit ihr argumentieren. Schließlich ging ich ins Wohnzimmer und nahm mir ein paar Zigaretten aus der Schachtel, die auf dem Tisch steht, und steckte sie in die Tasche. Ich hatte keine mehr.

22

Als ich zurückkam, hatte sie zwar das Kissen nicht mehr auf dem Gesicht – ich hatte das gewußt –, aber sie wollte mich immer noch nicht anschauen, obwohl sie jetzt auf dem Rücken lag. Sobald ich mich wieder auf den Bettrand setzte, drehte sie ihr verrücktes Gesicht auf die andere Seite. Sie strafte mich mit Schweigen. Genau wie die Fechtmannschaft in Pencey, nachdem ich die blöden Floretts in der Untergrundbahn vergessen hatte.

»Was macht die gute Hazel Weatherfield?« fragte ich. »Hast du etwas Neues über sie geschrieben? Die Geschichte, die du mir geschickt hast, ist in meinem Koffer auf dem Bahnhof. Sie ist ausgezeichnet.«

»Dad *bringt dich um.*« Wenn sie etwas im Kopf hat, dann hat sie es aber wirklich im Kopf.

»Nein, ganz sicher nicht. Schlimmstenfalls tobt er und schickt mich auf die verdammte Militärschule. Mehr nicht. Und außerdem bin ich ja gar nicht da. Ich bin weg. Wahrscheinlich in Kolorado auf dieser Farm.«

»Daß ich nicht lache. Du kannst ja nicht einmal reiten.«

»Wer kann hier nicht reiten? Natürlich kann ich. Selbstverständlich. Das lernt man in zwei Minuten«, sagte ich. »Laß das Zeug in Ruh.« Sie machte an ihrem Pflaster herum. »Wer hat dir die Haare geschnitten?« fragte ich. Es war mir gerade aufgefallen, daß sie einen blöden Haarschnitt hatte. Viel zu kurz.

»Geht dich nichts an«, sagte sie. Manchmal kann sie sehr

schnippisch sein. Wirklich richtig schnippisch. »Wahrscheinlich bist du wieder in jedem Fach durchgefallen«, sagte sie höchst schnippisch. Irgendwie klang es auch komisch. Manchmal redet sie genau in dem verdammten Lehrerton und ist doch noch ein kleines Kind.

»Nein, durchaus nicht«, sagte ich. »Im Englisch war ich gut.« Dann zwickte ich sie aus reinem Blödsinn in ihr kleines Hinterteil. Sie lag so auf der Seite, daß es auffallend herausstand. Eigentlich hat sie überhaupt keines. Ich zwickte sie nicht fest, aber sie versuchte meine Hand wegzuschlagen. Nur traf sie daneben.

Plötzlich sagte sie: »Oh, warum hast du das getan?« Sie meinte damit, daß ich wieder geflogen war. Ihr Ton machte mich irgendwie traurig.

»Ach Gott, Phoebe, frag noch nicht danach. Ich hab es satt, daß alle mich das fragen«, sagte ich. »Aus tausend Gründen. Pencey ist fast die schlimmste Schule, in der ich gewesen bin. Lauter verlogene Affen. Und gemeine Esel. So viele gemeine Esel auf einen Haufen sieht man in seinem ganzen Leben nicht mehr. Wenn sie zum Beispiel einen Budenzauber in irgendeinem Zimmer hatten und einer dabeisein wollte, hat ihn niemand hereingelassen, wenn es irgendein dofer Kerl mit Pickeln oder so war. Immer haben alle die Tür zugeschlossen, wenn einer hereinwollte. Und dann haben sie diese verdammte Geheimbrüderschaft, und ich war zu feig, um nicht beizutreten. Einer, Robert Ackley, ein furchtbar Langweiliger mit Pickeln, wollte auch mitmachen und versuchte immer beizutreten, aber ihn nahmen sie nicht auf. Einfach nur, weil er so langweilig war und Pickel hatte. Ich mag überhaupt nicht davon reden. So eine elende Dreckschule. Das kannst du mir glauben.«

Phoebe sagte nichts, aber sie hörte zu. Ich konnte ihrem Hals von hinten ansehen, daß sie zuhörte. Sie hört immer zu, wenn man ihr etwas erzählt. Und das Komische ist, daß sie ganz genau weiß, von was man redet. Wirklich.

Ich redete weiter von Pencey. Ich war gerade in der Stimmung dazu.

»Sogar die paar *netten* Lehrer waren Heuchler«, sagte ich. »Zum Beispiel dieser alte Mr. Spencer. Seine Frau hat uns immer heiße Schokolade gemacht und solches Zeug, und beide waren wirklich sehr nett. Aber du hättest ihn sehen sollen, wenn der Rektor, dieser Thurmer, in die Geschichtsstunde kam und sich hinten an die Wand setzte. Er kam immer und blieb ungefähr eine halbe Stunde dort sitzen. Das sollte wohl inkognito sein oder was. Dann fing er an, den alten Spencer zu unterbrechen und blöde Witze zu machen. Und dieser Spencer brachte sich fast um mit Kichern und Lächeln und allem, als ob Thurmer ein verdammter Fürst oder was weiß ich wäre.«

»Fluch nicht soviel.«

»Dir wäre es davon schlecht geworden, das schwör ich«, sagte ich. »Und dann die Veteranenfeier! An dem Tag kommen alle, die im Jahr 1776 oder wann das Examen gemacht haben, und laufen mit ihren Frauen und Kindern und allen überall herum. Einen, ungefähr fünfzig Jahre alt, hättest du sehen sollen. Der hat bei uns an die Tür geklopft und ist ins Zimmer gekommen und hat gefragt, ob wir etwas dagegen hätten, daß er in die Toilette ginge. Die Toilette ist hinten im Gang – ich weiß wahrhaftig nicht, warum er ausgerechnet *uns* fragen mußte. Weißt du, was er gesagt hat? Er wollte sehen, ob seine Initialen immer noch innen an einer Klosettüre wären. Er hatte nämlich seine verdammten blöden Initialen vor ungefähr neunzig Jahren in eine von diesen Türen gekerbt, und jetzt wollte er also sehen, ob sie noch da wären. Stradlater – der mit mir im gleichen Zimmer wohnte – Stradlater und ich haben ihn also zum Waschraum geführt und dort gewartet, während er an sämtlichen Klosettüren seine Initialen gesucht hat. Dabei hatte er die ganze Zeit davon geschwätzt, daß die Jahre in Pencey die glücklichste Zeit in seinem ganzen Leben gewesen wären, und uns haufenweise gute Ratschläge für die Zukunft gegeben. Der hat mich schön deprimiert. Er war gar nicht so übel – das meine ich nicht. Aber einer braucht ja kein schlechter Mensch oder so zu sein, um jemand zu deprimieren – er kann sogar *gut* sein, und einen deprimieren. Es genügt schon, daß einer einen Haufen verlogene Ratschläge von sich gibt, während er an irgendeiner Klosettür seine Initialen sucht – mehr braucht es nicht. Ich weiß nicht. Vielleicht wäre es weniger schlimm gewesen, wenn er nicht so kurzatmig gewesen wäre. Er war noch vom Treppensteigen außer Atem, und beim Suchen nach seinen Initialen hat er die ganze Zeit gekeucht, mit komischen traurigen Nasenflügeln, während er Stradlater und mir erzählte, daß wir die Zeit in Pencey richtig ausnützen sollten. Großer Gott, Phoebe, ich kann dir nicht alles erklären. Ich hab einfach nichts von all dem ausstehn können, was in Pencey passierte. Ich kann's nicht erklären.«

Daraufhin sagte Phoebe etwas, aber ich konnte sie nicht verstehen. Sie hatte den Mund so im Kissen, daß man sie nicht verstehn konnte.

»Was?« fragte ich. »Komm mit deinem Mund aus dem Kissen. Ich versteh kein Wort, wenn du so da liegst.«

»Du kannst *überhaupt nichts* ausstehn.«
Als sie das sagte, wurde ich noch viel deprimierter.
»Doch. Doch, sicher. Sag das nicht. Warum zum Kuckuck sagst du so etwas?«
»Weil du gar nichts gern hast. Die Schulen hast du nicht gern, und überhaupt alles hast du nicht gern. *Einfach nichts.*«
»Doch! Da täuschst du dich – in dem Punkt täuschst du dich wirklich! Warum zum Kuckuck mußt du so etwas sagen?«
Herr im Himmel, sie deprimierte mich wahnsinnig.
»Weil es so ist«, sagte sie. »Oder sag irgend etwas, was du gern hast.«
»Irgend etwas? Was ich gern habe?« fragte ich. »Schön.«
Dummerweise konnte ich mich nicht richtig konzentrieren. Manchmal ist das schwierig.
»Etwas, was ich richtig gern habe?« fragte ich.
Sie gab keine Antwort. Sie lag drüben auf der andern Seite im Bett. Kilometerweit weg. »Gib Antwort, komm«, sagte ich. »Etwas, was ich richtig gern habe, oder einfach nur gern habe?«
»Was du richtig gern hast.«
»Schön«, sagte ich. Aber dummerweise konnte ich mich eben nicht konzentrieren. Es fielen mir nur die beiden Nonnen ein, die mit diesen alten Körben herumliefen und Geld sammelten. Besonders die mit der Stahlbrille. Oder einer, der in Elkton Hills gewesen war, James Castle. Dieser James Castle weigerte sich, etwas zurückzunehmen, was er über einen furchtbar eingebildeten *Hund* namens Phil Stabile gesagt hatte. Er hatte gesagt, Phil Stabile sei eingebildet, und einer von Stabiles blöden Freunden sagte es diesem Stabile weiter. Daraufhin ging Stabile mit ungefähr sechs anderen

gemeinen Hunden in James Castles Zimmer und schloß die verdammte Tür ab und wollte, daß Castle es zurücknähme, aber er weigerte sich. Dann gingen sie auf ihn los. Ich will nicht erzählen, was sie mit ihm machten – es ist zu abscheulich –, aber der gute Castle wollte es *trotzdem* nicht zurücknehmen. Und dabei war er ein magerer, schwächlich aussehender kleiner Kerl mit bleistiftdünnen Handgelenken. Anstatt seine Behauptung zurückzunehmen, sprang er schließlich aus dem Fenster. Ich war gerade im Duschraum und hörte sogar, wie er unten aufschlug. Aber ich meinte, es sei nur irgend etwas aus dem Fenster gefallen, ein Radio oder ein Tisch oder was weiß ich, nicht ein *Mensch* oder so. Dann hörte ich alle durch die Gänge und die Treppe hinunterrennen und zog den Morgenrock an und rannte auch hinunter, und dort lag James Castle mitten auf der Steintreppe vor dem Haus. Er war tot, und alles war voll Blut, und seine Zähne lagen überall herum, und keiner wollte auch nur näher rangehen. Er hatte einen Pullover mit Rollkragen an, den ich ihm geliehen hatte. Die Schüler, die bei ihm im Zimmer gewesen waren, wurden nur relegiert. Sie kamen nicht einmal ins Gefängnis.

Etwas anderes fiel mir nicht ein. Die beiden Nonnen und dieser James Castle in Elkton Hills. Das Sonderbare daran ist, daß ich James Castle eigentlich kaum gekannt hatte, falls das jemanden interessiert. Er war sehr still. In der Mathematik ging er in die gleiche Klasse wie ich, aber er saß auf der andern Seite drüben und stand fast nie auf, um etwas zu sagen oder an die Wandtafel zu gehen. Manche meldeten sich fast nie. Ich glaube, wir redeten zum erstenmal, als er mich fragte, ob ich ihm diesen Rollkragenpullover leihen wolle. Ich war so überrascht, daß ich fast in Ohnmacht fiel. Ich erinnere mich, daß ich mir im Waschraum gerade die Zähne putzte, als er mich das fragte. Er sagte, sein Cousin komme im Auto und wolle mit ihm ausfahren. Ich hätte gar nicht gedacht, daß er meinen Rollkragenpullover überhaupt beachtet hatte. Denn ich wußte von ihm eigentlich nur, daß sein Name immer direkt vor meinem im Alphabet kam. Cabel, R., Cabel, W., Castle, Caulfield – daran erinnere ich mich immer noch. Falls jemand die Wahrheit wissen will, ich hätte ihm beinah den Pullover nicht geliehen. Einfach nur, weil ich ihn kaum kannte.

»Was?« sagte ich zu Phoebe. Sie hatte irgend etwas zu mir gesagt, aber ich hatte nicht zugehört.

»Du kannst überhaupt nichts aufzählen?«

»Doch, das kann ich. Doch, das kann ich.«

»Gut, dann sag's.«

»Allie hab ich gern«, sagte ich. »Und was ich grade jetzt tue. Hier bei dir sitzen und reden und an alles Mögliche denken und –«

»Allie ist *tot.* Das sagst du ja immer. Wenn jemand tot ist und im *Himmel* und so, dann ist er nicht wirklich –«

»Natürlich ist er tot! Meinst du, ich wüßte das nicht? Aber ich kann ihn trotzdem gern haben! Nur weil jemand tot ist, hört man doch nicht einfach auf, ihn gern zu haben, du lieber Gott – besonders wenn einer tausendmal netter war als alle *lebendigen* Leute, die man kennt.«

Phoebe gab keine Antwort. Wenn ihr nichts einfällt, sagt sie kein einziges blödes Wort.

»Jedenfalls gefällt es mir jetzt«, sagte ich. »Ich meine jetzt grade. Hier bei dir zu sitzen und einfach zu schwätzen und Blödsinn –«

»Das ist nicht *wirklich* etwas!«

»Allerdings ist das *wirklich* etwas! Selbstverständlich! Warum zum Kuckuck denn nicht? Die Leute meinen immer, etwas sei nicht wirklich etwas. Das hab ich allmählich schon verdammt satt.«

»Hör auf zu fluchen.Also schön, sag etwas anderes. Sag etwas, was du gern sein möchtest. Wie ein Gelehrter. Oder ein Rechtsanwalt oder was.«

»Ich könnte kein Gelehrter werden. Für so etwas bin ich nicht begabt.«

»Schön, dann Rechtsanwalt – wie Dad und so.«

»Rechtsanwälte sind schon recht, vermutlich – aber mich lockt das nicht«, sagte ich. »Ich meine, sie sind mir recht, wenn sie unschuldigen Leuten das Leben retten, aber das tut man als Rechtsanwalt ja gar nicht. Man verdient nur einen Haufen Geld und spielt Golf und Bridge und kauft Autos und trinkt Martinis und sieht furchtbar bedeutend aus. Und außerdem – auch wenn man irgendwelchen Leuten das Leben retten würde, woher könnte man sicher wissen, ob man das getan hat, weil man ihnen wirklich das Leben retten *wollte,* oder ob man es tut, weil man nur ein fabelhafter Anwalt sein wollte, dem alle auf die Schulter klopfen und im Gerichtssaal gratulieren, wenn die verdammte Verhandlung vorbei ist – die Reporter und alle, so wie es in den elenden Filmen ist? Woher würde man wissen, daß man nicht nur ein Heuchler ist? Das Schlimme ist eben, daß man es *nicht wüßte.*«

Ich bin nicht ganz sicher, ob die gute Phoebe verstand, von was zum Teufel ich redete. Sie ist ja noch ein kleines Kind. Aber wenigstens hörte sie zu. Wenn jemand wenigstens zuhört, ist alles weniger schlimm.

»Dad bringt dich um. Er bringt dich um!« sagte sie.
Ich hörte ihr aber nicht zu. Ich dachte an etwas ganz anderes – etwas Verrücktes. »Weißt du, was ich gern sein möchte?« fragte ich. »Weißt du, was ich sein möchte? Ich meine, wenn ich die Wahl hätte?«
»Was? Fluch nicht so.«
»Kennst du das Lied ›Wenn einer einen andern fängt, der durch den Roggen läuft‹? Ich wäre gern –«
»Es heißt ›Wenn einer einen andern *trifft*, der durch den Roggen läuft‹!« sagte Phoebe. »Das ist ein Gedicht von Robert Burns.«
»Das *weiß* ich auch, daß es ein Gedicht von Robert *Burns* ist.«
Sie hatte aber ganz recht. Es heißt ›Wenn einer einen andern trifft, der durch den Roggen läuft‹. Damals wußte ich das allerdings noch nicht.
»Ich dachte, es hieße ›Wenn einer einen andern fängt‹«, sagte ich. »Aber jedenfalls stelle ich mir immer kleine Kinder vor, die in einem Roggenfeld ein Spiel machen. Tausende von kleinen Kindern, und keiner wäre in der Nähe – kein Erwachsener, meine ich – außer mir. Und ich würde am Rand einer verrückten Klippe stehen. Ich müßte alle festhalten, die über die Klippe hinauslaufen wollen – ich meine, wenn sie nicht achtgeben, wohin sie rennen, müßte ich vorspringen und sie *fangen*. Das wäre alles, was ich den ganzen Tag lang tun würde. Ich wäre einfach der Fänger im Roggen. Ich weiß schon, daß das verrückt ist, aber das ist das einzige, was ich wirklich gern wäre. Ich weiß natürlich, daß das verrückt ist.«
Phoebe sagte lange nichts. Schließlich sagte sie nur: »Dad bringt dich um.«

»Ich scher mich den Teufel drum, wenn er das tut«, sagte ich. Dann stand ich vom Bett auf, weil ich Mr. Antolini anrufen wollte, der in Elkton mein Englischlehrer gewesen war. Er wohnte jetzt in New York und unterrichtete an der New York University. »Ich muß noch telephonieren«, sagte ich. »Ich komme gleich wieder zurück. Schlaf aber nicht unterdessen ein.« Ich wollte nicht, daß sie einschliefe, während ich im Wohnzimmer war. Ich wußte zwar, daß sie wach bleiben würde, aber ich wollte ganz sicher sein.

Als ich zur Treppe ging, sagte Phoebe: »Holden!«, und ich drehte mich um.

Sie saß hochaufgerichtet im Bett. Sie sah so hübsch aus. »Ich nehme jetzt Unterricht im Rülpsen bei einer, sie heißt Phyllis Margulies«, sagte sie. »Hör.«

Ich horchte, und tatsächlich hörte ich auch etwas, aber nicht viel. »Gut«, sagte ich. Dann ging ich ins Wohnzimmer und rief diesen Mr. Antolini an.

23

Ich telephonierte nur ganz kurz, weil ich Angst hatte, daß meine Eltern mitten in das Gespräch hereinplatzen könnten. Sie kamen aber nicht. Mr. Antolini war sehr freundlich. Er sagte, ich könne jetzt sofort zu ihm kommen, falls ich Lust hätte. Offenbar hatte ich ihn und seine Frau geweckt, denn es dauerte höllisch lang, bis sie ans Telephon kamen. Als erstes fragte er, ob etwas schiefgegangen sei, und ich sagte, nein, gar nichts, ich sei allerdings von Pencey geflogen. Ich dachte, ich könnte ihm das ebensogut gleich erzählen. Er antwortete darauf: »Du lieber Himmel.« Er hatte viel Humor und so. Er sagte, ich solle nur gleich kommen, wenn ich wolle.

Er war wohl der beste von allen meinen Lehrern gewesen. Mr. Antolini war noch ziemlich jung, nicht viel älter als mein Bruder D. B., und man konnte mit ihm Unsinn machen, ohne den Respekt für ihn zu verlieren. Er war auch derjenige gewesen, der damals diesen James Castle endlich aufhob, nachdem er aus dem Fenster gesprungen war. Mr. Antolini fühlte ihm den Puls und so weiter, und dann zog er seine Jacke aus und legte sie über James Castle und trug ihn den ganzen Weg in die Krankenabteilung. Er kümmerte sich überhaupt nicht darum, daß seine Jacke ganz blutig wurde.

Als ich wieder in D. B.s Zimmer kam, hatte Phoebe das Radio angedreht. Tanzmusik. Sie hatte es ganz leise eingestellt, damit das Dienstmädchen nichts davon hörte. Man muß sie gesehen haben. Sie saß ohne Decken mitten im Bett und hatte die Beine wie ein Yogi untergeschlagen. Sie hörte der Musik zu. Sie kann mich umwerfen.

»Komm«, sagte ich, »willst du tanzen?« Ich hatte es ihr schon beigebracht, als sie noch ganz klein war. Sie tanzt sehr gut. Das meiste hat sie zwar von selbst gelernt, nicht von mir. Man kann niemandem beibringen, wie man *wirklich* gut tanzt.

»Du hast Schuhe an«, sagte sie.

»Ich zieh sie aus. Komm.«

Sie sprang mit einem großen Satz aus dem Bett und wartete, bis ich die Schuhe ausgezogen hatte, und dann fingen wir an. Sie tanzt wirklich verdammt gut. Ich sehe es im allgemeinen nicht gern, wenn Erwachsene mit Kindern tanzen, weil es meistens schrecklich aussieht. Wenn zum Beispiel irgendein alter Esel in einem Restaurant mit seinem Kind tanzt. Meistens ziehen sie aus Versehen so einem kleinen Mädchen das Kleid hinten in die Höhe, und das Kind kann überhaupt nicht tanzen, und das Ganze sieht schrecklich aus, aber mit Phoebe tanze ich nie vor Publikum. Wir tun es nur zu Hause. Aber mit ihr ist es ohnedies etwas anderes, weil sie wirklich *tanzen kann.* Sie paßt sich allen Bewegungen an. Man muß sie nur ganz nah halten, damit es nicht stört, daß man viel längere Beine hat. Sie folgt allen Schritten. Man kann sogar ein bißchen Jitterbug mit ihr tanzen oder *Tango,* tatsächlich.

Wir tanzten ungefähr viermal. In den Pausen ist sie furchtbar komisch. Sie bleibt in Tanzstellung stehen und will nicht einmal sprechen. Auch man selber muß genauso stehenbleiben und warten, bis das Orchester weiterspielt. Das wirft mich um. Man darf auch nicht lachen oder so.

Nach vier Tänzen drehte ich das Radio ab. Phoebe hopste wieder ins Bett und schlüpfte unter die Decke. »Ich mache Fortschritte, nicht wahr?« fragte sie.
»Und wie«, sagte ich. Dann setzte ich mich wieder auf den Bettrand. Ich war sozusagen außer Atem. Ich hatte so viel geraucht, daß ich fast keine Luft mehr bekam. Phoebe war überhaupt nicht außer Atem.
»Fühl meine Stirn«, sagte sie plötzlich.
»Warum?«
»Fühl. Nur ganz schnell.«
Ich legte die Hand an ihre Stirn. Ich fühlte aber weiter nichts Besonderes.
»Ist sie fiebrig?« fragte sie.
»Nein. Sollte sie das sein?«
»Ja – ich mach es absichtlich. Fühl nochmal.«
Ich versuchte es wieder und fühlte immer noch nichts, aber ich sagte: »Doch, ich glaube, es fängt an.« Ich wollte nicht, daß sie einen verdammten Minderwertigkeitskomplex bekäme.
Sie nickte. »Ich kann es so machen, daß es bis über das *Thermometer* hinaufsteigt.«
»Thermometer. Wer hat das gesagt?«
»Alice Holmberg hat es mir gezeigt. Man muß die Beine kreuzen und den Atem anhalten und an etwas sehr sehr Heißes denken. Eine Heizung oder so. Dann wird die ganze Stirn so heiß, daß man jemand die Hand verbrennen kann.«
Das warf mich um. Ich zog die Hand von ihrer Stirn weg, als ob es furchtbar gefährlich wäre. »Danke für die Warnung«, sagte ich.
»Ach, *dir* hätte ich nicht die Hand verbrannt. Ich hätte

aufgehört, bevor es zu heiß *–sst!«* Dabei setzte sie sich blitzschnell auf.
Sie jagte mir einen wahnsinnigen Schrecken damit ein.
»Was ist los?« fragte ich.
»Die Haustür!« flüsterte sie. »Sie kommen!«
Ich sprang auf und rannte zum Schreibtisch und drehte das Licht aus. Dann drückte ich die Zigarette auf meinem Schuh aus und steckte sie in die Tasche. Dann fächelte ich wie besessen in der Luft herum, damit der Rauch wegginge – ich hätte überhaupt nicht rauchen sollen, großer Gott. Dann packte ich meine Schuhe und verschwand im Schrank und zog die Tür zu. Mein Herz schlug wie toll.
Ich hörte meine Mutter hereinkommen.
»Phoebe?« sagte sie. »Mach mir nichts vor. Ich habe das Licht schon gesehen, mein Fräulein.«
»Hallo!« hörte ich Phoebe antworten. »Ich konnte einfach nicht einschlafen. Ist es nett gewesen?«
»Sehr, sehr nett«, sagte meine Mutter, aber man merkte gut, daß sie es nicht wirklich meinte. Einladungen machen ihr nie viel Vergnügen. »Warum bist du denn noch wach, wenn ich fragen darf? Ist dir warm genug?«
»Warm genug ist mir, aber ich konnte nicht schlafen.«
»Phoebe, hast du hier drin geraucht? Die Wahrheit bitte, mein Fräulein.«
»Was?« fragte Phoebe.
»Du hast mich gut verstanden.«
»Ich hab nur eine Sekunde lang eine angezündet. Nur für einen *einzigen Zug*. Dann hab ich sie zum Fenster hinausgeworfen.«
»Und *warum,* wenn ich fragen darf?«
»Weil ich nicht schlafen konnte.«

»Ich hab das nicht gern, Phoebe. Gar nicht gern. Möchtest du noch eine Decke?«

»Nein, danke. Gute Nacht!« sagte Phoebe. Sie wollte meine Mutter loswerden, das war deutlich zu hören.

»Wie war der Film?« fragte meine Mutter.

»Ausgezeichnet. Bis auf Alicens Mutter. Sie hat sich immer herübergebeugt und sie gefragt, ob sie sich grippig fühle, während dem ganzen Film. Wir sind im Taxi heimgefahren.«

»Laß mich deine Stirn fühlen.«

»Ich hab mich nicht angesteckt. Sie hat gar keine Grippe. Es war nur ihre Mutter.«

»Schön. Dann schlaf jetzt. Wie war das Abendessen?«

»Lausig«, sagte Phoebe.

»Du weißt, was dein Vater über dieses Wort gesagt hat. Was war denn daran lausig? Du hast ein ausgezeichnetes Lammkotelett bekommen. Ich bin bis in die Lexington Avenue gegangen, nur um –«

»Das Lammkotelett war schon recht, aber Charlene *atmet* mich immer an, wenn sie etwas auf den Tisch stellt. Sie *atmet* auf das Essen und alles. Einfach *überallhin*.«

»Gut, aber dann schlaf jetzt. Gib mir einen Kuß. Hast du gebetet?«

»Schon im Badezimmer. Gut Nacht.«

»Gute Nacht. Schlaf jetzt aber gleich. Ich hab furchtbares Kopfweh«, sagte meine Mutter. Sie hat wirklich sehr oft Kopfweh.

»Nimm ein paar Aspirin«, sagte Phoebe. »Holden kommt doch am Mittwoch heim, nicht?«

»Soviel ich weiß. Schnell unter die Decke. Ganz hinunter.«

Ich hörte, wie meine Mutter hinausging und die Tür zumachte. Danach wartete ich noch ein paar Minuten. Dann kam ich aus dem Schrank. Ich prallte mitten auf Phoebe, weil sie im Dunkeln aus dem Bett gekommen war, um mich zu holen. »Hab ich dir weh getan?« fragte ich. Wir durften jetzt nur noch flüstern. »Ich muß weiter«, sagte ich. Ich tastete mich im Dunkeln zum Bett, setzte mich wieder auf den Rand und fing an, meine Schuhe anzuziehen. Ich war ziemlich nervös, muß ich sagen.

»Geh noch nicht *jetzt*«, flüsterte Phoebe. »Wart noch, bis sie schlafen!«

»Nein, jetzt ist es am besten«, sagte ich. »Jetzt ist sie im Badezimmer, und der Vater hört wohl die Nachrichten oder was. Jetzt geht es am besten.« Ich war so verdammt nervös, daß ich mir kaum die Schuhe zuschnüren konnte. Sie hätten mich zwar nicht *umgebracht*, wenn sie mich zu Hause erwischt hätten, aber es wäre doch sehr unangenehm gewesen. »Wo zum Teufel steckst du denn?« fragte ich. Ich konnte sie im Dunkeln nicht sehen.

»Hier.« Sie stand ganz nah bei mir.

»Meine verdammten Koffer sind noch am Bahnhof«, sagte ich. »Hör, hast du wohl etwas Geld, Phoebe? Ich bin sozusagen bankrott.«

»Nur das für Weihnachten. Für die Geschenke und so. Ich hab noch *gar keine* gekauft.«

»Oh.« Ich wollte ihr nicht das Weihnachtsgeld wegnehmen.

»Willst du etwas davon?« fragte sie.

»Ich will dir dein Weihnachtsgeld nicht wegnehmen.«

»Ich kann dir aber etwas *leihen*«, sagte sie. Dann hörte ich, wie sie an D. B.s Schreibtisch sämtliche Schubladen aufzog

und darin herumtastete. Es war stockdunkel im Zimmer.
»Wenn du fortgehst, kannst du mich nicht in dem Theaterstück sehen«, sagte sie. Ihre Stimme hatte einen komischen Klang.
»Doch, natürlich. Ich geh sicher nicht vorher fort. Meinst du denn, ich wollte auf das Theater verzichten?« sagte ich. »Wahrscheinlich bleib ich ungefähr bis Dienstagabend bei Mr. Antolini. Dann komm ich heim. Wenn ich kann, ruf ich dich vorher an.«
»Da«, sagte die gute Phoebe. Sie versuchte mir das Geld zu geben, konnte aber meine Hand nicht finden.
»Wo?«
Sie drückte mir das Geld in die Hand.
»He, ich brauch doch nicht soviel«, sagte ich. »Gib mir nur zwei Dollar, mehr nicht. Im Ernst. Da, nimm's wieder.« Ich versuchte es ihr zurückzugeben, aber sie wollte es nicht nehmen.
»Du kannst alles behalten. Du kannst es mir ja dann zurückgeben. Bring's ins Theater.«
»Wieviel ist es denn, um Himmels willen?«
»Acht Dollar und fünfundachtzig Cents – nein, fünfundsechzig Cents. Ich hab etwas davon ausgegeben.«
Dann fing ich plötzlich an zu heulen. Ich konnte nicht anders. Ich heulte zwar so leise, daß mich niemand hören konnte, aber ich heulte doch richtig. Die gute alte Phoebe bekam natürlich einen Mordsschrecken, als ich anfing zu heulen, und kam zu mir und wollte mich trösten, aber wenn man einmal angefangen hat, kann man nicht im *nächsten Augenblick* aufhören. Ich saß immer noch auf dem Bettrand, und Phoebe schlang mir die Arme um den Hals, und ich legte auch einen Arm um sie, aber ich konnte

doch lange nicht aufhören. Ich dachte, ich würde ersticken oder was weiß ich. Herr im Himmel, der armen Phoebe jagte ich einen Mordsschrecken ein. Das verdammte Fenster stand offen, und ich spürte, wie sie vor Kälte zitterte, weil sie nur im Pyjama war. Ich versuchte sie wieder ins Bett zu befördern, aber sie wollte nicht. Schließlich hörte ich doch auf, aber jedenfalls dauerte es sehr lang. Dann knöpfte ich mir den Mantel zu und so. Ich sagte, ich würde mit ihr in Verbindung bleiben. Sie sagte, ich könnte bei ihr im Bett schlafen, aber ich antwortete, es wäre besser, wenn ich jetzt ginge, weil dieser Mr. Antolini auf mich warte. Dann zog ich die Jagdmütze aus der Tasche und gab sie ihr. Sie hat solche verrückten Mützen gern. Sie wollte sie nicht nehmen, aber ich bestand darauf. Höchstwahrscheinlich hat sie die ganze Nacht mit der Mütze auf dem Kopf geschlafen. Sie hat so komische Mützen gern. Dann sagte ich noch einmal, ich würde mit ihr telephonieren, sobald ich Gelegenheit hätte, und dann ging ich weg.

Aus der Wohnung herauszukommen fand ich aus verschiedenen Gründen viel einfacher als das Hineinkommen. Erstens war es mir jetzt absolut gleichgültig, ob sie mich erwischen würden. Wirklich. Ich dachte, wenn sie mich erwischten, dann sollten sie mich eben erwischen. Es wäre mir irgendwie fast willkommen gewesen.

Ich fuhr diesmal nicht mit dem Lift, sondern ging die ganze Treppe zu Fuß hinunter. Über die Hintertreppe. Ich hätte mir an den ungefähr zehn Millionen Mülleimern fast den Hals gebrochen, aber zu guter Letzt war ich glücklich unten. Der Liftboy bekam mich gar nicht zu Gesicht. Vermutlich denkt er, ich wäre heute noch oben bei den Dicksteins.

24

Mr. und Mrs. Antolini hatten eine sehr elegante Wohnung am Sutton Place, mit einem Wohnzimmer, das zwei Stufen tiefer lag als der Eingang, und einer Bar und so. Ich war schon mehrmals dort gewesen, denn nachdem ich von Elkton Hills fortgegangen war, hatte Mr. Antolini ziemlich oft bei uns zu Abend gegessen, um über mich auf dem laufenden zu bleiben. Damals war er noch nicht verheiratet. Später spielte ich oft mit ihm und Mrs. Antolini Tennis – im West Side Tennis Club in Forest Hills, Long Island. Mrs. Antolini stammte von dort. Sie hatte einen Haufen Geld. Sie war ungefähr sechzig Jahre älter als er, aber offenbar vertrugen sie sich ganz gut. Erstens einmal waren beide sehr gebildet, richtige Intellektuelle, hauptsächlich Mr. Antolini – nur wirkte er eigentlich eher witzig als intellektuell, wenn man mit ihm zusammen war, so ähnlich wie D. B. Mrs. Antolini war meistens ernst. Sie hatte ziemlich schlimmes Asthma. Beide hatten alle Kurzgeschichten von D. B. gelesen, auch Mrs. Antolini, und als D. B. nach Hollywood ging, telephonierte Mr. Antolini mit ihm und sagte, er solle nicht dorthin gehen. Er ging dann aber doch. Mr. Antolini sagte, wenn jemand so schreiben könne wie D. B., habe er nichts in Hollywood zu suchen. Das ist praktisch dasselbe, was ich auch gesagt hatte.

Ich wäre zu Fuß gegangen, weil ich Phoebes Weihnachtsgeld für nichts ausgeben wollte, was nicht unbedingt nötig war, aber als ich ins Freie kam, fühlte ich mich ganz sonderbar. Irgenwie schwindlig. Deshalb nahm ich ein Taxi. Sehr ungern, aber ich nahm doch eines. Es dauerte eine Ewigkeit, bis ich überhaupt eines fand.

Als mich der Liftboy – dieser Hund – endlich hinaufgefahren hatte –, läutete ich an der Wohnung. Mr. Antolini machte in Morgenrock und Pantoffeln auf. Er war ein ziemlich intellektueller Typ und trank im allgemeinen ziemlich viel. »Holden, da bist du!« sagte er. »Mein Gott, er ist schon wieder einen halben Meter gewachsen. Schön, daß du kommst.«

»Wie geht es Ihnen, Mr. Antolini? Und wie geht's Mrs. Antolini?«

»Beiden vorzüglich. Her mit dem Mantel.« Er zog mir den Mantel aus und hängte ihn auf. »Ich hatte erwartet, einen Säugling in deinen Armen zu sehen. Ohne Heim, ohne Obdach. Schneeflocken auf deinen Wimpern.« Manchmal ist er sehr witzig. Er drehte sich um und schrie zur Küche hin: »Lillian! Was macht der Kaffee?« Lillian war Mrs. Antolinis Vorname.

»Schon fertig!« schrie sie zurück. »Ist das Holden? Hallo, Holden!«

»Hallo, Mrs. Antolini!«

In dieser Wohnung schrie man immer, weil die beiden nie zu gleicher Zeit im gleichen Zimmer waren. Komisch.

»Setz dich, Holden«, sagte Mr. Antolini. Offenbar war er ziemlich in Fahrt. Das Zimmer sah so aus, als ob sie gerade eine Einladung gegeben hätten. Überall standen Gläser und Schalen mit Salzmandeln. »Entschuldige diesen Anblick«, sagte er. »Wir hatten ein paar Buffalo-Freunde meiner Frau zu Gast . . . Eigentlich die Büffel selber, müßte man sagen.«

Ich lachte, und Mrs. Antolini schrie mir aus der Küche etwas zu, aber ich konnte sie nicht verstehen. »Was hat sie gesagt?« fragte ich Mr. Antolini.

»Sie sagte, du dürftest sie nicht anschauen, wenn sie kommt. Sie hat sich gerade erst vom Bett erhoben. Nimm dir eine Zigarette. Rauchst du jetzt?«

»Danke«, sagte ich. Ich nahm eine Zigarette aus der Schachtel, die er mir hinhielt. »Hin und wieder rauche ich mäßig.«

»Das nehme ich an«, sagte er. Dabei zündete er sie mit dem großen Feuerzeug an, das auf dem Tisch stand. »So, du und Pencey seid also nicht mehr vereint«, sagte er. Er drückte sich immer in dieser Weise aus. Manchmal amüsierte es mich sehr, manchmal aber auch nicht. Er übertrieb diese Art eigentlich ein bißchen. Ich meine damit nicht, daß er nicht witzig war oder so – das war er sicher – aber manchmal geht es einem auf die Nerven, wenn jemand fortwährend solche Sachen sagt wie: »Du und Pencey seid also nicht mehr vereint.« Auch D. B. machte das manchmal zu ausgiebig.

»Woran lag es denn?« fragte Mr. Antolini. »Wie hast du im Englischen abgeschnitten? Ich werfe dich kurzerhand hinaus, falls du im Englischen ungenügend warst, du kleines Aufsatzschreiber-As.«

»Ach, im Englisch ging es gut. Es war zwar mehr Literatur. Ich habe im ganzen Quartal nur ungefähr zwei Aufsätze geschrieben«, sagte ich. Aber im mündlichen Ausdruck bin ich durchgefallen. »Mündlicher Ausdruck war *Pflichtfach*. In dem bin ich *durchgefallen.*«

»Warum?«

»Ach, ich weiß nicht.« Ich hatte nicht viel Lust, näher darauf einzugehen. Es war mir immer noch irgendwie schwindlig, und ich hatte plötzlich wahnsinniges Kopfweh. Tatsächlich. Aber da es ihn offenbar so brennend interessierte, erzählte ich ihm mehr davon. »Im mündlichen Ausdruck muß jeder in der Klasse aufstehn und einen Vortrag halten. Aus dem Stegreif, wissen Sie. Und wenn er vom Thema abweicht, so soll man so schnell man nur kann ›Abschweifung!‹ brüllen. Das hat mich halb verrückt gemacht. Ich bekam eine schlechte Note – eine Sechs.«

»Warum?«

»Ach, ich weiß nicht. Dieses Abschweifen oder Nicht-Abschweifen ging mir auf die Nerven. Ich weiß nicht. Das Dumme ist eben, daß ich es sogar *gern* habe, wenn jemand abschweift. Das ist viel interessanter und so.«

»Legst du keinen Wert darauf, daß jemand beim Thema bleibt, wenn er etwas erzählt?«

»Doch, sicher! Ich möchte schon, daß er beim Thema bleibt. Aber ich habe es nicht gern, wenn er zu übertrieben beim Thema bleibt. Ich weiß nicht. Es gefällt mir wohl einfach nicht, wenn jemand die ganze Zeit *immer nur* beim Thema bleibt. Die mit den besten Noten im mündlichen Ausdruck haben ihr Thema die ganze Zeit ohne Abschweifung verfolgt – das gebe ich zu. Aber da war dieser Junge, Richard Kinsella. Er hielt sich nicht allzu genau ans Thema, und bei ihm brüllten sie immer ›Abschweifung‹. Das fand ich schrecklich, denn er war sehr nervös – und dann fingen seine Lippen immer an zu zittern, wenn er dran kam, und man konnte ihn fast nicht verstehn, wenn man weit hinten saß. Wenn seine Lippen dann etwas aufhörten zu zittern, dann gefielen mir seine Vorträge besser als alle anderen. Er ist aber auch praktisch durchgefallen, wie ich. Er bekam eine Vier, weil sie bei ihm die ganze Zeit über ›Abschweifung‹ brüllten. Zum Beispiel hielt er diesen Vortrag über diese Farm, die sein Vater in Vermont gekauft hatte. Die andern brüllten vom Anfang bis zum Schluß: ›Abschweifung!‹, und der Lehrer, Mr. Vinson, gab ihm eine Sechs, weil er nichts davon gesagt hatte, was für Tiere und Gemüsearten und solches Zeug auf der Farm wuchsen. Dieser Kinsella fing zum Beispiel von lauter solchem Zeug an, und dann erzählte er plötzlich von einem Brief, den sein Onkel an seine Mutter geschrieben habe, und dieser Onkel habe mit zweiundvierzig Jahren Kinderlähmung bekommen und habe sich im Spital von niemand besuchen lassen wollen, weil er nicht wollte, daß ihn jemand in den orthopädischen Schienen sähe. Das hatte natürlich nicht viel mit der Farm zu tun, zugegeben, aber es war einfach *nett*. Mir gefällt es jedenfalls, wenn jemand von seinem Onkel erzählt. Besonders, wenn einer mit der Farm von seinem Vater anfängt und sich dann plötzlich viel mehr für seinen Onkel interessiert. Ich finde es gemein, fortwährend ›Abschweifung!‹ zu brüllen, wenn er so sympathisch und erregt ist ... Ich weiß nicht. Es ist schwer zu erklären.« Ich war auch nicht in der Stimmung, es besser zu erklären. Ich hatte plötzlich so furchtbare Kopfschmerzen. Ich hoffte nur, daß Mrs. Antolini um Gottes willen bald mit dem Kaffee käme. So etwas kann mich wahnsinnig ärgern – ich meine, wenn jemand behauptet, daß der Kaffee schon fertig sei, und es dann gar nicht wahr ist.

»Holden, gestatte mir eine kurze und etwas langweilige pädagogische Frage: Meinst du nicht, daß alles seine Zeit hat? Wenn jemand von der Farm seines Vaters anfängt, meinst du nicht, daß er bei seinem Thema bleiben sollte, *bevor* er von den Schienen seines Onkels weitererzählt? Oder falls die Schienen seines Onkels ein so aufregendes Thema sind, warum entscheidet er sich dann nicht lieber von Anfang an für *dieses* Thema – anstatt für die Farm?«

Ich war nicht zum Denken und Sprechen aufgelegt. Ich hatte Kopfweh und fühlte mich miserabel. Ich hatte sogar eine Art Magenkrämpfe, falls das jemand interessiert.

»Ja – ich weiß nicht. Wahrscheinlich schon. Ich meine, wahrscheinlich hätte er tatsächlich seinen Onkel als Thema nehmen sollen und nicht die Farm, wenn er das interessanter fand. Aber ich meine eben, oft weiß man ja gar nicht, was man am interessantesten findet, bis man von etwas zu reden angefangen hat, das man *nicht* am interessantesten findet. Ich meine, manchmal kann man das doch gar nicht verhindern. Ich finde, wenn jemand wenigstens überhaupt interessant erzählt und mit irgend etwas in Schwung kommt, sollte man ihn in Ruhe lassen. Mir gefällt es, wenn jemand angeregt erzählt. Es ist sympathisch. Sie haben eben diesen Lehrer nicht gekannt. Dieser Mr. Vinson konnte einen manchmal verrückt machen, er und die ganze verdammte Klasse. Er sagte immer, man müsse vereinfachen und zusammenfassen. Aber mit manchen Sachen geht das einfach nicht. Ich meine, man kann doch nicht etwas vereinfachen und zusammenfassen, nur weil jemand das verlangt. Sie hätten eben diesen Mr. Vinson kennen sollen. Ich meine, er war wohl sehr intelligent und so, aber man hat trotzdem gemerkt, daß er nicht viel Verstand hatte.«

»Kaffee, meine Herren – endlich«, sagte Mrs. Antolini. Sie trug Kaffee und Kuchen und so 'n Zeug auf einem Tablett herein. »Holden, schau mich nur nicht an. Ich sehe gräßlich aus.«

»Hallo, Mrs. Antolini«, sagte ich. Dabei wollte ich aufstehen, aber Mr. Antolini hielt mich an der Jacke fest. Mrs. Antolini hatte lauter metallene Lockenwickler in den Haaren und war ohne Make-up und Lippenstift und so. Sie wirkte nicht gerade hinreißend. Ziemlich alt sogar.

»Ich stell euch das einfach hier hin«, sagte sie. »Langt nur tüchtig zu.« Sie schob alle Gläser auf die Seite und stellte das Tablett auf den Rauchtisch. »Wie geht's deiner Mutter, Holden?«

»Sehr gut, danke. Ich habe sie zwar länger nicht gesehen, aber das letzte –«

»Lieber, wenn Holden irgend etwas braucht, findest du alles im Wäscheschrank. Im obersten Fach. Ich geh ins Bett. Ich bin erledigt«, sagte Mrs. Antolini. Sie machte tatsächlich einen erledigten Eindruck. »Könnt ihr beide die Couch selber herrichten?«

»Wir werden schon mit allem fertig werden«, sagte Mr. Antolini. Er gab ihr einen Kuß, und sie sagte mir gute Nacht und ging ins Schlafzimmer. Sie küßten sich immer vor Leuten und ziemlich oft.

Ich trank eine halbe Tasse Kaffee und aß ein Stück Kuchen, das steinhart war. Mr. Antolini nahm nun wieder ein Glas Whisky mit Eis. Er machte ihn sich immer sehr stark. Wenn er sich nicht in acht nimmt, könnte er ein Säufer werden.

»Vor ein paar Wochen habe ich mit deinem Vater zu Mittag gegessen«, sagte er plötzlich. »Hast du das gewußt?«

»Nein, das wußte ich nicht.«

»Aber du bist dir natürlich klar darüber, daß er sich deinetwegen große Sorgen macht.«

»Ja, daß weiß ich, das weiß ich«, sagte ich.

»Bevor er mich anrief, hatte er offenbar gerade einen langen und eher beunruhigenden Brief von deinem letzten Rektor bekommen – des Inhalts, daß du dich absolut nicht anstrengtest. Daß du Stunden schwänzt – und dich für keine Lektion vorbereitest. Kurz ausgedrückt, daß du auf der auf der ganzen Linie –«

»Ich habe keine Stunden geschwänzt. Das durfte man nicht. In ein paar bin ich ein paarmal nicht gegangen, aber geschwänzt habe ich keine.«

Ich war nicht in der Stimmung für eine Diskussion. Nach dem Kaffee war es mir im Magen besser, aber ich hatte immer noch diese fürchterlichen Kopfschmerzen.

Mr. Antolini zündete sich wieder eine Zigarette an. Er rauchte unsinnig viel. Dann sagte er: »Offen gesagt, weiß ich gar nicht, was ich dir noch sagen soll, Holden.«

»Ich weiß. Man kann schwer mit mir sprechen, das weiß ich.«

»Ich habe das Gefühl, daß du dich irgendeinem schrecklichen, schrecklichen Sturz näherst. Aber ich könnte nicht sagen, welcher Art ... Hörst du mir zu?«

»Ja.«

Offensichtlich versuchte er sich sehr zu konzentrieren.

»Es kann die Art von Herunterkommen sein, daß du im Alter von dreißig Jahren in irgendeiner Bar sitzt und einen Haß gegen jeden fühlst, der so aussieht, als ob er im College Fußball gespielt hätte. Oder vielleicht eignest du dir auch gerade soviel Bildung an, daß du alle die Leute unerträglich findest, die mir und mich verwechseln. Oder du landest in irgendeinem Büro, wo du die zunächst sitzende Stenotypistin mit Papierklammern bewirfst. Aber verstehst du überhaupt, was ich mit all dem meine?«

»Ja, natürlich«, sagte ich. Das stimmte auch. »Aber Sie täuschen sich mit dem, was Sie von Haß gesagt haben. Ich meine, daß ich Fußballspieler und so weiter hassen würde. Ich hasse nicht viele Leute. Vielleicht wären sie mir eine *kurze Zeit* verhaßt, so wie dieser Stradlater in Pencey und der andere dort, Robert Ackley. Ich gebe das zu, daß ich *die* manchmal gehaßt habe, aber es dauert nie lang, meine ich. Wenn ich sie eine Zeitlang nicht gesehen hatte, wenn sie nicht in mein Zimmer kamen oder wenn sie sogar ein paarmal nicht unten beim Essen erschienen, dann fehlten sie mir eigentlich. Ich meine, irgendwie fehlten sie mir.«

Mr. Antolini schwieg eine Weile. Er stand auf und holte sich einen neuen Eiswürfel für seinen Whisky und setzte sich wieder. Man merkte, daß er nachdachte. Mir wäre es lieber gewesen, wenn er das Gespräch erst am nächsten Morgen fortgesetzt hätte, aber das wollte er offenbar nicht. Die Leute wollen meistens gerade dann reden, wenn man selber keine Lust hat.

»Schön. Hör mir jetzt einen Augenblick gut zu ... Vielleicht kann ich mich nicht so ausdrücken, wie ich gern möchte, aber in den nächsten Tagen will ich dir einen Brief darüber schreiben. Dann kannst du es dir richtig überlegen. Aber hör mir jetzt trotzdem zu.« Er versuchte sich wieder zu konzentrieren. Dann sagte er: »Dieser Sturz oder Abstieg, den ich für dich voraussehe, ist von besonderer Art – eine besonders furchtbare Art von Sturz. Der Abstürzende selbst fühlt oder hört sich nicht unten aufschlagen. Er fällt und fällt nur. Das gilt für alle die Menschen, die zu irgendeiner Zeit ihres Lebens etwas gesucht haben, das ihre Umwelt ihnen nicht bieten konnte. Oder etwas, wovon sie *dachten*, daß es ihnen die Umwelt nicht bieten könne. Infolgedessen gaben sie das Suchen auf. Sie gaben es auf, bevor sie überhaupt wirklich angefangen hatten. Kannst du mir folgen?«

»Ja, Sir.«

»Wirklich?«

»Ja.«

Er stand auf und schenkte sich noch einen Rachenputzer ein. Dann setzte er sich wieder. Während längerer Zeit schwieg er.

»Ich möchte dich nicht erschrecken«, sagte er. »Aber ich kann mir sehr gut vorstellen, wie du auf irgendeine Weise zugrunde gehen würdest, und zwar für eine höchst wertlose Sache.« Er warf mir einen komischen Blick zu. »Würdest du es aufmerksam lesen, wenn ich dir etwas aufschreiben würde? Und es behalten?«

»Ja, natürlich«, sagte ich. Ich habe das Blatt immer noch, das er mir damals gab.

Er ging an seinen Schreibtisch hinüber und schrieb im Stehen etwas auf ein Blatt. Dann kam er zurück und setzte sich mit dem Blatt in der Hand wieder hin. »Eigenartigerweise stammt es nicht von einem Dichter. Ein Psychoanalytiker namens Wilhelm Stekel hat es geschrieben. Er sagte – Hörst du mir noch zu?«

»Ja, natürlich höre ich zu.«

»Er sagte: ›Das Kennzeichen des unreifen Menschen ist, daß er für eine Sache nobel sterben will, während der reife Mensch bescheiden für eine Sache leben möchte.«

Er beugte sich vor und gab mir das Blatt. Ich las es sofort, und dann dankte ich ihm und steckte es in die Tasche. Es war nett von ihm, sich soviel Mühe zu machen. Wirklich. Aber leider konnte ich mich gar nicht recht konzentrieren. Herr im Himmel, ich war plötzlich so *verflucht müde.* Mr.

Antolini dagegen schien offenbar nicht im geringsten müde zu sein. Er war sogar ganz hübsch aufgedreht. »Allmählich wirst du dir wohl darüber klar werden müssen, welche Richtung du einschlagen willst. Und dann mußt du dich auf den Weg machen. Aber ohne Aufschub. Du kannst es dir nicht leisten, noch eine Minute zu verlieren. Du nicht.«
Da er mich ansah, nickte ich natürlich, aber es war mir nicht ganz klar, von was er redete. Ich war ziemlich *sicher*, daß ich ihn richtig verstand, aber doch nicht ganz. Ich war zu verflucht müde.
»Und – das sage ich sehr ungern –«, sagte er, »aber ich glaube, sobald du einen Begriff davon hast, in welche Richtung du gehen willst, wird dein erster Schritt darin bestehen, daß du dir in der Schule Mühe gibst. Es geht nicht anders. Du hast zu lernen – ob dir diese Vorstellung nun sympathisch oder unsympathisch ist. Das Wissen liegt dir am Herzen. Und wahrscheinlich wirst du sehen – sobald du dich einmal über alle diese Mr. Vineses und ihren mündlichen Aus –«
»Mr. Vinsons«, sagte ich. Er hatte sagen wollen »alle diese Mr. Vinsons«, nicht »alle diese Mr. Vineses«. Aber ich hätte ihn trotzdem nicht unterbrechen sollen.
»Also gut – die Mr. Vinsons. Sobald du dich einmal über alle die Mr. Vinsons hinwegsetzen kannst, wirst du – vorausgesetzt, daß du es wirklich *willst* und danach suchst und darauf wartest – immer näher zu den Kenntnissen vordringen, die dir sehr, sehr kostbar sein werden. Unter anderem siehst du dann, daß du nicht der erste Mensch bist, den das Verhalten seiner Mitmenschen verwirrte und bedrückte. Du stehst in der Hinsicht durchaus nicht allein; dieses Wissen wird dich erregen und *anfeuern*. Unzählige Menschen waren schon in derselben moralischen und gei-

stigen Verwirrung, die du jetzt gerade durchmachst. Glücklicherweise haben einige von ihnen darüber Bericht erstattet. Von ihnen wirst du lernen, falls du wirklich willst. Genauso wie eines Tages, wenn du selbst etwas zu bieten hast, auch irgendwelche anderen wieder von dir lernen werden. Das ist eine wunderbare Gegenseitigkeit. Und das ist keine Bildung. Das ist Geschichte. Das ist Poesie!« Er machte eine Pause und nahm wieder einen Schluck Whisky. Dann fing er wieder an. Er war wirklich in Fahrt. Ich war froh, daß ich nicht versucht hatte, ihn zum Aufhören zu bewegen. »Ich will damit nicht sagen, daß nur gebildete Männer imstande wären, der Welt etwas Wertvolles zu geben«, sagte er. »Das trifft durchaus nicht zu. Aber ich sage, daß gebildete und gelehrte Männer – vorausgesetzt, daß sie begabt und schöpferisch sind – was leider selten der Fall ist –, im allgemeinen ungleich wertvollere Bericht hinterlassen als solche, die *nur* begabt und schöpferisch sind. Im allgemeinen können sie sich klarer ausdrücken und haben eine Vorliebe dafür, ihre Gedanken bis zu Ende zu verfolgen. Und – was wohl das Wichtigste ist – in neun von zehn Fällen haben sie mehr Bescheidenheit als der ungeschulte Denker. Kannst du mir überhaupt folgen?«

»Ja, Sir.«

Er schwieg wieder ziemlich lange. Ich weiß nicht, ob es andern auch so geht, aber mir fällt es sehr schwer, einfach dazusitzen und zu warten, bis jemand wieder etwas sagt, während er nachdenkt und so. Ich finde es wirklich anstrengend. Ich versuchte fortwährend, mein Gähnen zu unterdrücken. Nicht, daß ich mich gelangweilt hätte oder so – das gar nicht –, aber ich war plötzlich so verdammt schläfrig.

»Noch etwas, das eine akademische Bildung dir vermitteln wird. Wenn du eine gewisse Strecke zurückgelegt hast, entsteht durch diese Bildung ein Gefühl für deine geistigen Möglichkeiten. Eine Vorstellung davon, was geistig für dich paßt und vielleicht auch, was nicht für dich paßt. Nach einiger Zeit entwickelst du ein Gefühl dafür, welche Art von Gedanken dir gemäß sind – welche deiner geistigen Größe sozusagen stehen. Das kann dir außerordentlich viel Zeit ersparen, in der du sonst Ideen anprobieren würdest, die dir nicht stehen, die nicht zu dir passen. Du wirst deine wirklichen Maße kennenlernen und dich geistig dementsprechend anziehen.«

In diesem Augenblick gähnte ich plötzlich. So eine Grobheit – aber ich konnte es nicht verhindern.

Mr. Antolini lachte aber nur. »Komm«, sagte er und stand auf. »Wir wollen dir deine Couch herrichten.«

Ich ging hinter ihm her zum Wäscheschrank. Er versuchte die Leintücher und Decken und alles vom obersten Fach herunterholen, brachte es aber mit dem Whiskyglas in der Hand nicht fertig. Daraufhin trank er es aus und stellte es auf den Fußboden, und dann nahm er das Zeug aus dem Schrank. Ich trug es mit ihm zur Couch. Wir bezogen zusammen mein Bett. Er machte es nicht besonders gut. Er spannte die Tücher nicht richtig straff. Mir war das zwar gleichgültig. Ich war so müde, daß ich auch im Stehen hätte schlafen können.

»Wie geht's allen deinen Frauen?«

»Ganz gut.« Ich war ein miserabler Gesprächspartner, aber ich war einfach nicht in der Stimmung.

»Wie geht es Sally?« Er kannte Sally Hayes. Ich hatte sie ihm einmal vorgeführt.

»Gut. Ich war heute nachmittag mit ihr zusammen.« Großer Gott, das schien zwanzig Jahre her zu sein! »Wir haben nicht mehr viel gemeinsam.«
»Auffallend hübsches Mädchen. Und die andre? Die in Maine, von der du mir erzählt hast?«
»Ach – Jane Gallagher. Es geht ihr gut. Wahrscheinlich rufe ich sie morgen an.«
Unterdessen waren wir mit dem Bett fertig. »Da wäre dein Lager«, sagte Mr. Antolini. »Ich weiß nur nicht, was zum Kuckuck du mit deinen Beinen anfangen willst.«
»Das geht schon. Ich bin kurze Betten gewöhnt«, sagte ich. »Vielen Dank, Sir. Sie und Ihre Frau haben mir wirklich heute nacht das Leben gerettet.«
»Du weißt ja, wo das Badezimmer ist. Wenn du noch irgend etwas brauchst, schrei einfach. Ich bin vorläufig noch in der Küche – das Licht stört dich doch sicher nicht?«
»Nein, wahrhaftig nicht. Vielen Dank.«
»Schön. Dann gute Nacht, mein Hübscher!«
»Gut Nacht, Sir. Danke vielmals.«
Er verschwand in die Küche, und ich ging ins Badezimmer und zog mich aus und so. Die Zähne konnte ich mir nicht putzen, weil ich keine Zahnbürste bei mir hatte. Ich hatte auch keinen Pyjama, und Mr. Antolini hatte vergessen, mir einen zu leihen. Ich ging also ins Wohnzimmer zurück, drehte die kleine Lampe neben der Couch aus und legte mich nur in meinen kurzen Unterhosen ins Bett. Die Couch war viel zu kurz für mich, aber ich hätte tatsächlich auch im Stehen schlafen können, sogar ohne die Augen zuzumachen. Ich lag noch ein paar Sekunden wach und dachte an alles, was Mr. Antolini gesagt hatte. Daß man seine eigenen geistigen Möglichkeiten kennenlernen müsse und so

weiter. Er war wirklich ein intelligenter Mensch. Aber ich konnte meine verdammten Augen nicht offenhalten und schlief ein.

Dann passierte etwas, das ich nicht gern erzähle.

Ich wachte plötzlich auf. Ich weiß nicht, wieviel Uhr es war und so, aber jedenfalls wachte ich plötzlich auf. Ich fühlte etwas am Kopf, irgendeine Hand. Ich erschrak fürchterlich. Es war Mr. Antolinis Hand. Er saß neben der Couch am Boden, im Dunkeln, und streichelte oder tätschelte meinen verdammten Kopf. Ich machte einen meterhohen Luftsprung, glaube ich.

»Was zum Teufel machen Sie denn?« fragte ich.

»Nichts! Ich sitze nur hier und bewundere –«

»Aber was machen Sie denn?« fragte ich wieder. Ich wußte nicht, was ich sagen sollte – ich fand es wahnsinnig peinlich.

»Könntest du nicht deine Stimme etwas dämpfen? Ich sitze hier nur –«

»Ich muß ohnedies«, sagte ich. Großer Gott, ich war vielleicht nervös. Ich fing im Dunkeln an, meine verdammten Hosen anzuziehen. Aber ich war so nervös, daß ich kaum dazu imstand war. Mir sind in den Schulen sicher mehr Perverse begegnet als jedem andern Menschen, und immer müssen sie sich ausgerechnet dann pervers aufführen, wenn *ich* in der Nähe bin.

»*Wo*hin mußt du fortgehen?« fragte Mr. Antolini. Er versuchte sich verdammt gelassen und nonchalant zu benehmen, aber es war in Wirklichkeit nicht weit her damit, das kann man mir glauben.

»Ich habe noch meine Koffer und alles am Bahnhof. Vielleicht sollte ich lieber hingehn und sie holen. Ich hab meine sämtlichen Sachen drin.«

»Die sind morgen auch noch da. Geh nur wieder ins Bett. Ich selber geh jetzt auch schlafen. Was ist denn mit dir los?«

»Gar nichts, nur weil in meinem Koffer mein ganzes Geld ist. Ich komme gleich wieder zurück. Ich nehme ein Taxi und bin gleich wieder da«, sagte ich. Herr im Himmel, ich fiel im Dunkeln fast über mich selber. »Das Geld ist eben nicht meines. Es gehört meiner Mutter, und ich –«

»Sei nicht lächerlich, Holden. Geh wieder ins Bett. Ich geh selber auch. Das Geld ist auch morgen früh noch unver –«

»Nein, im Ernst. Ich muß es holen. Wirklich.« Ich war schon fast fertig angezogen, nur meine Krawatte fand ich nirgends. Ich konnte mich nicht erinnern, wo ich sie hingelegt hatte. Ich gab es auf und zog nur die Jacke an. Der gute Antolini saß jetzt etwas weiter weg in dem großen Sessel und beobachtete mich. Obwohl es so dunkel war und ich ihn nicht richtig sehen konnte, wußte ich doch ganz genau, daß er mich anschaute. Er trank immer noch. Ich konnte das Whiskyglas in seiner Hand erkennen.

»Du bist ein sehr, sehr sonderbarer Bursche.«

»Ich weiß«, sagte ich. Meine Krawatte gab ich endgültig auf. Ich ging einfach ohne Krawatte weg. »Auf Wiedersehen, Sir«, sagte ich. »Vielen Dank, wirklich.«

Er ging hinter mir her, während ich zur Wohnungstür ging, und als ich am Lift läutete, blieb er in dem verdammten Türrahmen stehen. Er sagte nur wieder, daß ich »ein sehr, sehr sonderbarer Bursche« sei. Sonderbar, weiß der Himmel. Dann wartete er im Türrahmen, bis dieser gottverfluchte Lift kam. Ich habe in meinem ganzen verdammten Leben noch nie so lange auf einen Lift gewartet, das schwöre ich.

Ich wußte nicht, über was ich reden sollte, während ich auf den Lift wartete, aber da er immer weiter dort stehen blieb, sagte ich: »Ich will jetzt damit anfangen, ein paar gute Bücher zu lesen. Das habe ich fest vor.« Man mußte doch *irgend etwas* sagen. Es war furchtbar peinlich.

»Also hol deine Koffer und komm gleich wieder zurück. Ich schließe die Tür nicht ab.«

»Danke vielmals«, sagte ich. »Auf Wiedersehn!« Der Lift war jetzt endlich da. Ich stieg ein und fuhr hinunter. Herrgott, ich zitterte wie verrückt. Und schwitzte außerdem. Wenn so etwas passiert, fange ich immer an zu schwitzen. So 'n Zeug habe ich mindestens zwanzigmal erlebt, seit ich klein war. Ich kann das nicht ausstehen.

25

Als ich auf der Straße stand, fing es gerade an hell zu werden. Es war ziemlich kalt, aber das fand ich angenehm, weil ich so schwitzte.

Ich wußte absolut nicht, was ich tun sollte. Ich wollte in kein Hotel gehen und Phoebes Geld ausgeben. Deshalb ging ich bis zur Lexington Avenue und fuhr von dort mit der Untergrundbahn zur Grand Central Station. Dort waren meine Koffer, und ich dachte, ich könnte in dem blöden Wartesaal auf einer Bank schlafen. Eine Zeitlang war das auch tatsächlich gar nicht so übel, weil nur wenig Leute da waren und ich die Füße auf die Bank legen konnte. Aber ich will nicht weiter davon reden. Es war nicht besonders schön. Freiwillig versuchen soll das niemand. Im Ernst. Man wird nur deprimiert.

Ich schlief nur bis gegen neun Uhr, weil dann haufenweise Leute kamen und ich die Beine von der Bank heruntertun mußte. Mit den Füßen auf dem Boden kann ich nie richtig schlafen. Ich blieb also aufrecht sitzen. Kopfweh hatte ich immer noch. Es war sogar jetzt viel schlimmer. Und ich war deprimierter als in meinem ganzen bisherigen Leben, glaube ich.

Obwohl ich eigentlich nicht wollte, fing ich an, über Mr. Antolini nachzudenken – und was er wohl zu seiner Frau sagen würde, wenn sie fragte, warum ich nicht dort übernachtet hätte. Dieser Punkt machte mir zwar keine Sorgen, denn ich wußte, wie wendig er war. Er konnte leicht irgendeine Erklärung für sie erfinden. Wahrscheinlich sagte er, ich sei nach Hause gegangen oder so. Aber der andere Punkt machte mir Sorgen: daß ich aufgewacht war, weil er mir den Kopf tätschelte oder was weiß ich. Ich meine, ich überlegte mir, ob ich mich wohl damit täuschte, daß er etwas Schwules mit mir vorgehabt hatte. Ob es ihm vielleicht einfach Vergnügen machte, jemandem, der schläft, den Kopf zu tätscheln. Wie soll man mit solchem Zeug sicher sein, daß man sich nicht täuscht? Das kann man nicht. Ich überlegte mir sogar, ob es richtiger gewesen wäre, mein Gepäck zu holen und wieder in seine Wohnung zu fahren, so wie ich es zu ihm gesagt hatte. Ich meine, ich dachte darüber nach, daß er mich jedenfalls sehr freundlich aufgenommen hatte, auch wenn er vielleicht schwul war. Es hatte ihn gar nicht verstimmt, als ich ihn so spät anrief, und er hatte mich aufgefordert, ihn sofort zu besuchen, falls ich dazu Lust hätte. Dann hatte er sich wirklich Mühe gegeben, mir zu raten, daß man seine eigenen geistigen Möglichkeiten und so weiter kennenlernen müsse, und er war damals auch der einzige gewesen, der sich um diesen James Castle *gekümmert* hatte, als er tot auf der Treppe lag. An das alles dachte ich. Und je mehr ich darüber nachdachte, um so deprimierter wurde ich. Ich hätte *vielleicht* doch wieder in seine Wohnung gehen *sollen*. Vielleicht hatte er tatsächlich nur so zum Vergnügen meinen Kopf getätschelt. Jedenfalls fand ich es immer deprimierender und verwickelter, je länger ich darüber nachdachte. Außerdem taten mir die Augen höllisch weh. Sie brannten, weil ich so wenig geschlafen hatte. Und dazu bekam ich einen Schnupfen und hatte nicht einmal ein Taschentuch. In meinen Koffern waren noch ein paar frische, aber ich wollte die Koffer nicht aus dem Gepäckfach holen und sie vor allen Leuten auspacken.

Auf der Bank neben mir hatte jemand ein Magazin liegenlassen, und ich blätterte darin, weil ich dachte, daß ich dann Mr. Antolini und einen Haufen anderes Zeug wenigstens für kurze Zeit vergessen würde. Aber der erste blöde Artikel, den ich zu lesen anfing, machte es fast noch schlimmer. Er war über Hormone. Es wurde beschrieben, wie man aussehen sollte – das Gesicht und die Augen und alles –, wenn die Hormone intakt wären, und ich sah absolut nicht so aus. Auf mich paßte die Beschreibung von dem Kerl in dem Artikel, bei dem die Hormone nicht in Ordnung sind. Ich fing an, mir über meine Hormone Sorgen zu machen. Dann las ich einen Artikel darüber, wie man feststellen könne, ob man Krebs habe. Wenn man wunde Stellen im Mund habe, die nicht sofort heilen, hieß es, dann sei das ein Zeichen, daß man vermutlich Krebs habe. Und ich hatte ja seit gut *zwei Wochen* innen an der Lippe eine wunde Stelle. Deshalb vermutete ich, daß ich Krebs bekäme. Dieses Magazin war wirklich ein kleiner »Aufmunterer«. Schließlich legte ich es weg und ging spazieren. Ich dachte, daß ich wahrscheinlich in ein paar Monaten an Krebs sterben würde. Ganz im Ernst. Ich war überzeugt davon. Das besserte meine Stimmung absolut nicht.

Draußen sah es so aus, als ob es bald regnen würde, aber ich machte trotzdem einen Spaziergang. Erstens einmal dachte ich, daß ich irgend etwas frühstücken sollte. Ich hatte gar keinen Hunger, aber ich dachte, ich müßte doch wenigstens etwas essen. Wenigstens irgend etwas mit Vitaminen. Ich ging in östlicher Richtung, wo die billigen

Restaurants sind, weil ich möglichst wenig Geld ausgeben wollte.

Auf dem Weg kam ich an zwei Burschen vorbei, die von einem Lastwagen einen großen Tannenbaum abluden. Der eine rief immer: »Heb den verdammten Hund doch höher! Halt ihn doch höher, Herrgott nochmal!« Das war wirklich eine herrliche Art, über einen Christbaum zu reden. Es klang schrecklich, aber dabei auch komisch, so daß ich lachen mußte. Das war schlimm, denn sobald ich zu lachen anfing, hatte ich das Gefühl, daß ich mich übergeben müsse. Tatsächlich. Ich fing schon fast damit an, aber dann kam es doch nicht dazu. Ich weiß nicht warum. Ich meine, ich hatte ja nichts Unverdauliches oder so gegessen, und im allgemeinen habe ich einen sehr guten Magen. Jedenfalls ging es also vorbei, und ich dachte, wahrscheinlich würde es mir gut tun, etwas zu essen. Ich setzte mich also in ein sehr billig aussehendes Restaurant und bestellte Zuckersemmeln und Kaffee. Die Semmeln aß ich dann zwar nicht. Ich hätte sie nicht gut schlucken können. Wenn man sehr deprimiert ist, kann man eben nicht mehr richtig schlucken. Der Kellner war aber sehr freundlich. Er nahm sie wieder weg und ließ mich nicht dafür bezahlen. Ich trank nur den Kaffee. Dann ging ich fort und machte mich auf den Weg zur Fifth Avenue.

Es war Montag, schon fast Weihnachten, und alle Geschäfte waren offen. Die Fifth Avenue machte keinen zu üblen Eindruck. Es war sogar recht weihnachtlich. Alle die verwahrlost aussehenden Nikolausmänner standen an den Straßenecken und läuteten mit ihren Glöckchen, und auch die Heilsarmeemädchen, die keinen Lippenstift und so weiter benutzen, läuteten mit Glöckchen. Ich hielt eigentlich immer Ausschau nach den beiden Nonnen, die ich am Sonntag beim Frühstück getroffen hatte, aber ich entdeckte sie nirgends. Ich wußte zwar, daß sie nicht auftauchen würden, weil sie mir ja gesagt hatten, daß sie als Lehrerinnen nach New York gekommen waren, aber ich suchte sie trotzdem fortwährend. Jedenfalls war es also plötzlich ganz weihnachtsmäßig. Millionen von kleinen Kindern waren mit ihren Müttern in der Stadt, stiegen aus Omnibussen oder kletterten hinein und drängten sich an den Geschäftseingängen. Ich hätte Phoebe gern dabeigehabt. Sie ist zwar nicht mehr so klein, daß sie in den Spielwarenabteilungen außer sich geriete, aber es macht ihr großen Spaß, so herumzustrolchen und die Leute anzuschauen. Vorletztes Jahr nahm ich sie um diese Zeit zum Einkaufen mit. Wir verbrachten einen tollen Nachmittag. Ich glaube, es war bei Bloomingdale. Wir gingen in die Schuhabteilung und behaupteten, daß sie – die gute Phoebe – ein Paar von diesen hohen Schnürstiefeln brauche, die mindestens eine Million Ösen haben. Der arme Verkäufer wurde halb wahnsinnig. Phoebe probierte ungefähr zwanzig Paar Schuhe an, und der arme Teufel mußte jedes bis zuoberst zuschnüren. Es war ein gemeiner Streich, aber Phoebe war hingerissen. Schließlich kauften wir ein Paar Mokassins. Der Verkäufer blieb sehr freundlich. Er bemerkte, glaube ich, daß wir nur Unsinn machten, weil Phoebe immer zu kichern anfängt.

Ich ging immer weiter und weiter die Fifth Avenue entlang, ohne Krawatte und so. Plötzlich fing etwas Unheimliches an. Jedesmal, wenn ich eine Nebenstraße kreuzen mußte und von dem verdammten Randstein hinuntertrat, hatte ich das Gefühl, daß ich die andere Straßenseite nicht erreichen könne. Es war, als ob ich hinunter, hinunter, hinunter sinken müßte und mich kein Mensch je wieder sehen würde. Ich bekam einen schönen Schrecken. Niemand kann sich das vorstellen. Ich schwitzte wie ein Idiot – mein ganzes Hemd und die Wäsche und alles wurde tropfnaß. Dann fing ich an, bei jeder Kreuzung so zu tun, als ob ich mit meinem Bruder Allie spräche. Ich sagte: »Allie, laß mich nicht verschwinden. Allie, laß mich nicht verschwinden. Bitte, Allie.« Und wenn ich glücklich auf der andern Seite ankam, ohne zu verschwinden, würde ich ihm *danken.* Nach dem nächsten Häuserblock fing es wieder von vorne an. Aber ich ging doch weiter. Vermutlich fürchtete ich mich vor dem Stehenbleiben – ich erinnere mich nicht mehr genau, ehrlich gesagt. Aber ich weiß noch, daß ich noch fast bis zur Seventeenth Street und weit über den Zoo hinausging. Dann setzte ich mich auf eine Bank. Ich konnte kaum atmen und schwitzte blödsinnig. Dort blieb ich ungefähr eine Stunde lang sitzen, glaube ich. Schließlich beschloß ich, wirklich wegzugehen. Ich wollte nie mehr nach Hause und nie mehr in eine Schule gehen. Nur Phoebe wollte ich noch einmal sehen und mich von ihr verabschieden und ihr das Geld zurückgeben, und dann wollte ich nach Westen trampen. Ich dachte, ich könnte zum Holland Tunnel gehen und mich dort von einem Auto mitnehmen lassen und dann vom nächsten und so weiter, bis ich nach ein paar Tagen irgendwo im Westen ankäme, wo es schön und sonnig wäre und mich niemand kennen würde. Dort fände ich sicher Arbeit in irgendeiner Tankstelle und könnte den Leuten Benzin und Öl in ihre Autos füllen, dachte ich. Es war mir auch gleichgültig, welche Art von Arbeit ich finden würde. Wenn mich nur niemand kannte und ich auch keinen Menschen kannte. Ich dachte mir aus, daß ich mich taubstumm stellen würde. Auf diese Weise brauchte ich keine verdammten, blöden, nutzlosen Gespräche mit irgend jemand zu führen. Falls jemand mir etwas mitzuteilen hatte, mußte er es eben auf einen Zettel schreiben. Das würde die Leute bald langweilen, dachte ich, und dann hätte ich für den Rest meines Lebens alle Gespräche hinter mir. Alle würden mich für einen armen taubstummen Hund halten und mich in Ruhe lassen. Ich müßte nur Benzin und Öl in ihre blöden Autos füllen und bekäme ein Gehalt dafür, und von dem verdienten Geld würde ich mir irgendwo eine kleine Blockhütte bauen und dort für den Rest meines Lebens bleiben. Die Hütte müßte am Waldrand stehen, aber nicht im Wald *drinnen,* damit sie immer ganz sonnig wäre. Ich würde mir selber kochen, und später, falls ich heiraten wollte oder so, würde mir dieses schöne Mädchen begegnen, ebenfalls eine Taubstumme, und wir würden heiraten. Sie würde zu mir in die Blockhütte ziehen, und wenn sie mir etwas zu sagen hätte, müßte sie es auf einen verdammten Zettel schreiben, so wie alle andern auch. Falls wir Kinder bekämen, würden wir sie irgendwo verstekken. Wir könnten ihnen viele Bücher kaufen und sie selber Lesen und Schreiben lehren.

Diese Vorstellung erregte mich. Im Ernst. Ich wußte zwar, daß der Punkt mit der angeblichen Taubstummheit verrückt war, aber die Vorstellung gefiel mir doch sehr. Jedenfalls war ich entschlossen, nach dem Westen zu fahren. Ich wollte mich nur vorher noch von Phoebe verabschieden, sonst nichts. Deshalb rannte ich plötzlich wie besessen über die Straße – ich wurde dabei fast überfahren, falls das jemand interessiert – und kaufte in einem Schreibwarengeschäft einen Notizblock und einen Bleistift. Ich wollte Phoebe schreiben, wo sie mich treffen solle, damit ich mich von ihr verabschieden und ihr das Weihnachtsgeld zurückgeben könne, und dann wollte ich mit dem Blatt in die Schule gehen und jemanden im Büro bitten, es ihr zu geben. Vorläufig steckte ich Notizblock und Bleistift nur in die Tasche und lief so schnell ich konnte in ihre Schule. Ich war zu aufgeregt, um die Nachricht schon in dem Geschäft zu schreiben. Ich beeilte mich deshalb so, weil sie meine Botschaft bekommen sollte, bevor sie zum Essen heimging, und es war schon ziemlich spät.

Natürlich wußte ich, wo die Schule war, weil ich selber früher auch dorthin gegangen war. Als ich hinkam, hatte ich ein komisches Gefühl. Ich war nicht sicher gewesen, ob ich mich noch an alles erinnerte, aber tatsächlich hatte sich nichts verändert. Es war noch genau so wie damals. Innen lag der große Hof, in dem es immer dunkel war, und die Lampen waren mit einem Gitter geschützt, damit sie nicht in Stücke gingen, wenn ein Ball dagegen flog. Auf dem Boden waren immer noch die gleichen weißen Kreise für Spiele und so, und die gleichen Korbballringe ohne Netze daran, nur die Bretter mit den Ringen.

Ich sah keinen Menschen, vermutlich weil die große Pause vorbei war und die Mittagspause noch nicht angefangen hatte. Nur ein kleiner Negerjunge begegnete mir auf dem Weg zu den Toiletten. In seiner Hüfttasche steckte eine Art Passierschein aus Holz, genau wie wir ihn damals gehabt hatten, zum Zeichen, daß man mit Erlaubnis der Lehrerin auf die Toilette ging. Ich schwitzte immer noch, aber nicht mehr ganz so stark. Ich setzte mich im Gang auf die unterste Treppenstufe und zog den Notizblock heraus. Die Treppe roch noch genau wie früher, so als ob einer drauf gepinkelt hätte. Diese Schulhaustreppen haben immer diesen Geruch. Ich schrieb:

Liebe Phoebe,
ich kann doch nicht mehr bis Mittwoch warten, und wahrscheinlich mache ich mich heute nachmittag auf den Weg nach Westen. Warte um Viertel nach zwölf an der Tür vom Kunstmuseum auf mich, wenn Du kannst; dann gebe ich Dir Dein Weihnachtsgeld zurück. Ich habe nicht viel ausgegeben.

Viele Grüße
Holden

Die Schule war ganz nah beim Museum, und da Phoebe auf dem Heimweg ohnedies daran vorbeikam, wußte ich, daß sie mich leicht dort treffen konnte.

Dann ging ich die Treppe hinauf zum Rektorzimmer, um das Blatt jemandem zu geben, der es Phoebe in ihr Klassenzimmer bringen konnte. Ich faltete es mindestens zehnmal, damit es niemand aufmachte. In diesen elenden Schulen kann man keinem trauen. Aber wenn sie hörten, daß ich ihr Bruder war, gaben sie es sicher weiter.

Während ich die Treppe hinaufging, hatte ich plötzlich wieder das Gefühl, daß ich mich übergeben müßte. Aber es kam wieder nicht dazu. Ich setzte mich einen Augenblick, und daraufhin wurde es mir besser. Aber als ich dort saß, sah ich etwas, das mich verrückt machte. Jemand hatte »dich ...« an die Wand geschrieben. Das machte mich wirklich fast verrückt. Ich stellte mir vor, wie Phoebe und alle die andern Kinder es lesen und darüber nachdenken würden, was es bedeutete, bis es ihnen schließlich irgendein kleiner Schmutzfink erklärte – natürlich ganz verzerrt. Und dann würden sie erst recht darüber *nachdenken* und vielleicht sogar ein paar Tage lang *bedrückt* sein. Ich hätte den Urheber gerne umgebracht. Vermutlich war es irgendein perverser Strolch, der sich abends oder nachts in die Schule geschlichen hatte, um dort zu pinkeln. Ich malte mir aus, wie ich ihn dabei erwischen und ihm den Kopf solange auf die Steintreppe schlagen würde, bis er blutüberströmt und tot und fertig wäre, verflucht noch mal. Aber ich wußte gleichzeitig, daß ich den Mut dazu nicht hätte. Ich wußte es genau! Das deprimierte mich noch mehr. Ich hatte sogar kaum den Mut, das Wort mit der *Hand* wegzureiben, falls jemand die Wahrheit wissen will. Ich hatte Angst, daß mich jemand dabei überraschen könnte und dann denken würde, ich hätte es selber geschrieben. Immerhin rieb ich es schließlich trotzdem aus. Dann ging ich in das Rektorzimmer.

Die Vorsteherin war offenbar nicht da, aber eine ungefähr hundertjährige Dame saß an der Schreibmaschine. Ich sagte, ich sei Phoebe Caulfields Bruder, Klasse 4 B–1, und bat sie, doch bitte Phoebe meinen Zettel zu geben. Es sei sehr wichtig, weil meine Mutter krank sei und nicht für das Mittagessen sorgen könne, und Phoebe müsse mich deshalb zum Lunch in einem Restaurant treffen. Die alte Dame war sehr freundlich. Sie nahm den Zettel und rief ein Fräulein aus dem Büro, worauf dieses Fräulein mit dem Zettel fortging. Dann schwätzte ich ein bißchen mit der hundertjährigen Dame. Sie war wirklich sehr nett, und ich sagte, daß sowohl ich wie meine Brüder hier in die Schule gegangen seien. Sie fragte, in welcher Schule ich denn jetzt sei, und als ich Pencey nannte, sagte sie, das sei eine ausgezeichnete Schule. Selbst wenn es mir wichtig gewesen wäre, hätte ich nicht die Kraft gehabt, ihr das auszureden. Außerdem sollte sie Pencey ruhig für eine ausgezeichnete Schule halten, wenn das ihre Ansicht war. Ich sage hundertjährigen Leuten lieber nichts *Neues*. Sie hören es doch nicht gern. Nach ein paar Minuten ging ich weg. Komisch, sie schrie mir »Viel Glück!« nach, genau wie der alte Spencer, als ich mich in Pencey von ihm verabschiedete. Großer Gott, ich kann das nicht ausstehen, wenn mir jemand »Viel Glück!« nachschreit. Ich finde es deprimierend.

Ich ging über eine andere Treppe hinunter und sah wieder »dich ...« an der Wand. Ich wollte es wieder mit der Hand wegreiben, aber diesmal war es mit einem Messer oder was weiß ich in die Wand gekratzt. Man konnte es nicht wegreiben. Es ist ohnedies hoffnungslos. Auch wenn man tausend Jahre Zeit hätte, könnte man nicht die *Hälfte* von all den »dich ...« auf der Welt zum Verschwinden bringen. Ganz unmöglich.

Auf der Uhr im Hof war es erst zwanzig vor zwölf. Es blieb mir also noch viel Zeit totzuschlagen, bevor Phoebe kommen konnte. Ich ging zum Museum hinüber. Ich wußte nicht, wohin ich sonst hätte gehen sollen. Ich dachte, ich könnte vielleicht in einer Telephonkabine noch Jane Gallagher anrufen, bevor ich nach Westen fuhr, aber ich war nicht in der richtigen Stimmung. Außerdem wußte ich auch gar nicht sicher, ob sie schon zu Hause war. Ich ging also nur ins Museum und lungerte dort herum.

Während ich drinnen am Eingang wartete, kamen zwei kleine Jungen und fragten mich, wo die Mumien seien. Der eine – der mich fragte – hatte seine Hosen offen. Ich sagte es ihm. Daraufhin knöpfte er sie sofort vor mir zu – er fand es nicht einmal nötig, sich hinter einen Pfeiler oder so zu stellen. Furchtbar komisch. Ich hätte gern gelacht, aber ich hatte Angst, daß es mir dann wieder übel würde. »Wo sind die Mumien, du?« fragte er noch einmal. »Weißt du das?«

Ich neckte die beiden ein bißchen. »Die Mumien? Was ist das?« fragte ich.

»Weißt du, die Mumien – die, die tot sind. Die in der Kluft begraben sind.«

Kluft, das warf mich um. Er meinte Gruft.

»Warum seid ihr beide nicht in der Schule?« fragte ich.

»Wir haben heute keine Schule«, sagte der Wortführer. Er log so sicher, wie ich am Leben bin, der kleine Gauner. Weil ich nichts zu tun hatte, bis Phoebe kommen konnte, suchte ich mit ihnen die Mumien. Herrgott, ich hatte doch früher genau gewußt, wo sie waren, aber ich war seit Ewigkeiten nicht mehr im Museum gewesen.

»Interessiert ihr euch denn so für Mumien?« sagte ich.

»Ja.«

»Kann dein Freund nicht reden?«

»Er ist nicht mein Freund. Er ist mein Bruder.«

»Kann er nicht reden?« Dabei schaute ich den andern an, der nie ein Wort von sich gab. »Kannst du nicht reden?« fragte ich.

»Doch«, sagte er. »Hab aber keine Lust.«

Schließlich fanden wir den Raum, wo die Mumien sind, und gingen hinein.

»Weißt du, wie die Ägypter ihre Toten begraben haben?« fragte ich den einen.

»N–n.«

»So, es ist aber sehr interessant. Sie haben ihnen das Gesicht in Tücher gewickelt, die mit irgendwelchen chemischen Geheimmitteln durchtränkt waren. Auf diese Weise konnten sie tausend Jahre in den Gräbern liegen, ohne daß sie verwesten und so. Niemand weiß, wie man das machen muß, nur die Ägypter. Nicht einmal die modernen Wissenschaftler.«

Zu den Mumien führte ein schmaler Gang mit Steinplatten an den Wänden, die direkt aus einem Pharaonengrab stammten. Es war ziemlich unheimlich, und wahrscheinlich gefiel es den beiden Helden nicht übermäßig. Sie hielten sich auffallend nah an mich, und der eine, der nie etwas sagte, packte mich sogar am Ärmel. »Komm, wir gehn«, sagte er zu seinem Bruder. »Ich hab sie schon gesehen. Komm doch, he.« Er machte kehrt und lief weg.

»Der hat es aber mit der Angst bekommen!« sagte der andere und lief ebenfalls weg.

Ich blieb also allein in dem Grab zurück. Es gefiel mir irgendwie. Es war so schön friedlich. Aber niemand kann sich vorstellen, was ich plötzlich an der Wand sah. Wieder ein »dich . . .«. Jemand hatte es mit einem roten Stift unter den Steinplatten, also unter den Glasscheiben an die Mauer geschmiert.

Das ist es eben. Man kann nirgends einen friedlichen Ort finden, weil es keinen gibt. Manchmal *meint* man, es gebe einen, aber wenn man hinkommt, und an nichts dergleichen denkt, schmiert einem jemand »dich . . .« direkt vor die Nase. Ich glaube, wenn ich jemals sterbe und sie mich auf einen Friedhof schleppen und mir einen Grabstein und so hinsetzen, wird »Holden Caulfield« daraufstehen und die Jahreszahl, wann ich geboren wurde und gestorben bin, und darunter schreibt dann sicher jemand »dich ...«. Davon bin ich überzeugt.

Als ich aus dem Mumienraum kam, mußte ich in die Toilette. Weil ich so eine Art Durchfall hatte, falls jemand die ganze Wahrheit wissen will. Der Durchfall war mir ziemlich gleichgültig, aber als ich aus der Toilette kam, wurde ich gerade vor der Türe ohnmächtig. Dabei hatte ich noch Glück. Ich meine, ich hätte mir ja beim Umfallen den Hals brechen können, aber ich landete nur auf der Seite. Komischerweise war es mir nachher besser. Tatsächlich. Der Arm tat mir zwar etwas weh, aber ich war nicht mehr so schwindlig.

Unterdessen war es ungefähr zehn nach zwölf. Ich ging also wieder an die Tür und wartete auf Phoebe. Ich dachte, daß ich sie jetzt vielleicht zum letztenmal sehen würde. Ich meine, ich stellte mir vor, daß ich meine Verwandten zwar irgendwann wiedersehen würde, aber sicher viele Jahre lang nicht. Vielleicht käme ich zurück, wenn ich fünfunddreißig oder so wäre, dachte ich, falls jemand krank würde und mich vor seinem Tod noch einmal sehen wollte, aber jedenfalls würde ich meine Blockhütte nur aus diesem einzigen Grund verlassen. Ich malte mir sogar meine Rückkehr aus. Meine Mutter wäre natürlich wahnsinnig aufgeregt und würde weinen und mich bitten, daß ich dableiben und nicht wieder in meine Blockhütte gehen solle, aber ich ginge trotzdem fort. Ich wäre ganz kühl und gelassen. Ich würde sie beruhigen und dann im Wohnzimmer an den Tisch gehen und mir eine Zigarette aus der Schachtel nehmen, ganz kühl und gelassen. Ich würde sie alle zwar auffordern, mich gelegentlich zu besuchen, aber bestehen würde ich nicht darauf. Nur die gute alte Phoebe ließe ich in den Sommerferien und Weihnachtsferien und Osterferien zu mir kommen. Und auch D. B. dürfte eine Zeitlang kommen, wenn er einen schönen, friedlichen Ort zum Schreiben brauchte, aber Filme dürfte er in meiner Hütte nicht schreiben, sondern nur Erzählungen und Bücher. Es wäre mein Gesetz, daß niemand, der mich besuchte, etwas *Verlogenes* tun dürfte. Falls jemand etwas *Verlogenes* tun wollte, könnte er nicht bei mir bleiben.

Plötzlich schaute ich auf die Uhr über der Garderobe und sah, daß es fünfundzwanzig vor eins war. Ich bekam Angst, daß die alte Dame in der Schule vielleicht dem andern Fräulein gesagt haben könne, man solle Phoebe meinen Zettel nicht geben. Vielleicht hatten sie ihn verbrannt oder so. Ich bekam wirklich eine Heidenangst. Ich wollte Phoebe unbedingt sehen, bevor ich mich auf den Weg machte. Ich hatte ja noch ihr Weihnachtsgeld und alles.

Endlich kam sie doch. Ich sah sie durch die Glastür. Ich erkannte sie von weitem, weil sie meine verrückte Jagdmütze auf dem Kopf hatte – die rote Farbe sah man meilenweit.

Ich machte die Tür auf und ging ihr über die Steintreppe hinunter entgegen. Ich verstand nur nicht, warum sie einen großen Koffer mitbrachte. Sie kreuzte gerade die Fifth Avenue und schleppte dabei diesen verdammten großen Koffer. Sie konnte ihn kaum tragen. Im Näherkommen sah ich, daß es mein eigener alter Koffer war, den ich früher in Whooton gehabt hatte. Ich konnte mir absolut nicht vorstellen, was sie damit wollte. »Hi«, sagte sie, als wir voreinander standen. Sie war von diesem blöden Koffer ganz außer Atem.

»Ich hatte schon gemeint, daß du vielleicht gar nicht

kommst«, sagte ich. »Was zum Teufel ist denn da drin? Ich brauche nichts. Ich gehe so fort, wie ich bin. Ich hole nicht einmal die Koffer am Bahnhof. Was zum Teufel hast du *da drin?*«

Sie stellte den Koffer auf den Boden. »Meine Kleider«, sagte sie. »Ich geh mit. Darf ich? O. K.?«

»Was?« sagte ich. Ich fiel fast um, als sie das sagte. Ganz im Ernst, das schwöre ich. Ich wurde wieder schwindlig und dachte, ich fiele wieder ohnmächtig um oder was weiß ich.

»Ich bin im Nebenlift hinuntergefahren, damit Charlene mich nicht sieht. Er ist gar nicht schwer. Ich hab nur zwei Kleider und meine Mokassins drin und Wäsche und Socken und noch ein paar Sachen. Versuch, gar nicht schwer. Heb ihn einmal... Kann ich nicht mit? Holden? Darf ich nicht? Bitte.«

»Nein. Halt die Klappe.«

Ich dachte, ich würde ohnmächtig. Ich meine, ich wollte ihr eigentlich nicht sagen, daß sie die Klappe halten solle, aber ich dachte eben, daß ich wieder ohnmächtig würde.

»Warum nicht? *Bitte,* Holden! Ich tu gar nichts – ich will nur mit dir fort, sonst nichts! Ich nehm auch die Kleider nicht mit, wenn du nicht willst – ich nehm nur meine –«

»Du nimmst überhaupt nichts mit. Weil du überhaupt nicht mitkommst. Ich geh allein weg. Also schweig jetzt.«

»*Bitte,* Holden, *bitte* laß mich mit. Ich bin sicher ganz ganz – du brauchst gar nicht –«

»Du *gehst* aber nicht mit! Schweig jetzt! Gib mir den Koffer«, sagte ich. Ich nahm ihn ihr ab. Beinah hätte ich ihr eine Ohrfeige gegeben. Ein paar Sekunden lang dachte ich tatsächlich, ich würde ihr eine geben. Ganz im Ernst.

Sie fing an zu heulen.
»Ich hab gemeint, daß du in einer Schüleraufführung mitspielen sollst. Ich hab gemeint, daß du in dem Stück den Benedict Arnold spielen sollst!« sagte ich. Das sagte ich sehr grob. »Was bildest du dir eigentlich ein? Daß du einfach nicht in dem Stück spielst, Herrgott noch mal?« Daraufhin weinte sie erst recht. Das freute mich nur. Ich wollte plötzlich, daß sie nur heulen möge, bis ihr die Augen aus dem Kopf fielen. Ich hatte beinah einen Haß gegen sie. Am meisten war ich wohl darüber wütend, daß sie nicht mehr in dem Stück mitspielen konnte, wenn sie mit mir wegging.
»Komm jetzt«, sagte ich und stieg wieder die Treppe zum Museum hinauf. Ich wollte den blöden Koffer in der Garderobe abgeben, dann konnte sie ihn um drei Uhr nach der Schule wieder holen. In die Schule konnte sie ihn ja nicht mitschleppen. »Komm, vorwärts«, sagte ich.
Sie ging aber nicht mit mir die Stufen hinauf. Sie wollte nicht. Ich ging trotzdem in die Garderobe und gab den Koffer ab und kam wieder zurück. Sie stand immer noch auf dem Trottoir, aber als ich zu ihr kam, drehte sie mir den Rücken zu. Zu so etwas ist sie imstande. Sie kann sich einfach umdrehen, wenn sie in der Stimmung ist.
»Ich gehe überhaupt nirgendshin«, sagte ich. »Ich hab's mir anders überlegt. Hör also auf zu heulen und schweig.« Dabei heulte sie gar nicht. Ich sagte es aber trotzdem. »Komm jetzt, ich bring dich wieder in die Schule. Komm jetzt. Du kommst noch zu spät.«
Sie gab keine Antwort. Ich versuchte ihre Hand zu nehmen, aber sie wollte nicht. Sie drehte sich immer nur von mir weg.
»Hast du denn gegessen? Sag, hast du gegessen?« fragte ich.

Sie wollte nicht antworten. Statt dessen nahm sie nur die rote Jagdmütze ab – die ich ihr geschenkt hatte – und warf sie mir mitten ins Gesicht. Dann drehte sie mir wieder den Rücken zu. Das gab mir fast den Rest, aber ich sagte nichts. Ich hob die Mütze auf und steckte sie in meine Tasche.
»Komm, he du. Ich bring dich in die Schule«, sagte ich.
»Ich *geh* aber nicht in die Schule.«
Ich wußte nicht mehr, was ich darauf antworten sollte. Ich blieb ein paar Minuten so stehen.
»Du *mußt* aber in die Schule. Du willst doch in dem Stück mitspielen? Du willst doch den Benedict Arnold spielen?«
»Nein.«
»Doch, natürlich. Ganz sicher. Komm, wir gehn«, sagte ich. »Erstens geh ich überhaupt nicht fort, das hab ich dir schon gesagt. Ich geh heim. Ich geh heim, sobald du in der Schule bist. Zuerst hol ich am Bahnhof meine Koffer und dann geh ich sofort –«
»Ich *geh* aber nicht in die Schule, hab ich gesagt. Du kannst machen, was du willst, aber ich geh nicht in die Schule«, sagte sie. »Also halt die Klappe.« Sie hatte noch nie »halt die Klappe« zu mir gesagt. Es klang schrecklich. Großer Gott, wirklich schrecklich. Viel schlimmer als Fluchen. Anschauen wollte sie mich immer noch nicht, und wenn ich ihr die Hand auf die Schulter legen wollte oder so, wich sie mir jedesmal aus.
»Hör, willst du mit mir spazierengehn?« fragte ich. »Sollen wir zum Zoo gehen? Wenn ich einverstanden bin, daß du heut nachmittag nicht in die Schule gehst und einen Spaziergang mit mir machst, willst du dann mit dem Blödsinn aufhören?«
Da sie nicht antwortete, sagte ich es noch einmal. »Wenn

ich dich heut nachmittag die Schule schwänzen lasse und einen kleinen Spaziergang mit dir mache, hörst du dann mit dem Blödsinn auf? Gehst du dann morgen wieder wie ein braves Mädchen in die Schule?«

»Vielleicht, aber vielleicht auch nicht«, sagte sie. Dann rannte sie plötzlich wild auf die Straße, ohne überhaupt auf die Autos achtzugeben. Manchmal ist sie verrückt.

Ich lief ihr aber nicht nach. Ich wußte, daß sie hinter mir hergehen würde, und machte mich deshalb auf der Parkseite auf den Weg zum Zoo, und sie ging auf der verdammten andern Straßenseite in der gleichen Richtung. Sie schaute nie zu mir herüber, aber ich merkte, daß sie mich vermutlich aus ihrem verrückten Augenwinkel beobachtete. Jedenfalls gingen wir auf diese Weise die ganze Strecke zum Zoo. Nur einmal wurde ich unruhig – als nämlich ein zweistöckiger Omnibus daherkam und ich eine Weile lang nicht mehr sehen konnte, wo zum Teufel sie war. Beim Zoo schrie ich zu ihr hinüber: »Phoebe! Ich geh in den Zoo! Komm jetzt!« Sie wollte mich nicht anschauen, aber offenbar hatte sie mich doch gehört, denn als ich mich oben an der Treppe, die zum Zoo hinunterführt, wieder nach ihr umdrehte, sah ich sie die Straße kreuzen und mir nachgehen.

Im Zoo waren nicht viele Leute, weil ziemlich schlechtes Wetter war, aber ein paar standen bei den Seelöwen am Schwimmbassin. Ich ging vorbei, aber da die gute Phoebe stehenblieb und so tat, als müßte sie die Fütterung sehen – ein Wärter warf den Seelöwen Fische zu –, drehte ich wieder um. Ich hielt das für eine gute Gelegenheit, um wieder mit ihr ins reine zu kommen. Ich stellte mich hinter sie und legte ihr beide Hände auf die Schultern, aber sie machte eine Kniebeuge und schlüpfte mir weg – ich habe schon gesagt, daß sie sich manchmal ziemlich rotzig benehmen kann, wenn sie in der Stimmung ist. Sie blieb weiter dort stehen, während die Seelöwen gefüttert wurden, und ich stand hinter ihr. Ich legte ihr nicht mehr die Hände auf die Schultern oder so, weil sie mir sonst *wirklich* davon gerannt wäre. Kinder sind komisch. Man muß sehr achtgeben, was man tut.

Als wir von den Seelöwen weggingen, wollte sie zwar immer noch nicht neben mir hergehen, aber sie hielt sich in weniger großer Entfernung. Sie ging auf dem einen Trottoir und ich auf dem andern. Das war nicht überwältigend, aber doch besser als ein Kilometer Abstand wie vorher. Dann sahen wir uns auf der kleinen Anhöhe die Bären an, obwohl es da nicht viel zu sehen gab. Nur ein einziger Bär war draußen – der Eisbär. Der braune saß in seiner verdammten Höhle und wollte sich nicht zeigen. Man sah nur sein Hinterteil. Ein kleiner Junge neben mir, dem ein Cowboyhut tief über den Ohren saß, sagte fortwährend zu seinem Vater: »Mach, daß er herauskommt! Mach doch, daß er *herauskommt!«* Ich schaute Phoebe an, aber sie wollte nicht lachen. Kinder wollen ja nie lachen oder so, wenn sie beleidigt sind.

Nach den Bären gingen wir aus dem Zoo hinaus und kreuzten eine Straße zum Park hinüber und gingen dann durch eine kleine Unterführung, die genau so nach Pinkel roch wie alle diese Unterführungen. Es war der Weg zum Karussell. Phoebe wollte immer noch nicht mit mir reden, aber sie lief jetzt neben mir her. Ich griff nach dem Gürtel hinten an ihrem Mantel, einfach nur so zum Vergnügen, aber das wollte sie nicht haben. Sie sagte: »Behalt deine Hände bei dir, falls dir das möglich ist.« Sie war immer noch beleidigt. Aber nicht mehr so sehr wie vorher. Wir kamen immer näher zum Karussell, man hörte schon die blöde Musik, die offenbar dazugehört. Es war: »O Marie!« Das gleiche Lied hatten sie schon vor fünfzig Jahren gespielt, als ich selber noch ein Kind war. Das ist nett an den Karussells, daß sie immer dasselbe spielen.

»Ich dachte, das Karussell sei im Winter *zu«*, sagte Phoebe. Das war das erste Mal, daß sie wirklich etwas sagte. Wahrscheinlich hatte sie vergessen, daß sie beleidigt war.

»Vielleicht wegen Weihnachten«, sagte ich.

Darauf antwortete sie nicht. Wahrscheinlich war ihr wieeingefallen, daß sie beleidigt war.

»Willst du Karussell fahren?« fragte ich. Ich wußte, daß sie sicher große Lust hatte. Als sie noch klein war und Allie und D. B. und ich sie oft in den Park mitnahmen, war sie ganz versessen darauf. Man konnte sie kaum mehr von dem verdammten Karussell wegkriegen.

Ich hatte erwartet, daß sie nicht antworten würde, aber sie sagte: »Ich bin zu groß dafür.«

»Nein, gar nicht. Geh doch. Ich warte hier auf dich. Geh doch«, sagte ich. Wir standen jetzt davor. Ein paar Kinder saßen darauf, zum größten Teil noch sehr kleine, und ein paar Eltern warteten in der Nähe, auf den Bänken und so. Ich ging zum Schalter, wo man Karten bekommt, und kaufte eine für Phoebe. Dann gab ich sie ihr. Sie stand dicht neben mir. »Da«, sagte ich. »Wart noch – da, nimm auch den Rest von deinem Geld wieder.« Dabei gab ich ihr das Geld, das sie mir geliehen hatte.

»Behalt du's. Behalt du's für mich«, sagte sie. Und dann hängte sie an: »–bitte.«

Das ist deprimierend, wenn jemand »bitte« zu einem sagt. Ich meine, wenn es Phoebe oder so jemand ist. Es deprimierte mich wahnsinnig. Aber ich steckte also das Geld in die Tasche.

»Willst du nicht auch fahren?« fragte sie. Dabei schaute sie mich irgendwie komisch an. Offenbar war sie nicht mehr *so* beleidigt.

»Vielleicht das nächste Mal. Ich schau dir zu«, sagte ich. »Hast du die Karte?«

»Ja.«

»Dann los – ich setz mich da auf die Bank. Ich schau dir zu.« Ich setze mich auf eine Bank, und sie lief zum Karussell und stieg hinauf. Zuerst ging sie um das ganze Karussell herum. Dann wählte sie ein großes braunes, sehr abgeschabtes altes Pferd. Als das Karussell sich zu drehen anfing, sah ich ihr zu, wie sie herumfuhr. Es saßen nur fünf oder sechs andere Kinder oben, und das Karussell spielte *Smoke Gets in Your Eyes*, aber sehr auf Jazz und komisch. Die Kinder versuchten alle den goldenen Ring zu erwischen, auch Phoebe, und ich hatte manchmal Angst, daß sie von dem blöden Pferd fallen würde, aber ich sagte nichts und unternahm nichts. Wenn die Kinder den goldnen Ring erwischen wollen, muß man es sie versuchen lassen und nichts sagen. Wenn sie herunterfallen, dann fallen sie eben in Gottes Namen, aber man darf nichts zu ihnen sagen.

Als das Karussell stillstand, sprang sie von ihrem Pferd und kam zu mir.

»Fahr auch einmal«, sagte sie.

»Nein, ich schau dir nur zu. Ich glaub, ich schau dir nur zu«, sagte ich. Ich gab ihr wieder etwas von ihrem Geld. »Da, kauf dir noch ein paar Karten.«

Sie nahm das Geld. »Ich bin dir nicht mehr böse«, sagte sie.

»Ich weiß. Eil dich – es geht schon gleich wieder los.«

Dann gab sie mir plötzlich einen Kuß. Dann streckte sie die Hand aus und sagte: »Es regnet. Es fängt an zu regnen.«

»Ich weiß.«

Dann – es warf mich fast um – griff sie in meine Manteltasche und zog meine Jagdmütze heraus und setzte sie mir auf.

»Willst *du* sie denn nicht?«

»Du kannst sie eine Zeitlang tragen.«

»Schön. Aber lauf jetzt schnell. Du versäumst sonst noch den Anfang. Du bekommst sonst dein Pferd nicht mehr.«

Sie zögerte aber noch.

»Hast du das vorhin im Ernst gesagt? Gehst du wirklich nicht fort? Gehst du wirklich nachher heim?« fragte sie.

»Ja«, sagte ich. Es war mir auch wirklich ernst. Ich hätte sie nicht angelogen. Ich bin nachher tatsächlich nach Hause gegangen. *»Schnell, los* jetzt«, sagte ich. »Das Ding geht los.«

Sie rannte weg und kaufte ihre Karte und kam gerade noch rechtzeitig auf das verdammte Karussell. Oben lief sie um das Ganze herum, bis sie wieder ihr Pferd gefunden hatte. Dann stieg sie auf und winkte, und ich winkte ihr auch.

Es fing wie aus Kübeln an zu regnen. *Wirklich* aus Kübeln, das schwöre ich. Sämtliche Eltern und Mütter und alle rannten zum Karussell und stellten sich dort unter das Dach, um nicht bis auf die Haut durchnäßt zu werden, aber ich blieb noch auf meiner Bank sitzen. Ich wurde durch und durch naß, besonders hinten am Hals und an den Beinen. Die Jagdmütze war ein guter Schutz, aber ich wurde doch sehr naß. Es war mir allerdings gleichgültig. Ich war plötzlich so verflucht glücklich, weil Phoebe immer im Kreis herum fuhr. Ich hätte beinah geheult, so verflucht glücklich war ich, falls das jemand interessiert. Ich weiß nicht warum. Einfach weil sie so verdammt nett aussah, während sie dort herumfuhr – in ihrem blauen Mantel und allem. Großer Gott, so was muß man gesehen haben.

26

Das ist alles, was ich erzählen wollte. Ich könnte zwar noch erzählen, wie es weiterging, als ich heimkam, und wie ich krank wurde und so, und in was für eine Schule ich nächsten Herbst gehen soll, wenn ich von hier wegkomme, aber ich habe keine Lust dazu. Im Ernst. Dieses Zeug interessiert mich jetzt nicht besonders.

Viele Leute, vor allem der Psychoanalytiker hier im Haus, wollen immer von mir wissen, ob ich mir mehr Mühe geben werde, wenn ich im nächsten September wieder in die Schule gehe. Meiner Meinung nach ist das eine blöde Frage. Wie soll man denn wissen, was man tun wird, bevor man es wirklich tut? Die Antwort ist, daß man es eben nicht weiß. Ich *glaube*, daß ich mir dann mehr Mühe gebe, aber wie kann ich das wissen? Ich finde diese Frage wirklich dumm. Das ist sicher.

D. B. ist weniger schlimm als alle andern, aber auch er stellt mir einen Haufen Fragen. Letzten Samstag kam er mit dieser englischen Filmschauspielerin her, die in seinem neuen Film mitspielen soll. Sie war reichlich affektiert, aber sehr hübsch. Als sie einen Augenblick wegging, fragte mich D. B., was ich mir zu all dem Zeug denke, das ich jetzt gerade erzählt habe. Ich wußte nicht, was zum Teufel ich darauf antworten sollte. Ehrlich gesagt, ich *weiß* eben nicht, was ich mir dazu denke. Es tut mir leid, daß ich so vielen Leuten davon erzählt habe. Ich weiß eigentlich nur, daß mir alle irgendwie fehlen, von denen ich erzählt habe.

Sogar Stradlater und Ackley, zum Beispiel. Ich glaube, auch dieser verdammte Maurice fehlt mir jetzt sogar. Komisch. Man sollte nie jemand etwas erzählen. Sonst fangen sie alle an einem zu fehlen.

Michael Chabon

Die Geheimnisse von Pittsburgh

Roman

Titel der Originalausgabe: *The Mysteries of Pittsburgh*
Aus dem Amerikanischen von Denis Scheck

Leinen

Im magischen Sommer nach dem Collegeabschluß will Art Bechstein Pittsburgh auf den Kopf stellen. Und wird selbst auf den Kopf gestellt. Er versinkt völlig in den glitzernd bunten Geheimnissen der grauen Industriestadt. – Ein internationaler Erfolg.

Ocean Avenue

Erzählungen
Titel der Originalausgabe: *A Model World and Other Stories*
Aus dem Amerikanischen von Denis Scheck

Leinen

»Mit diesem Erzählungsband erweist sich Michael Chabon als eine der ausdrucksvollsten neuen Stimmen seiner Generation«, schrieb die *New York Times*.